Hans Kasper – Licht und Schatten

Hans Kasper

Licht und Schatten

Roman

Bibliografische Information der Deutschen Nationalbibliothek

Die Deutsche Nationalbibliothek verzeichnet diese Publikation in der Deutschen Nationalbibliografie; detaillierte bibliografische Daten sind im Internet über http://dnb.d-nb.de abrufbar.

1. Auflage 2008

© 2008 Hans Kasper

Lektorat: Friederike Schmitz, www.prolitera.de
Satz: Barbara Honold, Karlsruhe
Umschlagfoto: Reiner Jacobs, Wiehl
Herstellung und Verlag: Books on Demand GmbH, Norderstedt
ISBN-13: 978-3-8370-1446-4

*Meine Gedanken
sind nicht eure Gedanken,
und eure Wege
sind nicht meine Wege ...*

Jesaja, 55,8

Mit der Asche, die Alex von seiner Zigarre schnippte, schien eine Last von seinen Schultern zu fallen. Der raue Ton verschwand aus seiner Stimme, als sein Enkel Florian sich auf die Bank unter dem jahrhundertealten Kastanienbaum zu ihm setzte. Von hier aus konnte man weit über Wiesen, Dörfer, Wälder, Wege und Straßen sehen – und über den langsam fließenden Rhein, an dem Angler das Ufer säumten und Kähne ihre Lasten in beide Richtungen schipperten. Die Sonne verabschiedete sich für diesen Tag, die Stimmen der Singvögel verstummten nach und nach.

„Schau, welches Sinnbild von Leben und Kraft, von Kommen und Gehen. Es sind die Gaben, die der Herr der Schöpfung den Menschen verleiht."

„Ja", sagte Florian mit Blick auf das Wasser, „es sind die Kräfte der Schöpfung, aber es sind auch die Kräfte der Zerstörung." Er dachte dabei an den Tag, an dem ein vom Sturm entwurzelter Baum seine Mutter und seinen Vater im Auto erschlagen hatte.

„Großvater, sich mit dir zu unterhalten tut mir immer richtig gut – es ist irgendwie beruhigend."

„Nun, Junge, du weißt ja, dass ich schon in jungen Jahren in afrikanischen Ländern gewesen bin und dort die Geheimnisse der Sandwüsten gesehen habe. Hier, von dieser Bank aus, auf der wir sitzen, sieht alles so vollkommen aus, man könnte meinen, vor uns liegt ein Stück Paradies. Wogegen die Sandwüste, hiermit verglichen, aussieht, als wäre das sozusagen der private Garten Gottes."

„Wie meinst du das denn?"

„Da ist alles Überflüssige weggeräumt. Da bist du alleine. Du fasst eine Hand voll Sand, er rieselt dir durch die Finger, die Sonne verlässt mit ihrer gewaltigen, aber sanften Röte den Tag. Nirgendwo fühlst du deutlicher, dass der Mensch nichts halten kann. Und ob sein Leben früh zu Ende ist oder ob jemand sehr alt wird, für beide war die Zeit zu kurz. Da aber, wo dir der Sand aus deiner Hand durch die Finger rutscht, wird dir bewusst, dass niemand etwas mitnehmen kann."

Florian sagte: „Großvater, immer, wenn wir zusammen sind, vergeht die Zeit wie im Fluge. Ich muss gehen, morgen ist ein anstrengender Tag. Erst die Schule, und dann gibt es bei Onkel Michael und Tante Inge viel zu tun. Danke – und bis morgen."

Alex klopfte Florian auf die Schulter und wünschte dem Jungen eine gute Nacht.

Im Bett kam es Florian plötzlich so vor, als hörte er seine Mutter. „Florian, du musst immer an etwas Schönes denken, dann kannst du besser schlafen." So wanderten seine Gedanken wieder zu seinem Großvater, der sich so mit ihm freuen konnte. Sie hatten manchmal sogar vor Freude getanzt. Aber ich kann doch gar nicht tanzen, kam ihm in den Sinn. Aber egal, sie waren einfach nur herumgehüpft. Und wenn er traurig war, fand Großvater immer schnell Worte, die ihn trösteten.

Der Tag begann, Florian hatte fast verschlafen. Ganz schnell musste er frühstücken. Den Weg zur Schule ging er immer zu Fuß, und das dauerte mehr als eine halbe Stunde. Seine Mitschülerinnen und Mitschüler wetteiferten in Bezug auf ihre Kleidung, kurz: das Äußerliche. Es machten allerdings nicht alle mit bei diesem „Spiel".

Als nach der ersten Unterrichtsstunde die Schulglocke läutete, war es, als öffnete sich ein Pferch voller Schafe, die losstürmten. Dabei geschah es, dass Florian mit einem Mädchen zusammenstieß. Es war Eva, und er konnte sie gerade noch festhalten, sonst wäre sie gestürzt. Während sie sich entschuldigte, sah sie ihn an. Ihr Blick war so sympathisch und lieb. Florian war erschrocken, denn sie sah sehr blass aus. Mit dem Handrücken berührte er eine ihrer Wangen. Eva blickte ihn mit trüben Augen an und lächelte matt. „Es ist schon gut, danke."

Alex war viel allein, und das machte Florian traurig. Er ging gerne zu ihm, um ihm zu erzählen, wie die Schule und der Tag gelaufen waren.

„Opa, wir haben in meiner Klasse ein Mädchen, die ist fünfzehn Jahre alt, genau wie ich. Sie heißt Eva, ist sehr zurückhaltend, einfach und sehr nett. Ich habe gehört, sie sei sehr krank. Daher fehlt sie auch so oft im Unterricht."

„Ja, Junge, das gibt es. Hoffen wir, dass sie bald wieder gesund wird! Und was war sonst noch so?"

„Michael und ich waren im Wald Fichten fällen. Das Holz ist schlagreif und Michael meint, es wäre jetzt gut im Preis. Anschließend soll wieder aufgeforstet werden."

„Junge, das ist schwere Arbeit – du bist dafür doch noch arg jung."

„Ach was, die Arbeit macht mir nichts aus."

„Und die Schularbeiten?"

„Die muss ich noch machen, und Zeit für mich bleibt auch noch übrig. Ich schaffe das schon."

Alex war ein alter Mann, dünn und hager, mit tiefen Falten im Gesicht und vom Wetter gebräunt. Wenn er die Jugend sah, besonders Florian, dachte er an lang vergangene Jahre. Besonders bedrückte ihn der schwere Verkehrsunfall, als Florian mit erst zehn Jahren seine Eltern verloren hatte. Ja, er musste immer daran denken, nur sprechen konnte er nicht darüber. Beide waren so gute Menschen gewesen, die dem Jungen jetzt so sehr fehlten. Doch es war gut, dass Florian nach vorne schaute. Rückwärts schaute er nur, um Anlauf zu nehmen. Durch seine sinnvollen Beschäftigungen lenkte er sich ab. Und das war gut so.

*

Karl war ein guter und ehrbarer Geschäftsmann gewesen. Marlene, seine Frau, eine treue Seele, Hausfrau und Mutter. Die beiden führten eine gute Ehe. Sie hatten jung geheiratet, gerade, als Karl dreiundzwanzig und Marlene einundzwanzig Jahre alt waren. Mit fünfundzwanzig Jahren begann sein Aufstieg bei einer großen Bank. Er zählte zu denen, deren Weg schon in jungen Jahren nach oben führte.

Marlene verbrachte die meiste Zeit zu Hause, sie war ihrem Sohn Florian eine gute Mutter. Mit dem großen Gründstück war sie voll ausgelastet. Die Erde ist ein Teil der Natur und gab Marlene das Gefühl, sich voll auf sie verlassen zu können.

Wenn sie ein Pause brauchte, setzte sie sich auf die Bank unter dem Kastanienbaum. Die Sonne warf lange, funkelnde Strahlen über den Fluss und die Berge, und der Tau glitzerte auf den Blättern.

Alex lebte mit der Familie seines Sohnes Karl und bewohnte einen Teil des Hauses. Oft verbrachten Karl und Marlene, wenn Florian schon im Bett war, den Abend bei ihm in seinem Kaminzimmer, an das sich seine Bibliothek anschloss.

Wieder war es so ein Abend. Es sollte nicht spät werden, weil Karl am nächsten Morgen wegen einer Sitzung der Bank nach Frankfurt fahren wollte. Er nahm Marlene mit, da sie über Nacht bleiben musste. Florian ließen sie bei Karls Bruder Michael, seiner Frau Inge und dem Großvater zurück, wo er gut aufgehoben war. Der Wetterbericht hatte Regen und Sturmböen angesagt, Karl und Marlene bekamen Ermahnungen mit auf den Weg – sie sollten gut auf sich aufpassen. Das war es, woran Alex oft, oft denken musste, wovon er aber nicht sprechen mochte.

Florian saß mit seinem Onkel Michael bei Tisch, während Inge das Essen auftrug. Die beiden wollten gleich in den Wald fahren; es mussten Fichten gefällt werden. Florian half gern dabei.

Sie fuhren los und begegneten auf halben Weg Eva Kleinfeld und Carolin Roger. Der Verkehr stockte, so konnte Florian seinen Mitschülerinnen eine Zeit lang nachsehen. Beide waren fünfzehn Jahre alt, das schwarze Haar von Carolin und das blonde Haar von Eva hatte einen farblich schönen Glanz, dem das Sonnenlicht einen zusätzlichen zauberhaften Schimmer verlieh. Ihre Wangen ließen den Verdacht aufkommen, die beiden könnten der Natur mir Rouge nachgeholfen haben. Man konnte beide Damen ausgesprochene Schönheiten nennen. Die schmalen Taillen und die Kleidung waren ganz dazu angetan, ihre Figuren auf das Wirkungsvollste zur Geltung zu bringen. Dann löste sich der Stau auf, und kurz darauf hatten sie mit ihrem Traktor den Wald erreicht.

Florian sah auf die Uhr. Es war vierzehn Uhr an einem schönen, lauen Herbstnachmittag. Florian war immer, wenn er im Wald arbeiten konnte, von der Ruhe und der Natur angetan.
„Noch ein paar Tage, dann haben wir alles geschafft", sagte Karl, als sie nach einigen Stunden eine Pause einlegten. Inge verstand sich darin, sie mit Brot und Wurst bei guter Laune zu halten. Michael rückte einige Stämme in die richtige Richtung, um sie besser abfahren zu können.
Plötzlich war ein Schrei zu hören. Schnell lief Michael los, um zu sehen, was passiert war. Florian hatte sich mit einem Fuß in übereinanderliegenden Ästen verfangen und sich dabei mit der Kettensäge im Gesicht verletzt. Gesicht und Hände waren voller Blut. Florian hatte eine stark blutende Wunde an seiner linken Wange. Die Kettensäge, die er zur Seite geschleudert hatte, lief noch eine Weile. Michael war fassungslos und erschrocken, obwohl sich Florian bereits aus seiner misslichen Lage befreit hatte. Er fuhr auf schnellstem Wege in das nächstgelegene Krankenhaus.
Die erste Untersuchung ergab, dass die Sache außer einer Schnittwunde in der linken Wange dem Anschein nach glimpflich verlaufen war. Allerdings war Florian von jetzt an mit einer Narbe auf der Wange versehen. Am nächsten Tag würde er das Kölner Kranken-

haus verlassen können – die Nacht sollte er zur Beobachtung dort bleiben. Sein Großvater holte ihn ab. Wie immer fand der tröstende Worte.

„Jetzt gleichen wir uns noch viel mehr, willkommen zu Hause!"

Als nun alle sahen, dass Florian wieder putzmunter war, erzählte Alex, wie es auch nicht anders sein konnte, eine kleine Geschichte.

„Florian, als ich noch ein junger Mann war, etwas älter, als du heute bist, da war ich in einer schlagenden Verbindung. Das war Leichtsinn, sollte was sein und war nichts anderes als Unsinn. Sieh bei dir, ich hörte, du hättest keinen ausreichenden Kopf- und Gesichtsschutz getragen. Das soll kein Vorwurf sein. Wenn man jung ist, ist man halt viel leichtsinniger. Mir scheint es, die Menschen haben sich zu keiner Zeit verändert. Das Einzige, was mir an euch jungen Menschen nicht gefällt, ist, dass ich selber nicht mehr dazu gehöre. Ja, schon, wenn man alt ist, hat man viel Lebenserfahrung. Ich würde, wenn das ginge, davon gerne einen Teil eintauschen, gegen – sagen wir ruhig: Leichtsinn." Scherzhaft fragte Michael Florian, wann sie die restlichen Fichten fällen würden. Florian meinte, er würde schon noch etwas Zeit brauchen.

*

Alex hatte nach dem plötzlichen Tod von Karl und Marlene die restlichen Kredite für das Haus übernommen. Er vermietete das große Haus und ließ sich die Erkerwohnung mit Blick auf den Rhein ausbauen. Seitdem wohnte er auf diesem schönen Anwesen bei Königswinter.

Heute war ein besonderer Tag. Er hatte den letzten Kredit bezahlt. Jemand hatte geläutet, und er ging nachsehen, wer da war.

„Ach, Florian, schön, dass kommst! Komm rein, es ist kühler geworden und bei mir brennt der Kamin. Es ist schön warm und gemütlich in der Stube. Die Narbe an deiner Wange steht dir gut. Ich finde, wir zwei gleichen uns jetzt noch mehr."

„Manchmal sagt man mir, wie siehst du denn aus! Aber das ist natürlich spaßhaft gemeint."

„Ja, mein Junge, du siehst gut aus. Wie dein Vater in deinem Alter."

Der Abend verging schnell. Alex erzählte, dass alles mit der Restabzahlung geklappt hatte. Florian hörte aufmerksam zu, freute sich für den Großvater und sagte, darauf sollten sie einen trinken.

„Ich will mal sehen, ob ich noch Saft im Hause habe."

„Nein, Opa, jetzt trinken wir einen guten Wein."

Alex stutzte. „Junge, du hast recht. Weißt du, das ist genau das, was wir Alten nicht mitbekommen, nämlich, dass die Jungen erwachsen werden. Sag mal, was macht eigentlich deine Mitschülerin?"

„Du meinst die Eva Kleinfeld, nicht wahr? Ich habe sie mit Carolin Roger, der Tochter unseres Schuldirektors, gesehen. Ich glaube, sie ist wieder gesund. Sie ist ein im Wesen so nettes Mädchen, nur glaube ich, sie kann sich nicht viel leisten. Sie ist immer ganz einfach angezogen."

„Es ist nun mal so: Reich sein ist keine Schande und arm sein kein Vergnügen."

„Das mag sein. Ich finde übrigens toll, dass Carolin trotzdem zu ihr steht."

„Du magst die beiden, glaube ich."

„Ja. Großvater, Montag sind die Ferien zu Ende, und dann sehen wir uns wieder."

„Sag mal, Junge, du kannst doch so gut Portraits malen. Willst du nicht mal wieder eines machen?"

Fast täglich begegneten sich Florian und Eva in den Pausen. Florian hatte immer ein freundliches Wort, das Eva mit einem lieben Blick erwiderte. Ihr Kleid aus geblümtem Sommerstoff passte genau zu den flachen Ballerinas. Ihre schlanke Taille kam so vorzüglich zur Geltung und suchte unter den Mitschülerinnen ihresgleichen.

„Ich habe von deinem Unfall gehört. Da hast du aber Glück gehabt!"

„Was heißt Glück, Eva? Theologisch gibt es kein Glück und auch kein Pech, sondern nur Bestimmung oder Fügung."

„Wie auch immer, Florian, die Narbe an deiner Wange steht dir recht gut."

„Was ich dich fragen wollte, Eva ... es ist nur eine Frage ..."

Eva überlegte, was er damit meinen könnte.

„Weißt du, ich habe jahrelang nicht mehr gemalt. Wärest du damit einverstanden, dass ich dich portraitiere?" Eva fasste Florian am Arm und bedeutete ihm, dass sie sich gerne von ihm malen lassen würde.

„Und wo soll das stattfinden?"

Florian dachte an das kleine Gerätezimmer neben dem Physikraum. Dort wären sie ungestört. Die letzte Unterrichtsstunde würde ohnehin ausfallen.

Sie saßen sich gegenüber. Florian dachte: Was bist du schön! Dieses Antlitz mit den großen blauen Augen und dem sanften Gesichtsausdruck. Doch da war ihre Blässe.

„Fühlst du dich nicht gut?", fragte er. Eva fand ihn sympathisch und erzählte ihm im Vertrauen, dass sie nicht gesund sei. Heute ginge es ihr aber ganz gut.

„Weißt du, mal auf, mal ab."

An der rechten Seite des kleinen Raumes gab es ein Fenster, durch das Tageslicht hereinkommen konnte. Plötzlich kamen Eva die Tränen und verschleierten ihren Blick. Es kam ihr der Gedanke, es gebe kein Glück.

„Was ist los, Eva?"

„Schon gut."

Florian berührte ihre Hand und sagte tröstend: „Es wird schon wieder gut." Er malte mit den Händen, was seine Augen sahen. Er konnte Proportionen erfassen und Charakteristika erkennen, das zarte Gesicht, die Tränen. Der laue Wind riss die Wolken auseinander und die Sonne füllte den kleinen Raum mit Licht und Schatten. Florian sah das Bild mit seinen Augen, es lebte voller Hoffnung, aber da war auch viel Schatten.

„Ist dir das Bild gelungen, Florian?"

Er seufzte und schob seine Gedanken zur Seite. Ja, das war es, und den Rest würde er daheim malen. Wenn es fertig wäre, würde er es ihr zeigen.

Plötzlich füllte sich der angrenzende Klassenraum. Einige wollten aus dem kleinen Geräteraum Stimmen gehört haben. Nun hatte Florian aber vorher die Tür abgeschlossen und den Schlüssel abgezogen. Doch für den Unterricht wurden Hilfsmittel benötigt, die sich in der kleinen Kammer befanden. Die Physikschüler der Klasse 7 b wurden heute von Direktor Roger unterrichtet. Das war eine unangenehme Situation für Eva und Florian. Direktor Roger forderte:

„Macht die Tür auf!" Alle waren gespannt, wer wohl bei Florian war. Dass es ein Mädchen war, dessen war man sich bewusst.

„Zum letzten Mal, Florian Feldmann, schließ die Tür auf!"

„Herr Direktor Roger, bitte treten Sie dicht an die Tür, dann sage ich Ihnen, wer bei mir ist. Vorher aber schicken Sie alle Schülerinnen und Schüler weg."

„Florian, alle sind wieder ihrer Klasse. Wer ist also bei dir?"

„Ihre Tochter, Herr Direktor. Bitte gehen Sie jetzt auch. Sie wollen doch keine Öffentlichkeit."

Vor der Klasse war es wieder ruhig geworden. Florian strich Eva über ihr blondes Haar und fasste beruhigend ihre Hand. Sie ging mit Florian zur Schulbushaltestelle, ohne bemerkt zu werden. Florian ging dann zu Fuß nach Hause.

Inzwischen war Direktor Roger an seinem Haus angekommen. Er wollte die Tür aufschließen, doch die war offen. „Carolin, was machst du hier?"

„Aber Vater, du weißt doch, dass heute die letzte Unterrichtsstunde ausgefallen ist."

„Stimmt, Liebes. Mutter kommt gleich. Sie ist beim Zahnarzt. Sie klagt seit Tagen über Zahnschmerzen. Sie wartet ja auch immer viel zu lange mit dem Arztbesuch."

„Vater, ich hab aus der Küche gesehen, dass du sehr schnell angebraust kamst. Denk daran, hier ist Ortsverkehr. War etwas Besonderes?"

„Nein, nein, alles in Ordnung."

Carolin hatte den Tisch gedeckt. Ihre Mutter Andrea hatte sich schon umgezogen, weil sie gleich nach dem Essen im Garten arbeiten wollte.

„So, meine Herrschaften, das Essen ist fertig. Guten Appetit! Carolin, ich glaube, du wirst eine gute Hausfrau. Der Schweinenackenbraten und die frischen Bohnen dazu, einfach herrlich."

„Carolin?"

„Ja, Vater, was ist?"

„Kennst du einen Florian Feldmann?"

„Natürlich, der ist sehr nett."

„Na, Carolin", sagte Andrea scherzhaft, „einmal nett reicht auch. Oder bist du in ihn verliebt?"

„Nicht so, wie du meinst, aber alle Mädchen haben Florian gern."

„Ich weiß nicht, ob ich den Jungen mal gesehen habe, Carolin, aber ich glaube, der macht seinen Weg."

„Florian hilft seinem Onkel in der Land- und Forstwirtschaft. Vor ein paar Monaten hatte er einen Unfall, seitdem hat er eine Narbe an der linken Wange. Irgendwie steht sie ihm auch gut und ist nicht zu übersehen."

„Oh, wie ist das denn passiert?"

„Er hat sich im Wald beim Bäumefällen mit einer Kettensäge verletzt. Schlimm, was alles so passieren kann."

*

Alex machte Urlaub in Kampala am Viktoriasee, dem Tor zu Uganda. Hier zog es ihn immer wieder hin. Er kannte die bewegte Vergangenheit dieses Landes. Von hier aus reiste er mehrere Tage lang auf der Ugandabahn zur Ostküste Kenias. 1894 hatten die Engländer diese Bahn gebaut, von der Ostküste bis zum Viktoriasee. Dieses Gebiet hatte London den zionistischen Juden angeboten, die damals eine Heimat suchten. Doch die Juden lehnten ab, sie wollten nach Palästina. Gegen den Willen der Schwarzen hatten sich hier viele Briten, Neuseeländer und Australier auf der Suche nach einer neuen Heimat angesiedelt. Das Kolonialministerium behauptete, dieses Gebiet sei nur ein Protektorat, es würde den Schwarzen zurückgegeben, wenn diese in der Lage wären, das Land selber zu verwalten. 1905 dann, als zweitausend Weiße vier Millionen Afrikanern gegenüberstanden, erklärte der britische Kommissar für das Protektorat Ostafrika, es sei ein Land des weißen Mannes.

In Nairobi, der Hauptstadt Kenias, wohnte Alex in einem Hotel, das ein englisches Ehepaar namens John und Elisabeth Smith führte. Zwei Afrikanerinnen, Miranda und Mona – beide sahen gut aus und gehörten seit ihrem 11. Lebensjahr mit zur Familie – waren für alle

Arbeiten zuständig, in der Küche, auf den Zimmern und den Einkauf betreffend.

Wenn Alex die Menschen sah, so viele Nationalitäten, dann staunte er. Warum war es so schwer zu verstehen, dass andere anders sind? Nicht besser, nicht schlechter, nur anders.

Elisabeth, die Wirtin, richtete Alex zu Ehren einen besonderen, gemütlichen Abend aus. Auch einige gute Freunde waren eingeladen. Als Überraschung kredenzte sie einen Rotwein aus einem der wenigen deutschen Rotwein-Anbaugebiete an der mittleren Ahr.

„Die Überraschung ist dir gelungen", sagte Alex. In Ahrweiler in einer Straußenwirtschaft hatte er seine Frau Elli, die früh verstorben war, kennengelernt. Nach dem ersten Glas meinte er:

„Unverkennbar Heimatklänge." Mit dem Ahrtal verbanden ihn viele Jahre seiner Jugend. Einsame Wege führten hatten ihn und Elli an der Ruine Saffenberg und dem alten Regierungsbunker vorbeigeführt. Abseits der viel begangenen Wanderwege ließen sich hier die ruhigen Seiten des mittleren Ahrtales rund um Dernau und Mayschoss besichtigen. Hier gab es viele Spuren aus dem Mittelalter und aus der Zeit des Kalten Krieges. In der Kirche von Mayschoss hatten sie sich damals das Ja-Wort gegeben. Noch heute bezog Alex seinen Portugieser und den klassischen Rotwein aus der Mayschosser Winzergenossenschaft.

Mona und Miranda waren immer dabei, wenn gefeiert wurde. Sie hielten alles im Auge und trugen auf, sobald etwas fehlte. Die beiden Mädchen legten eine Musikkassette mit rheinischen Liedern auf.

Ein junger Mann begrüßte Alex und stellte sich vor.

„Ich heiße Nick Mehmet und komme aus Frankfurt. Ich wohne schon über ein Jahr hier im Hotel Smith. Nicht weit von hier bin ich in einer großen Bank beschäftigt."

„Sie sind noch sehr jung, Nick", sagte Alex und dachte dabei an Florian daheim.

„Was heißt jung? Die Jugend ist nur ein kurzer Sommer, und der kann sehr rau sein. Ja, der einen frieren machen kann."

„Sie haben es aber doch schon recht weit gebracht."

„Wer jemals versucht hat, Fußball in engen Hinterhöfen zu spielen, der weiß, wie schwer es im Leben fallen kann, nicht anzuecken."

„Und was haben Sie vor? Ich meine, was ist Ihr berufliches Ziel?"

„Ich habe in Siegen studiert, Hauptfach Finanzen. Eine Zeit lang in einer ausländischen Bank zu arbeiten rundet meine Ausbildung ab. Demnächst möchte ich mich in einem größeren Industriebetrieb in Deutschland bewerben."

Der Abend klang aus. „Es war sehr schön", bedankte sich Alex. Kurze Zeit darauf machte Elisabeth das Licht aus, bis auf eine kleine Tischlampe neben dem Musikschrank.

„Schließ du ab, Miranda", sagte sie, „bis morgen früh." Bis auf Nick waren alle fort. Er hatte noch eine Flasche Portugieser bestellt.

Er holte Mirandas Glas und stellte es neben das seine. Leise erklang ein afrikanisches Lied, und Miranda tanzte. Ihre Bewegungen waren aufregend und ihr Blick so besänftigend. Sie setzte sich zu Nick an den Tisch.

„Deine milchkaffeebraune Hautfarbe finde ich wundervoll. Du bist sehr schön, Miranda!" Sie legte ihren schlanken Arm über seine Schulter und sagte: „Du gefällst mir auch. Ich mag die Deutschen überhaupt. Sie sind immer so freundlich und geben oft ein Trinkgeld."

„Das mag sein, aber glaube mir, nicht alle sind gut, wie überall."

An Nick gewandt erwiderte sie: „Tanzen ist ein Teil unserer Kultur, wir tanzen, wenn wir glücklich sind, wenn wir um eine gute Ernte bitten, wenn wir traurig sind. Jetzt bin ich glücklich, Nick, lass mich heute Nacht nicht allein."

Sie fühlte sich glücklich und sagte sich, dass die Pille die Frauen von der sexuellen Unterdrückung befreit habe.

„Lass uns ins Schlafzimmer gehen", flüsterte er. Miranda lächelte. Sie fühlte sich geborgen und verträumt. Sie schlang ihre Arme um seinen Hals. Nick wurde erregt und seine Küsse wurden leidenschaftlicher. Dann lächelte er wieder. Mirandas Wunsch war: „Lass mich wenigstens für kurze Zeit alles um mich herum vergessen, lass mich dich genießen." Das Zimmer um sie herum schien zu verschwimmen. Sie gab sich ihm ganz hin, ließ sich von der Fantasie verzaubern. Und Nick war ein erfahrener Liebhaber, rücksichtsvoll und nie verletzend.

Am nächsten Morgen saßen Alex und Nick zusammen am Frühstückstisch. Miranda hatte ihren freien Tag. Sie wollte in die Stadt bummeln gehen und private Kleinigkeiten einkaufen. Mona trug das Frühstück auf. Es hatten sich noch neue Gäste einquartiert, so dass sie und Elisabeth alle Hände voll zu tun hatten. Es herrschte rege Betriebsamkeit.

Miranda hatte sich zu einigen Mädchen in einer kleinen Eisdiele gesetzt, mit denen sie früher in ihrem Dorf Kontakt gehabt hatte. Sie saßen im Schatten. Ein laues Lüftchen glich den hellen Sonnenschein aus, der auf die Dorfstraße niederbrannte.
Am Tisch gegenüber saß ein gut gekleideter Mann von etwa Ende vierzig Jahren. Miranda fühlte sich beobachtet. Sie sah sofort, das es ein Europäer war. Es kam hier häufig vor, dass diese Typen den dunkelhäutigen Frauen nachstellten. Miranda schaute auf die Uhr. Sie hatte noch Zeit zum Shoppen. Ein Fenster mit Andenken und Modeschmuck zog sie an. Sie sah einen aus Elfenbein geschnitzten Karibu, der ihr sehr gut gefiel. Er war teuer, doch schon immer wollte sie einen solchen Talisman haben. Es hieß, er bringe Glück.

Sie machte sich auf den Weg nach Hause. Bei John und Elisabeth Smith bewohnten sie und ihre Schwester Mona eine kleine Wohnung. Hier waren auch beide im Restaurant beschäftigt. Sie lebten alle zusammen und verstanden sich prächtig.

Miranda zog sich schnell um. Sie wollte Elisabeth noch in der Küche helfen. Mit ihren Lippen berührte sie den kleinen Karibu und bat darum, dass er ihr Glück brächte.

*

Alex liebte die Stadt Nairobi. Sie war mit über zwei Millionen Einwohnern die größte Stadt Ost- und Zentralafrikas. Oft als „Sonnenstadt" oder „Blumenstadt" bezeichnet, waren die meist breiten Straßen und Plätze, die von modernen Wolkenkratzern dominiert wurden, mit Bougainvilleen, Jakarandas und Hibisken gesäumt. Die ruhigen Vororte Muthaiga, Limuru, Kaven und Langata waren geprägt von großen Häuser in hübschen Gärten – in starkem Kontrast zu den Slums, die in der Stadt und um sie herum existierten.

Fuhr man vom Flughafen nach Nairobi hinein, war eines der herausragenden Gebäude der Skyline das Kenyatta Conference Centre (sein Hauptsaal konnte 4000 Delegierte aufnehmen). Eine Aussichtsplattform im 28. Stock eröffnete eine weite Sicht auf die Stadt. Nairobi wurde vor mehr als 100 Jahren geboren: Der Chefingenieur der Uganda Railway Construction, George Whitehouse, wählte diesen Ort für den Schienenkopf, weil er auf etwa halbem Weg zwischen Mombasa und Kampala lag – bevor es in das schwierige Rift Valley Escarpment ging. Vor George Whitehouse war der erste im Gebiet lebende Europäer Sergeant Ellias von den Royal Engineers gewesen. Mit Ankunft der Bahn dann wuchs Nairobi schnell und war 1907 die Hauptstadt von Britisch-Ostafrika geworden.

Morgen sollte nun Alex' Flugreise durch das Land beginnen. Erstes Ziel war Mombasa. Hier konnte man der faszinierenden Tierwelt Kenias begegnen, hauptsächlich waren Elefanten, Zebras, Antilopen und Büffel zu sehen. Hier erlebte man auch jetzt noch das geheimnisvolle Afrika Hemingways: die vom Schnee bedeckten Vulkane, über Steppen donnernde Tierherden, Menschen, die auf ihre über Jahrhunderte unveränderte Lebensform stolz waren und sich den Bedingungen der Natur angepasst hatten. Ein zauberhaftes Grasland mit saftigen Hügeln und Akazienwäldern, durch das sich die Flüsse Mara und Talek schlängelten. Der Flug nach Tsavo West bot einen herrlichen Ausblick auf den Kilimandscharo. Ein Naturerlebnis im Wechsel der Klima- und Vegetationszonen! In Ostafrika fanden sich die interessantesten und tierreichsten Nationalparks der Welt, die Drehorte zahlreicher dokumentarischer Tierfilme waren. Serengeti, Ngorongoro und Kilimandscharo standen für den Mythos und den Zauber einer faszinierenden Region dieser Welt.

Alex war nicht nur ein Erholungssuchender. Kenia mit seinen unendlichen Möglichkeiten machte ihn hungrig auf Abenteuer. Wenn der Regen das Weideland der Massai Mara wieder zum Leben erweckte, hallten die weiten Ebenen vom Donner der herannahenden Hufe wider. Über eine Million Gnus zogen jährlich von der Serengeti nach Norden. Jeder der neunundfünfzig Nationalparks war eine einzigartige Welt für sich. Der leuchtend blaue Indische Ozean mit seinem kristallklaren Wasser umspülte sanft die feinen, weißen Sandstände. Die Kenianer waren ein friedliches Volk, vereint durch eine gemeinsame kenianische Kultur. „Karibu" hieß in Kenia „willkommen". Dieses Wort bedeutete gleichzeitig aber auch: „Gruß", „Einladung" und „Segen".

Alex' letzte Station der Flugreise, die ihn von Nairobi nach Mombasa führte – über Tsovo Ost, Travo West und Amboseli –, sollte

Massai Mara sein. Hier war es, das geheimnisvolle Afrika Hemingways: die vom Schnee bedeckten Vulkane, die Menschen und Tiere, die sich den Lebensumständen der Savanne angepasst hatten. Vor der Landung in Nairobi flog die Maschine eine Warteschleife. Alex sah aus der Höhe die Sonnenstadt, die Blumenstadt. Er hatte das Gefühl, seinen Gedanken würden Flügel wachsen. Er dachte an die Slums, an Miranda, an Mona, an die atemberaubende Natur, die Menschen und an all die unvergesslichen Eindrücke.
Er stand wieder auf festem Boden. Alex hatte Miranda und Mona versprochen, er würde von seiner Reise erzählen und jeder etwas mitbringen, wenn er zurückkäme. Jetzt freute er sich darauf, das Hotel von John und Elisabeth zu erreichen.

*

Nick kam von einer längeren Geschäftsreise zurück. Als Miranda ihn begrüßte, erschrak sie über die Heftigkeit ihrer Gefühle. Damals, als sie zum letzten Mal zusammen gewesen waren, hatte sie gemeint, niemals werde sie ihn leidenschaftlicher lieben können als in jenem Augenblick. Doch während seiner Abwesenheit hatten ihre Gefühle sich mächtig verstärkt.
„Nick, ich bin so glücklich! Lass uns in mein Zimmer gehen, da können wir unser Wiedersehen feiern. Ich hole uns das Essen und eine gute Flasche." Nick staunte, als Miranda ihn mit seinem Lieblingsessen überraschte: Es gab italienische Pizza, mit zartschmelzendem Käse überbacken. Zu gemütlichem Licht und leiser Musik tranken sie Rotwein aus langstieligen Gläsern.
Miranda fasste seine Hand und fragte: „Nick, erzähle mir, wie ist es dir ergangen? Gab es etwas Besonderes? Ich freue mich für dich, dass du es in einer der größten internationalen Banken in Kenia so weit gebracht hast!"

Nick drückte Mirandas Hand als Antwort. „Das Besondere ist: Ich habe eine Empfehlung von unserem Vorstand, mich bei einer großen Firma in Deutschland zu bewerben. Ein Privatunternehmen, Maschinenfabrik Hubertus Kleinfeld in Hessen. Das Unternehmen beschäftigt mehrere tausend Mitarbeiter und ist auch im Ausland präsent." Er fasste sie immer fester, doch Miranda fühlte keinen Schmerz. Nick sah ins Leere. Für Miranda war es sonst immer unangenehm, sich mit jemandem zu unterhalten, der sie dabei nicht anguckte. Doch dann sah er in ihre Augen; und sie schauten sich gegenseitig an. Er seufzte, verharrte einen Moment und sagte dann: „Miranda, ich werde Kenia verlassen."

Miranda sprang auf, stand sprachlos, verletzt und zitternd da. „Ich habe für vieles Kraft. Das muss man als Farbige haben, wenn man in diesem Land lebt, aber ich habe keine Kraft für einen Abschied." Sie wischte sich die Tränen fort und lehnte sich an Nick.

„Halte mich! Freud und Leid liegen so dicht beieinander wie Hoch und Tief."

Plötzlich war sie mit ihren Gedanken wieder in ihrer Vergangenheit; dort, wo die in Hütten lebenden Menschen hungrig auf verwanzten Kojen lagen. Sie versuchte, Sinn, Vernunft und Bedeutung in ihrem Leben zu finden. Sie machte das Licht aus, zog den Fenstervorhang zurück und sah in den sternenklaren Himmel. Dann fühlte sie Nicks Arme um sich.

„Sieh mal, Nick, die Sterne! Ich suche einen, der dann deinen Namen tragen soll." Er drückte sie fest an sich, und in diesem Moment bewunderten sie eine Sternschnuppe, die für ihre Gemeinsamkeit stand.

„So alt ich auch werde, Liebster, immer wenn ich eine Sternschnuppe sehe, gehst du von mir."

Miranda war in Gedanken in die Zeit ihrer Jugend zurückgekehrt. Plötzlich rief Elisabeth: „Miranda, kannst du mal eben kommen? Alex hat angerufen, er ist morgen hier. Wir haben da viele weitere Gäste und müssen die notwendigen Vorbereitungen treffen. – Was ist mir dir los? Hast du geweint?"

Sie nahm Miranda in den Arm. „Sei nicht traurig, Liebes. Du wirst den Mann bekommen, der für dich bestimmt sei. Du wirst deinen Weg gehen und Nick den seinen. Behindert euch nicht! So sehen die Karten des Lebens aus, man spielt, doch gemischt wird oben. Theologisch gesehen gibt es keine Entscheidung, nur Bestimmung."

Elisabeth war eine gläubige Christin, und sie sagte: „Miranda, es gibt nichts Neues. Unter der Sonne geschieht nichts, von dem man sagen könnte: Ist das neu? Es ist längst geschehen, in den Zeiten, die vor uns gewesen sind (Pred. 1, 10). Miranda, geh ruhig wieder zu Nick. Er ist ein guter Junge."

Miranda hatte sich gefangen. Sie wollte, dass Nick fröhlich war. Als sie zu ihm trat, war er nachdenklich und sein Gesicht hatte einen seltsamen Ausdruck angenommen. „Komm, setzen wir uns wieder an den Tisch. Ich finde es wunderbar, Nick, dass du Erfolg hast. Elisabeth hat mich aus dem Loch geholt und du sollst auch Erfolg haben, denn du warst auch ganz unten. Füll die Gläser mit Wein, wir wollen auf dich anstoßen. Ich habe auch Grund genug, glücklich zu sein. Zum Wohle. Karibu."

Und plötzlich umfasste er ihre Schultern, zog sie an sich und presste seinen Mund auf ihren. „Du bist so schön. Ich möchte dich lieben", flüsterte er leise. Miranda blies die Kerzen aus. Jetzt lag der Raum im Halbdunkel. Die Vorhänge waren nicht zugezogen, die Sterne leuchteten durchs Fenster.

*

John ging auf Alex zu, um ihn zu begrüßen. „Alex, schön, das du wieder da bist! Wenn du das nächste Mal eine Safari unternimmst, bin ich dabei. Ich habe ohnehin vor, mich mehr und mehr zurückzuziehen. Aber davon später mehr – erzähle, wie es dir gefallen hat!"

„John, die überwältigende landschaftliche Vielfalt macht Kenia zu einem Fest für die Sinne. Jeder Safarimorgen beginnt mit einem neuen Abenteuer, jeder Tag ist faszinierender als der vorherige."

„Alex, du bist ein richtiger Afrikaner. Braun gebrannt und hager – und deine Tropenkleidung steht dir gut. Wenn nur die tiefen Falten nicht wären, aber die gehören wohl dazu."

„John, was hat sich denn hier so getan?"

„Vieles, da ist zunächst Nick."

„Was ist mit dem Jungen?"

„Ja, Alex, Nick verlässt Nairobi, er hat sich bei einer großen Firma in Deutschland beworben und gute Aussichten."

„Arme Miranda!"

„Ach was, Miranda wird hier gebraucht. Elisabeth hat noch viel vor, und da braucht sie Miranda und Mona. Sie hat viel Geld in eine Immobilie investiert. Es handelt sich um ein geschmackvolles Hotel im typisch afrikanischen Safaristil und ist mit antiken Möbeln ausgestattet. Es hat 25 Zimmer und 8 Appartements. Restaurant und Hotel sollen unter der Leitung von Elisabeth, Miranda und Mona stehen. Ich stehe ihnen mit meinem Rat zur Verfügung, ansonsten begebe ich mich weitgehend in den Ruhestand. Weißt du, ich habe mich mein Leben lang von dem Satz leiten lassen: Wenn du genug hast, dann lass es langsam gehen und sei zufrieden. Elisabeth aber will die Mädchen versorgen. Das ist natürlich auch mein Wille. Später bekommen sie ja doch alles."

Elisabeth hatte die beiden Zwillingsschwestern vor vielen Jahren kennengelernt. Auf ihrer Schulter trug Miranda ihre Schwester Mona, die am Fuß schlimm verletzt war. „Da hast du aber eine schwere

Last zu tragen", meinte Elisabeth. Miranda aber sah sie verwundert an und sagte: „Ich trage doch keine Last, ich trage meine Schwester."

Elisabeth kamen die Tränen, als sie die Armut und die Hoffnungslosigkeit sah. Sie verstand sich als praktizierende Christin mit Fehlern und Schwächen. Sie nahm die Kinder und ihre Mutter mit nach Hause. In der Küche gab sie ihnen zu essen und zu trinken. Ich war in einem Nebenraum beschäftigt. Für einen Moment waren die Kinder alleine. Elisabeth suchte ihren Mann.

„Da bist du ja, komm mit, ich muss dir was zeigen." Als sie die Küche betraten, waren Miranda und Mona auf dem Boden eingeschlafen.

„Setz dich zu mir, John", sagte Elisabeth. Sie fasste seine Hand. „Vielleicht träumen sie gerade." Und sie erzählte mir eine Geschichte aus dem alten Testament. Auf einer Leiter, die bis in den Himmel ragte, kletterten sie munter hinauf und herunter, nahmen all das mit, was ihnen schwer auf dem Herzen lag, und wandelten es oben im Himmel in neuen Mut und Zuversicht. Als sie aufwachten, gestärkt und fröhlich, konnten sie nicht begreifen, was mit ihnen geschehen war. Sie hatten verschlafen, als ihnen die Engel und damit Gott ganz nahe waren. John, um andere zu verstehen, muss man sich erst selbst verstehen. Ich bin nun viel eher bereit, die Menschen so zu akzeptieren, wie sie sind. So weit erzählte John diese Geschichte und fuhr fort:

„Alex, von diesem Moment an hatten wir zwei liebe Kinder und für nichts auf der Welt würden wir sie hergeben. Elisabeth sorgte für ihr Wohl und liebte sie sehr. Sie sollten nicht so werden, wie Elisabeth sie haben wollte, sie sollten bleiben, wie sie waren. Die Mädchen sind inzwischen 22 Jahre alt, leben also schon elf Jahre mit uns zusammen! Sprechen Englisch als Amts- und Handelssprache und ein verständliches Deutsch."

„John, wie kommt es, dass sie eine so schöne milchkaffeefarbene Haut haben?"

„Es gibt in ihrer Region viele Mischlinge. Ihr Vater, den sie nicht kennen und nie gesehen haben, soll ein Ire sein. Die Lage in ihrer früheren Heimat Uganda hat sich seit Amtsantritt des Präsidenten Museveni 1986 im Vergleich zu den Regierungen unter Amin und Obote stabilisiert, doch verzeichnet Amnesty International auch unter der jetzigen Regierung schwerwiegende Menschenrechtsverletzungen. Vor allem in den Grenzgebieten des Nordens und Westens, wo bewaffnete Oppositionsgruppen gegen die Regierung kämpfen, kommt es von beiden Seiten zu schweren Menschenrechtsverstößen. Das alles in einem Land, das aufgrund seiner Schönheit, der Vielfalt an Formen und Farben, der verschwenderischen Fülle an Pflanzen, Vögeln, Insekten, Reptilien und Großwild und wegen seiner unendlichen Weite die Perle Afrikas ist! Uganda ist die Heimat von mehr als 50 großen Säugetierarten. Es gibt kaum etwas Aufregenderes, als mitten im Herzen Afrikas durch den dichten Wald zu wandern und plötzlich einem Berggorilla gegenüber zu stehen."

„Du sagst, wie es ist, John. Ich war oft in Uganda. Da wohnen Armut und Reichtum, Krieg und Frieden beieinander. Da gibt es vorsätzliche und willkürliche Tötung und Verschleppung von Zivilisten, Tausende von Kindersoldaten, Misshandlung und sexuelle Versklavung entführter Kinder. Die jüngste Vergangenheit seit der Unabhängigkeit Ugandas 1962 ist von Terror, Unrecht und Hunderttausenden von Toten gekennzeichnet. Dies gilt vor allem für die Regierungen unter Idi Amin (1971–1979) und Milton Obote (1962–1971, 1980–1985). Unter der Regierung von Museveni seit 1986 verbesserte sich die Situation zweifellos. Doch von der positiven Entwicklung profitierten die Menschen in den Grenzgebieten im Norden und Westen, wo seit über zehn Jahren Bürgerkrieg zwischen Rebellenbewegungen wie der Lord's Resistance Army (LRA) und der Regierung herrscht, so gut wie nicht. Das ist die eine Seite. Die andere Seite zeigt ein weites traumhaftes Uganda. Da ist der Kibale Nationalpark. Kibale ist der zugänglichste der großen Regenwälder Ugandas am Fuß des Ruwenzori-Gebirges. Der Park liegt auf einer Höhe zwischen 1.590 Meter im Norden und 1.110 Meter im Süden, was die Verschiedenartigkeit seiner Vegetation erklärt. Es handelt sich daher um einen Übergangswald zwischen Bergwald und gemischtem tropischen Laubwald. Dann gibt es den Mgahinga Nationalpark, sein Bergregenwald erstreckt sich auf einer Höhe von 2.640 bis 4.127 Metern. Die spektakuläre Umgebung am Fuße der Vulkane gehört zum Schönsten, was man in Ostafrika sehen kann. Für mich zählte die Reise durch den Queen Elisabeth Nationalpark zu meinen schönsten Safaris. Der 2000 Quadratkilometer große QE-Park gehört mit seiner außergewöhnlich vielfältigen Fauna zu den reichsten und bestorganisierten Parks ganz Afrikas."

*

„Alex, komm, wir wollen mal sehen, was im Restaurant los ist, vielleicht warten unsere Freunde schon auf uns."

Von Zeit zu Zeit besuchte Nick Mira Garetty, die Mutter von Miranda und Mona. Mira war für die Außenanlagen zuständig und außerdem eine große Hilfe für die Dekorationen der Zimmer.

Wenn abends im Garten serviert wurde, war Mira immer dabei. Heute war es ruhig. Sie hielt sich im Garten auf und zündete gerade ein Feuer an. Nick setzte sich zu ihr. „Schön, dass du dich mal wieder sehen lässt!"

Was gibt es Schöneres, als abends am offenen Feuer zu sitzen, den afrikanischen Sternenhimmel über sich zu haben und den Tag ausklingen zu lassen. Das wird mir in Erinnerung bleiben, dachte Nick.

„Erzähle mir, was machst du so?", fragte er Mira.

„Es gibt auf dem Gelände des Parks eine Aufzuchtstation für verwaiste Elefantenjunge. Viele Muttertiere werden von Wilderern getötet, die auf das Elfenbein aus sind. Viele verwaiste Elefantenbabys werden hier allmählich wieder an das Leben in Freiheit gewöhnt, was viele Jahre dauern kann. Wenn die Sonne über dem Nairobi Nationalpark aufgeht, ist Aufstehzeit für die kleinen Elefanten. Neugierig schlängeln sie ihre Rüssel zwischen den Gitterstäben hindurch und begrüßen mich. Sie sind wie Kinder. Sie spielen, machen Unsinn und brauchen viel Körperkontakt. Dazu gehört auch, dass jede Nacht jemand mit im Stall schläft. Diese Aufgabe übernehme ich manches Mal. Pfleger wechseln sich ab, damit das Jungtier nicht auf eine einzelne Person fixiert wird. In der Natur leben sie auch in einer Großfamilie, und wir versuchen alles, um dies nachzuahmen. Und weißt du was? Es sind die Augen der Elefanten, die diese Arbeit belohnen."

Mira bat Nick darum, mit ihr in die Slums zu gehen. Sie einigten sich auf den nächsten Tag, da Nick nicht mehr viel Zeit hatte. Er griff in die Tasche seiner Jacke, und seine Hände kamen voller Geldscheine wieder zum Vorschein. Ein plötzliches Schweigen senkte sich über Mira. Er schob ihr das Geld über den Tisch hinweg zu. „Hier, du weißt am besten, wo es nötig ist. Wer wie ich in Hinterhöfen zwischen Häuserblocks in Frankfurt gespielt hat, weiß, wie sich die Kinder in Nairobis Hinterhöfen fühlen. Einen Unterschied gibt es nicht." Nick überließ sich seinen Gedanken. „Ob Nairobi, Frankfurt oder irgend eine andere Großstadt: Alle haben ihre Problemviertel. Schattenseiten wie in Afrika gibt es überall. Bis morgen, Mira."

Mira erzählte. „Ich bin gerne hier im Kinderdorf. Es ist jetzt elf Jahre her, als man meinen Kindern und mir geholfen hat, und ich kann gar nicht mit Worten ausdrücken, wie dankbar all diese vielen Kinder sind, wenn ihnen geholfen wird. Nach allem, was wir durchgemacht haben, weiß ich, dass es nicht für alles eine Lösung gibt, aber ich glaube fest daran, dass vieles möglich ist. Ich bin dankbar, dass mir Gott die Kraft gegeben hat, die Lebensbedingungen, unter denen gerade die Kinder leiden, mit zu verbessern. Für viele von ihnen konnte ein Weg gefunden werden, der weit über die Befriedigung der grundlegenden Bedürfnisse hinausgeht: eine Schule besuchen, einen Beruf erlernen und ihr Leben selbstbestimmt und mit Achtung vor sich und für andere zu führen. Ich bin zuversichtlich, dass wir gemeinsam weiterhin vielen Kindern und Familien das geben können, wofür wir mit unserem Einsatz stehen: Schutz, Geborgenheit und Hoffnung!"

„Mira, du bist ein Engel, du hast auch mir viel gegeben!" Nick fasste ihre Hand und bedeutete ihr: „Mira, ich möchte deine Elefanten sehen." Sie führte ihn zu dem großen Gehege. Nick bewunderte die Elefanten, die sich sichtlich wohlfühlten. Sie lebten zwar in einer großen Gefängniszelle, waren aber sicherer als draußen. Die Zäune gewährten Schutz, sie schlossen sie von der gefährlichen Steppe ab. Doch wenn sie stark waren und Kraft genug hatten, konnten sie eines Tages die endlosen Weiten des geheimnisvollen Landes entdecken. Sie würden frei sein, frei in Afrika.

*

Frank Mackays begrüßte Elisabeth, Miranda und Mona in ihrem neuen Hotel. Er freute sich sehr, sie zu sehen. Dann stellte er das Personal vor. Es war ausgemacht, dass es übernommen würde. Die Verwaltung aber, so sagte Elisabeth, würde sie mit ihren Kindern übernehmen. Die Mädchen waren völlig überrascht und überwältigt, und sie wussten kaum, was sie sagen sollten. Herr Mackays lächelte, da er viel von den jungen Damen gehört hatte, und er war glücklich, sein Lebenswerk in guten Händen zu wissen. „Ich bin alt und habe keine Nachkommen. Doch ich wünsche mir, dass ich noch lange Ihr Gast sein kann! Wenn es den Damen recht ist, werde ich, wenn nötig, mit Rat und Tat zur Seite stehen." Sie bedankten sich für sein Angebot und erwiderten, er solle sich als Freund des Hauses fühlen.

Frank Mackays fasste die wohlgeformte, langfingrige Hand von Elisabeth und murmelte: „Danke." Sein Butler stand neben ihm und fragte, was sie trinken wollten. Sie entschieden sich für ein alkoholfreies Getränk. Frank Mackays zögerte kurz und verlangte für Elisabeth und sich zwei Whisky mit Soda. Er hatte ihren Arm genommen. „Gestatten Sie, dass ich Sie duze und mit Vornamen anspreche? Ich könnte schließlich Ihr Vater sein!" Elisabeth lächelte. Sie war sich bewusst, dass sie gut aussah. Dies hatte sie schon als kleines Mädchen gemerkt, wenn sie sich im großen Spiegel des Schlafzimmers betrachtete. Sie und die Mädchen hatten ein gutes Auftreten, und Freude und Dankbarkeit stiegen in ihr auf.

Daheim wartete John schon auf seine Damen. „Alex und Nick sind heute Abend meine Gäste. Elisabeth, ich schlage vor, wir setzen uns zusammen." Nick staunte, als er Miranda sah. Sie trug, wie auch ihre Schwester, ein langes Kleid aus blauem Crêpe, und ihre glänzenden Haare waren flott frisiert. Mit ihren hochhackigen Schuhen war sie nur wenig kleiner als er, und die Augen aller Anwesenden wandten sich ihr zu. Sie spürte das aufregende Prickeln des Triumphes. John erhob sein Glas: „Sehr zum Wohl, so jung kommen wir nicht wieder zusammen. Trinken wir auf die Zukunft! Das neue Hotel und Restaurant haben einen hohen Wert, und es liegt keine Hypothek darauf. Elisabeth, die Mädchen und ich sind nun gleichwertige Partner. Wobei ich nur am Rande mitspiele."

John sah Nick an. „Du willst uns verlassen?"

„Ja, ich gehe wieder zurück."

„Nick, du wirst uns fehlen." Der Junge wird seinen Weg machen, ich kenne ihn, dachte er. Er hat Glück. Alle Gläser, die zuvor mit einem Wein aus dem Ahrtal gefüllt worden waren, erklangen.

Nick sagte zu Alex: „Glück ist ein Zauberwort in allen Zeiten. Die meisten, die es in den Mund nehmen, wissen im Grunde nicht, was sie darunter zu verstehen haben. Deshalb bleibt es ein Trugbild. Untreue, Maßlosigkeit und andere Auswüchse der Lebensgier werden entschuldigt, wenn man darin sein Glück zu finden meint. Wer glücklich sein will, muss ein Ziel haben und dieses Ziel auch erreichen. Es muss aber ein Ziel sein, das sich dann im Rückblick auch als der Mühe wert erweist. Der berühmte Schriftsteller Ernest Hemingway meinte: ‚Es gibt kein Mittel gegen das Unglück.' Und der bekannte Psychologe Sigmund Freud erklärte: ‚Dass der Mensch glücklich sei, ist im Plan der Schöpfung nicht vorgesehen.'"

„Das sehe ich auch so", sagte Miranda. „Das Leben ist nicht verpflichtet, uns zu geben, was wir von ihm erwarten. Wir müssen nehmen, was kommt, und dankbar sein, dass es nichts Schlimmeres ist. – Ich darf nicht zurückblicken, sagte sie plötzlich. Es tut immer noch weh und zerreißt mir das Herz. Mona und ich sind in Kapsala geboren, einer afrikanischen Handelsstadt am Nordufer des Viktoriasees. Wir hatten sozusagen die Gnade der späten Geburt. Unser Präsident war Museveni. Seit seinem Amtsantritt 1986 hat sich die politische Lage im Vergleich zur vorherigen Regierungen stabilisiert."

„Du brauchst nicht weiter zu erzählen, ich kenne das alles. Gestern war ich mit deiner Mutter im Problemviertel von Nairobi. Es war nicht das erste Mal, und immer, wenn ich das Elend sehe, bin ich wieder daheim im Hinterhof einer Großstadt in Europa, wo meine Wiege stand."

*

Miranda hatte Dienst auf der Restaurantterrasse. Plötzlich fiel ihr der Europäer auf, von dem sie sich schon bei ihrem Einkaufsbummel beobachtet gefühlt hatte. Es war bekannt, das diese Männer der Meinung waren, alle Afrikanerinnen könne man für Geld haben. Es war widerwärtig, von den Blicken solcher Typen erniedrigt zu werden. Sie fühlte sofort heftigen Abscheu diesem Mann gegenüber, der sein aufsteigendes Verlangen kaum unterdrücken konnte. Angst jedoch hatte sie vor einem solchen Flegel nicht. Gut war, das Elisabeth auch daran gedacht hatte, die beiden Mädchen in Selbstverteidigung unterrichten zu lassen. Dabei erinnerte sie sich an den Siegerpokal, den sie im Regal stehen hatte.

Als die letzten Gäste die Terrasse verlassen hatten, ging Miranda ins Nebenzimmer. Sie setzte sich auf einen Stuhl, lehnte sich zurück und öffnete die beiden oberen Knöpfe ihres engen Kleides. In dem Zimmer war es kühl und ein leichter Luftzug, der durch den ganzen Raum strich, war nach der sonnigen Hitze erquickend. Plötzlich stand ihr der Verfolger gegenüber. Ihre Augen fielen auf seine sehnigen Hände. In einer hielt er eine Ledertasche. Er klappte sie auf, und mehrere Geldscheine kamen zum Vorschein. Lockend versuchte er, von Miranda Sex zu bekommen.

„Verdammt, lassen Sie mich in Ruhe! Verschwinden Sie!", rief sie zornig. Da versuchte er, Gewalt anzuwenden. Mit einem Ausdruck von Verachtung stieß sie ihn von sich und flüchtete in eine Ecke, die ihr Schutz von zwei Seiten gab. Trotzdem packte er Miranda am Arm und forderte sie auf, nachzugeben. „Loslassen!", schrie sie ihn an.

„Das lasse ich mir nicht bieten", stieß der Mann hervor. Durch Miranda ging ein Ruck. Sie erwartete seinen Angriff, der auch kam, aber anders als erwartet. Mit einer schnellen Bewegung holte er ein Klappmesser aus seiner Tasche und drohte ihr: „Und wenn ich zum Mörder werde!"

Er stürzte sich auf Miranda, bekam sie jedoch nicht zu fassen, weil sie ausgewichen war. Fast im selben Augenblick schlug Miranda mit einem Fleischklopfer, den sie vorher zu fassen bekommen hatte, auf ihn ein. Sie traf in seitlich am Kopf, und ihr Peiniger fiel, offensichtlich tödlich getroffen, zu Boden. Nun gab es einen verfluchten Lump weniger! Wenn sie so jemandem an den Kragen ging, gäbe sie sich nicht damit zufrieden, ihn nur ein bisschen zu kratzen, nein, sie würde ihn kaltmachen. Miranda konnte frei atmen, bis ihr der Gedanke kam, nun wäre sie eine Mörderin ... Doch sie hatte aus Notwehr gehandelt, um ihr Leben zu retten.

Mona hatte ihr Schreien gehört und war sofort zur Stelle. „Oh Gott. Er wollte mich umbringen, er wollte mich vergewaltigen. Ich habe ihn getötet, doch es war Notwehr." Die Mädchen umarmten sich. Was sollten sie tun?

Mona ging ein Gedanke durch den Kopf. „Wir zwei müssen und werden ihn fortschaffen. Wir haben im Geräteraum eine Sonnenschirmhülle, die groß genug ist. Es soll uns niemand helfen, das schaffen wir auch alleine."

Miranda fühlte sich hohl und leer.

Mona sagte: „Es gab eine Zeit, Miranda, da hast du mich getragen, als ich nicht laufen konnte. Sobald es dunkel ist, schaffen wir ihn fort. Unsere Freunde werden uns dabei helfen."

Sie hatten beide denselben Gedanken. Sie stellten den kleinen Kastenwagen vor den Hintereingang. Was die Löwen und Leoparden nicht schaffen würden, würden die die Geier besorgen.

Im Restaurant durfte keiner etwas merken. Wortlos gingen beide zum Geräteraum, um die Hülle zu holen. „Also", sagte Mona mit leiser Stimme zu Miranda, als sie zurückgingen. „Wir streifen die Hülle zuerst über seinen Kopf. Wenn er dann ganz in der Hülle steckt, binden wir den Sack zu. Bindfaden habe ich dabei."

Mit diesen Worten machte sie die Tür auf. Schon halb in der Tür, wandte sie sich zu Miranda, als ihr Blick auf den Fußboden fiel. Dort lag niemand mehr! Was war passiert? Das Fenster stand offen. Beiden war jetzt klar, das der Peiniger nicht tot war. Er war nur bewusstlos gewesen und nach dem Erwachen durch das Fenster geflüchtet.

„Miranda, der hat seine Strafe weg." Die Panik wandelte sich in Freude. Eine schwere Last fiel den Mädchen von den Schultern. „Da, sieh mal Mona, das Klappmesser, und dort liegt die Geldtasche. Was da wohl drin ist?"

„Lass uns nachsehen: eine Kopie von seinem Reisepass, Geldscheine und Quittungen. Wir können zwar deutsch sprechen, beim Lesen aber müssen Nick und Alex uns helfen."

Als Elisabeth von der Sache erfuhr, war sie sprachlos. Sie nahm die beiden Mädchen gleichzeitig in die Arme und brach in Tränen der Erleichterung aus. Männer dieser Art vergriffen sich immer wieder an Frauen. Unterdessen hatte Alex das Klappmesser, die Kopie des Reisepasses, die Ledertasche mit den vielen Geldscheinen und Quittungen in einer Plastiktüte verstaut. Die Personalien dieses Gangsters waren nun bekannt. Diesmal hat er Pech gehabt", dachte Alex bei sich. Er wird erfahren, dass ich in meiner aktiven Berufszeit Anwalt war.

„Meine Lieben, ich kann euch gar nicht sagen, wie mir zumute war." Die Schwestern lächelten Alex an. Er trug eine braune Tropenhose, eine braune Weste über einem weißen Hemd und war so braungebrannt, dass er fast so dunkel aussah wie ein Afrikaner.

Die Mädchen machten einen ruhelosen Eindruck auf ihn, aber dabei wirkten sie gleichzeitig entspannt. Diesen Widerspruch zu begreifen, war ihm schwergefallen.

„Wann bist du denn angekommen, Alex? Gestern Abend spät?"

„Ja, ich hörte eben von deiner Not, dem Lump werde ich helfen! Es handelt sich um einen gewissen Clemens Brand aus Köln. Mehr geht aus seinem Reisepass nicht hervor."

„Ich sehe seine Augen noch, ein rücksichtsloser und brutaler Angreifer."

Alex besah sich den Holzhammer. Er fasste ihn und stellte ihn sich als Waffe vor. „Das ist ja ein richtiger Totschläger, Miranda. Du wirst ihm sicherlich eine Verletzung zugefügt haben, die er nicht vergisst. Hoffentlich auch ein äußeres Merkmal. Mit diesem Ding kann man sicher einen Menschen umbringen."

„Das wollte ich auch. Ich könnte das zweifellos fertig bringen", sagte Miranda.

„Ich habe schon von anderen Frauen gehört, dass Männer, die es nicht nötig haben und sogar in ihren europäischen Familien den treuen Ehemann und Vater spielen, bei farbigen Mädchen und Frauen sexuelle Anwandlungen bekommen. Sie versuchen es erst mit Geld, gelingt dies nicht, schrecken sie vor Gewalt nicht zurück."

„Was um alles in der Welt sollte ich denn tun?"

„Miranda, du lieber Himmel, du hast dein Leben gerettet. Es war eindeutig Notwehr." Er nahm ihre Hände in die seinen und versprach ihr, diesem Lumpen beizukommen. In jedem Wort seiner Stimme war ein beruhigender Klang.

Nick begrüßte Miranda. Sie sah ihn an und fühlte sich von seinen Augen ausgezogen. Er musste lernen, sich besser zu beherrschen und nicht zu zeigen, wie gut sie ihm gefiel. „Lass uns etwas durch die Stadt spazieren", sagte Nick.

„Wohin möchtest du gehen?", fragte Miranda.

„Es ist gleichgültig, hier bin ich überall daheim. Du gehst durch die Straßen und schwimmst in einem Meer von Blumen und Farben." Er sprach, als träumte er alles nebeneinander: Luxus, süßes Leben, Sonne, aber auch alle Schattenseiten.

„Ich bin froh, dass du diesem Lustmolch eine Lektion erteilt hast. Du kannst kämpfen, und das ist gut so. Alex hat mir alles erzählt, auch, dass er die Personalien von dem Typen hat. Wenn er wieder daheim ist, wird er ihm das Nötige beibringen."

*

Die afrikanische Stammeskultur und die landschaftliche Schönheit mit ihrer Faszination werden mir immer in Erinnerung bleiben, dachte Nick. Afrika, ein Land voller landschaftlicher Kontraste. Zuckerrohrfelder wechseln sich ab mit karger Wüstenlandschaft und Savannen, gewaltige Bergketten überlagern lange weiße Strände. In den Städten erinnern kapholländische Villen an die ersten Siedler, und auf dem Lande leben die Einheimischen teilweise noch wie ihre Vorfahren in traditionellen Hütten. Für eine wunderbare Zeit war ich in Südafrika und Namibia, habe eine Mischung aus Naturwundern, Abenteuern und Überresten der deutschen Kolonialzeit erleben dürfen. Das zweite Gesicht Namibias habe ich in der nicht enden wollenden Weite der Namib-Wüste entdeckt, an deren Mitte sich die gigantischen, aprikosenfarbigen Sanddünen von Sossusvlei erheben."

Miranda und Nick gingen eingehakt. „Das Schönste und Liebste, was ich hier kennengelernt habe, bist du, Miranda." Sie sah ihn lächelnd an und antwortete mit einem Druck ihrer Hand.

„Ich lade dich ein, Nick, morgen möchte ich dir das neue Nairobi Holiday Prines Hotel zeigen. Dort arbeitet ein Spitzenkoch namens Peony Donald, sechsundzwanzig Jahre alt. Er kommt aus Nairobi, sein Vater ist Engländer. Er weiß, dass wir kommen. Dann mache ich euch miteinander bekannt."

Am nächsten Morgen frühstückten sie zu zweit und fuhren dann zum Hotel Holiday Prines. Die Scheiben beschlugen mit schmutziger Nässe, weil es geregnet hatte.

„Nick, ich bin verliebt, ich könnte die ganze Welt umarmen! Vergib mir, wenn ich dich mit dem Ungestüm meiner Gefühle erschrecke."

„‚Miranda', Liebes, habe ich mal gelesen, bedeutet alles Mögliche: Vergötterung, Verzeihung, Vernunft, Verrat, Verdrängung, ja sogar Hass. Es stand geschrieben, dass Liebe nichts ist als ein Wort. Ein bisschen Stimmung, ein bisschen Romantik und ein bisschen Mondscheinzauber." Er lächelte, als sein Blick dem ihren begegnete.

Sie sah den bitteren Moment kommen, an dem Nick sie verlassen würde. Trotz allem glaubte sie fest daran, dass sie sich wiedersehen würden. In diesem Moment fühlte sie sich von ihm umarmt. Die Liebe zu Nick würde sie einsam machen. Und doch war diese Liebe der gute Stern in ihrem Leben.

„Miranda, das sind doch zwei völlig verschiedene Dinge: Das, was einer ersehnt, und das, was er bekommt. Wir sind beide noch sehr jung. Du wirst hier gebraucht, und auf mich warten, so hoffe ich, neue Aufgaben in einer anderen Welt."

„Nick, ich habe erlebt, dass Vertreibung eine Reise ist, und irgendwann ging sie für mich zu Ende. Elisabeth hat mal zu Mona und mir gesagt: Der Weg ins Paradies führt durch die Wüste. Hinter Sprichwörtern steckt oft ein Stück Lebenserfahrung. Es kommt nie ganz so schlimm, wie man fürchtet, und nie ganz so gut, wie man hofft."

Das Fenster stand offen. Ein Sonnenstrahl tänzelte auf der schräg gekippten Scheibe. Die Berge hüllten sich in Nebel und der frische Tau glitzerte auf Blättern und Gräsern. Kenia mit seiner unendlichen Vielfalt, eine einzigartige Welt.

„Komm, Nick, ich zeige dir unser neues Hotel, lass uns einen Rundgang machen. Das Holiday Prines hat einen sehr guten Namen."

„Miranda, ich war hier schön öfters zum Geschäftsessen. Für kleine Gruppen gibt es hier immer eine spezielle Speisekarte, und auch das Kuchenbuffet erfreut sich großer Beliebtheit."

„Ja, Nick, wir bieten ein ansprechendes Ambiente und gepflegte Gastlichkeit. Eine internationale Küche mit täglich wechselnden Angeboten." Der Koch kam auf sie zu. Er sah in Nick sofort den Europäer und grüßte in gutem Englisch: „Willkommen, ich habe einen Tisch mit familiärer Atmosphäre vorbereitet."

„Danke, Peony, setz dich zu uns. Das ist Nick, ein Deutscher. Er wohnt seit über einem Jahr in unserem Hotel „Nairobi Elisabeth und John". Leider verlässt er uns, er fliegt nach Deutschland zurück. Ich habe ihm das Hotel gezeigt, es gefällt uns beiden sehr gut. Besonders glücklich bin ich, dass wir einen so tüchtigen Koch in dir gefunden haben."

„Miranda, Frank Mackays war immer ein sympathischer Chef und Mensch. Und Sie, Miranda, das habe ich schon erkannt, gehören auch zu dieser Art Mensch."

„Danke, Peony."

Für Miranda und Mona war die Welt plötzlich voll neuer Möglichkeiten, die sie sich auch in den kühnsten Träumen nicht vorgestellt hatten. Die Grenzen zwischen Wirklichkeit und Phantasie mussten sie erst noch begreifen. Vergangenheit und Gegenwart verschmolzen in ihren Gedanken.

„Ich bin noch immer ein bisschen zittrig", sagte Miranda zu Elisabeth und fragte nach einem Whisky. Elisabeth brachte zwei Schwenkgläser, und Miranda nahm einen großen Schluck. „Es gibt viele Zufälle im Leben, Elisabeth, aber das Holiday Prines ist groß und gewaltig, und darauf wollen wir trinken."

Alex ging zu dem Tisch und sagte: „Und die Treue, sie ist doch kein leerer Wahn, so nehmt auch mich zum Genossen an, ich sei, gewährt mir die Bitte, in euerm Bunde der Dritte."

„Setz dich, das hast du schön gesagt."

„Es ist nicht von mir, es ist von einem berühmten deutschen Dichter."

„Egal, es hört sich gut an."

„Ein Unglück kommt selten allein", sagte Miranda scherzhaft und zeigte auf Nick, den sie gerade kommen sah. Sie rückte einladend den Stuhl zurecht. „Setz dich doch, jetzt fehlen nur noch John und Mona."

„Die können nicht kommen, da ich ihnen Arbeit gegeben habe", antwortete Elisabeth.

„Nick", sagte Alex, „ich glaube, das Glück läuft dir nach. Du sollst dich also bei einer großen Firma in Süddeutschland vorstellen."

Miranda beobachtete ihn und sah, wie er nachdachte. Sie kannte ihn gut genug und wusste, dass er seine Antwort vorbereitete. „Miranda, ruf die Bedienung. So jung wie heute kommen wir nicht wieder zusammen."

Als eingeschenkt war, sagte Nick: „Sehr zum Wohle. Jetzt will ich euch etwas erzählen. Unsere Bank hat einen Fonds eingerichtet für Kinder, die unsere Hilfe wirklich brauchen. Der Betrag wird jährlich bereitgestellt und reicht aus, um fünfzigtausend jungen Menschen Zukunft, Hoffnung und Heimat zu geben! Zum Glück gibt es Menschen wie Mira Garettty, Mirandas und Monas Mutter, die Mitgefühl hat und regelmäßigen Kontakt zu diesen Familien pflegt. Ich habe es erlebt, als wir in einem Kinderdorf übernachteten. Das gemeinsame Abendessen war kräftig und ausreichend. Nach dem Essen schliefen wir gemeinsam auf dem Boden. Einem Kind wurde es schlecht, wohl, weil es zu viel gegessen hatte. Es rief laut nach der Mutter. Es war das erste Mal, dass ein Kind Mira mit Mutter anredete. Ich war gerührt, als mir die Kinder sagten, dass Mira ihre Mutter wäre. In meiner Bank habe ich den Vorstand davon überzeugen können, dass Mira Garetty die Vollmacht bekommen soll für den Verein „Dorf für Kinder". Von dieser hohen Wertschätzung wird Mira in den nächsten Tagen unterrichtet."

Elisabeth sah Nick an und sagte: „Das ist dein Werk, ich fühle es. Stimmt's?" Er streichelte ihre Wange und sagte: „Die armen Kinder brauchen ein lebenswertes Zuhause, damit sie sich entwickeln und sich auf ihr späteres Leben vorbereiten können. Ich wollte damit die Kinder wieder in die Mitte unseres Lebens und unserer Aufmerksamkeit stellen. Zum Glück gibt es Menschen wie Mira, die helfen, die oft unmenschlichen Lebensbedingungen zu verbessern. Wir müssen den Kindern jene Werte und Fähigkeiten vermitteln, die sie für ihr weiteres Leben brauchen."

Wenige Tage später erhielt Mira den Brief von der Bank aus Nairobi. Er lautete:

Sehr geehrte Frau Garetty,
Sie haben sich für den Einsatz der Bedürftigen in Ihrer ostafrikanischen Heimat einen Namen gemacht. Wir bewundern Sie als Menschenrechtlerin, Sie denken global und handeln lokal. Sie stehen für „Afrika", zählen zu den besten Kräften, die nach Frieden und guten Lebensbedingungen in unserer Gegend trachten. Ihr Einsatz für Jugendliche ist verbunden mit politischem Engagement, etwa für die Förderung der in traditionellen Strukturen benachteiligten Frauen sowie für Menschenrechte und Demokratie. Wir sind voller Bewunderung für Sie. Die Spende für Ihren Verein „Dorf für Kinder" steht Ihnen auf einem von uns eingerichteten Konto zur Verfügung.
Mit freundlichen Grüßen
Direktor Dr. Jaro Maathet
Bank von Nairobi

Als die 58-jährige Mira diese Nachricht erhielt, jubelte sie. Auch alle anderen wurden von der Begeisterung angesteckt. Sie fühlte sich in der Lage, die ganze Welt zu umarmen. Jubelnd fiel sie Nick um den Hals; der wiederum hob sie vom Boden hoch. „Du bist meine Welt. Nick, ich danke dir! Sag, Junge, du bist noch so jung, erst zweiundzwanzig, und hast es schon so weit gebracht, lebst gerne, verkehrst in den höchsten Kreisen und hast immer die Ärmsten der Armen besucht. Hast mit ihnen gegessen und auf dem Boden geschlafen. Wer bist du, Junge?"

Nick sah zu Boden und drehte den Stiel seines Weinglases. „Ich hatte eine herbe Kindheit. Die Gräser, alles, was wächst und sich täglich verändert, wurde mir ebenso vertraut wie die Erde. Den Dingen kann man vertrauen, einem Menschen vertrauen aber ist sehr schwer. Du kannst mit jemandem gelitten haben, mit ihm zusammen schimmeliges Brot gegessen und aus einer Pfütze getrunken haben. Und noch immer kennst du ihn nicht. Es gibt nur eine Möglichkeit, einen Menschen kennenzulernen. Die ist, wenn er dir zugetan ist. Eine Alternative gibt es nicht. Sieh, Mira, die Reichen und die Mächtigen bestimmen über die, denen wir, du und ich, geholfen haben. Die Armut hat eigene Gesetze, da geht es oft ums nackte Überleben. Es gibt sie nicht nur in Afrika. Ich habe meine Erfahrung. Sie war ein Teil meiner Kindheit." Es war das erste Mal, das er ihr von seiner Kindheit erzählte.

„Nick, du bist uns allen ein guter Freund. Du weißt, die Frauen wünschen sich einen solchen Mann mit Erfolg. Es ist schön für dich, so jung und klug zu sein."

*

Alex und Nick hatten vereinbart, mit derselben Maschine nach Köln zu fliegen. Nick hatte Miranda gebeten, ihm beim Kofferpacken zu helfen.

„Nick, du bist in allem so tolerant. Ich habe immer gestaunt, wie du dich in einem fremden Land zurechtgefunden hast!"

„Miranda, Normalität zwischen Afrikanern und Europäern setzt die Anerkennung von Unterschieden voraus."

In bester Laune brachte Miranda Nick und Alex mit ihrem Wagen zum Flughafen. „Ach, ihr zwei Lieben", sagte sie. „Ist doch der

Mensch gleich wie nichts, seine Zeit fährt dahin wie ein Schatten (Psalm 144.4)."

Alex sagte auf Wiedersehen, umarmte Miranda und ging schon voraus. Miranda und Nick umarmten einander ein letztes Mal. „Hier, Nick, das habe ich für dich. Es soll dir Glück bringen! Ich habe es bei meinem Stadtbummel gekauft. Es war an dem Tag, als ich diesem Lumpen begegnet bin. Du kannst dich bestimmt noch erinnern. Es ist ein kleiner Karibu. Dieses Wort heißt in Kenia „Gruß", „Auf Wiedersehen" und „Segen".

Es wurde endgültig Zeit, auseinanderzugehen. Und schon hob die Maschine ab; Miranda sah ihr wehmütig nach. Ihr Gesicht war gerötet und die Augen tränten. Das Flugwetter war schön, der Himmel strahlend blau.

Ein weites Land – mit seinen majestätischen Bergen, den modernen Städten und traumhaften Stränden – verabschiedete sich. „Das da unten, Nick, ist Ägypten. Wie friedlich die Welt von hier oben aussieht! Wenn ich über diese großen Städte fliege, fallen mir London, überhaupt die großen Städte Englands, ein. Ich war so alt wie du, vielleicht etwas jünger. Damals, 1943, sah ich bei klarem Wetter die Rauchsäulen aufsteigen. Es war Krieg, ich war bei der Luftwaffe. Wir griffen mit unseren Flugzeugen in drei bis vier Wellen an. Die Zivilbevölkerung erlitt große Verluste. Jeder Angriff bedeutete Bomben, Keller und Tod. Viele Menschen unter den Trümmern lebten noch."

„Ja, dachtet ihr denn nicht daran, dass die Luftminen und Bomben Frauen und Kinder töten?"

„Nein, in unseren Flugzeugen hofften und bangten wir, dass wir den Feindflug überleben und zu unseren Frauen und Kindern zurückkehren würden. Die Möglichkeit, selber abgeschossen zu werden, war sehr groß. Im Gegenzug flogen die amerikanischen und britischen Flugzeuge über Deutschland und bombten fast alle Großstädte in Schutt und Asche. Das ist Krieg, mein Junge. Die dümmste Erfindung der Menschen. Sieh, dort unter uns, das ist Deutschland. Wir befinden uns in einer Warteschleife zum Anflug auf den Kölner Flughafen. Unter uns das vielseitige Siebengebirge. Es lohnt sich, ein paar Minuten von hier oben herabzuschauen, denn Bilder sprechen mehr als tausend Worte. Genießen wir den einmaligen Ausblick ins Rheintal mit dem glitzernden Fluss und den romantischen Hügeln ringsherum!" Als das Flugzeug weich auf dem Boden aufsetzte, applaudierten die Passagiere.

*

Dr. Bach hatte die ersten Untersuchungen vorliegen. Der Befund stimmte ihn besorgt. Das Mädchen war zu bedauern.

„Wie alt ist sie?", fragte er Schwester Marion.

„Achtzehn Jahre, Herr Doktor", antwortete diese.

Dr. Bach hoffte, dass Evas Eltern, die er persönlich kannte, jetzt viel Zeit für ihre Tochter haben würden.

Er öffnete die Tür. „Wie geht es, Eva?" Aus ihrem Krankenbett blickte sie zu Dr. Bach auf. Acht Tage waren seit ihrer Einweisung vergangen. Dies Warten war eine Qual. Mit klopfendem Herzen und aufwallenden Gefühlen erwartete sie die Diagnose. Der Arzt streckte seine Hand aus und legte sie auf ihre. Er sah, dass sie geweint hatte. Er wählte seine Worte sorgfältig.

„Die Aussichten", sagte er, „sind abhängig von einer passenden Spenderniere." Beide schwiegen, als Schwester Marion Henning den Raum betrat. „Herr Dr. Bach, bitte kommen Sie. Es ist dringend."

Nun war Eva allein, und die Angst brach über sie herein. Verzweifelt sah sie ihr Schicksal auf sich zukommen. Sie wollte die Wirklichkeit verdrängen, nahm ein Buch zur Hand und begann zu lesen. Nach einer geraumen Zeit, sie wollte gerade das Buch wieder zur Seite legen, öffnete Carolin die Tür.

„Komm doch herein, Carolin, und schließe die Tür. Und mach bitte kein so ängstliches Gesicht! Dr. Bach hat mir alles gesagt, ich habe mich schon ausgeweint. Nun weiß ich, woran ich bin. Es ist vielleicht der Rest meines Lebens."

„Eva, so etwas darfst du nicht sagen."

Eva fasste sich mit beiden Händen in die Haare und sah Carolin geradeheraus in die Augen. „Ich habe alle Hoffnungen aufgegeben. Ich benötige eine Spenderniere, eine passende Niere aber ist noch nicht gefunden. – Lass uns von etwas anderem sprechen. Ich freue mich über deinen Besuch. Dadurch kann ich für kurze Zeit meine Sorgen vergessen. Jetzt haben für euch ja die letzten großen Sommerferien vor dem Abitur begonnen. Gibt es etwas Neues über Florian Feldmann? Hast du damals mitbekommen, dass er sich und mich in den Geräteraum neben dem Chemiezimmer in der Schule eingeschlossen hatte? Wir ahnten nicht, dass noch eine Unterrichtsstunde vorgesehen war. Es passierte, was ich befürchtet hatte, man hat uns gehört. Außerdem brauchte dein Vater Unterrichtsmaterial, das sich in diesem Raum befand. Florian hatte den Schlüssel abgezogen, und dein Vater klopfte an die Tür und verlangte, die Tür zu öffnen. Doch Florian weigerte sich, weil er nicht zugeben wollte, dass ein Mädchen bei ihm war. Dieses sollte nicht zum Gespött der Leute werden. Wer bist du, und wer ist das Mädchen, das bei dir ist?, rief dein Vater. Florian gab sich zu erkennen und flüsterte durch die geschlossene Tür, dass es sich um seine Tochter handelte. Florian verlangte, den Klassenraum zu räumen, damit niemand das Mädchen sähe. Florian hat aus dieser misslichen Lage, in der wir uns befanden, einen Weg herausgefunden. Aber dir möchte ich heute erzählen, wie es überhaupt dazu kam, dass wir uns eingesperrt haben. Es ist nicht das, was du denkst. Florian hatte mich gefragt, ob er mich malen dürfe. Er porträtierte gerne, und ich sagte erstaunt zu. Er hatte diesen Geräteraum ausgesucht, und ich ging mit ihm mit. Florian ist ein feiner Kerl, ich mag ihn sehr. Du bist die Einzige die weiß, dass ich es war, die bei Florian war. Florian hat nie bei deinem Vater Unterricht gehabt, daher kennen sie sich nicht. Leider habe ich das Bild nie gesehen, es hat sich einfach nicht ergeben."

Carolin hatte schmunzelnd zugehört. „Ich kann mich erinnern. Es war ein Montag, meine letzte Unterrichtsstunde war ausgefallen. Ich war bereits zu Hause, als mein Vater ziemlich aufgebracht nach Hause kam und erstaunt war, mich dort vorzufinden. Ich habe mir nichts dabei gedacht. Es war ihm doch bekannt, dass eine Schulstunde ausgefallen war. Erst später, beim Essen, stellte er die Frage, ob ich einen Florian Feldmann kennte. Ich bejahte und erklärte, dass alle Schülerinnen ihn mochten. Mit dieser Erklärung gab sich mein Vater zufrieden."

Carolin merkte, dass es an der Zeit war, nach Hause zu gehen. Eva hatte Mühe, ihre Augen offen zu halten. Die beiden umarmten sich, und Carolin versprach, so oft wie möglich vorbeizukommen. Als die Tür hinter ihr zugefallen war, blieb Carolin einen Moment stehen, um ihre aufwallenden Gefühle zu ordnen. Sie hatte großes Mitleid mit Eva.

*

Die Sonne war hinter den Hügeln verschwunden, und das Abendrot malte den Himmel in rosigen Farben. Die stille Dämmerung senkte sich herab. Die frische Abendluft war für Alex wie ein Wunder. Die Welt ist schön, dachte er bei sich.

Der Rhein, das Siebengebirge, Königswinter: Er war wieder daheim. Bei Sohn Michael und Schwiegertochter Inge war er schon gewesen und hatte sich zurückgemeldet. Das Wiedersehen mit Florian sollte heute Abend sein. Alex wollte ihn sehen, ihn um sich haben. Florian konnte gut zuhören und Alex hatte ihm viel zu erzählen.

Florian klopfte gegen die offen stehende Tür und kam herein. „Ach, Junge, willkommen!" Die Freude war auf beiden Seiten groß. „Wie geht es dir? Jetzt bist du achtzehn Jahre. Sind die Mädchen schon interessant für dich?"

„Es geht mir gut. Ein festes Mädchen habe ich nicht. Es sind nur gute Schulfreundinnen für mich. Wir haben eine gute Kameradschaft. Erzähle du doch von deiner Reise, Großvater!"

„Mir ist ein junger Mann begegnet, der mir vom ersten Augenblick an ein gewisses Interesse abgewonnen hat, bevor er sich mir überhaupt vorgestellt hatte. Er schaute mich fortwährend an, wohl auch deswegen, weil wir beide Europäer sind. Deutsche, wie unschwer zu erkennen war. Mitte zwanzig, mittelgroß. Sein Name ist Nick Mehmet. Er arbeitete in der Bank von Nairobi, hat sich aber bei einer großen Maschinenfabrik im Raum Hessen beworben. Seine Kindheit verbrachte er einsam in den Hinterhöfen einer hessischen Großstadt. Ich glaube, er sagte Frankfurt. Er wurde immerzu hin- und hergeschoben und fühlte sich nirgends heimisch. Es gelang ihm dann aber aus eigener Kraft, die Reife für ein Studium zu erlangen. Studiert hat er in Siegen. Es war sein Wunsch und auch seine Vorstellung, durch ein Praktikum im Ausland seine Möglichkeiten, sich in einem Betrieb zu bewerben, zu verbessern. Wir haben beide im Haus Nairobi gewohnt, ein von einem englischen Ehepaar geführtes Gasthaus. Nick hat sich in Nairobi in seiner Freizeit sehr für Kinder, die in armseligen Hütten hausen, eingesetzt. Selbst kenianische Behörden zeigten sich erfreut über seinen Einsatz. Vom Präsidenten, Mwai Kibaki, erhielt er ein persönliches Dankesschreiben. Über den Inhalt dieses Schreibens hat Nick nie gesprochen. Es war sein Verdienst, dass die Bank, bei der er beschäftigt war, einen Fonds zugunsten Not leidender Kinder eingerichtet hat. Der Verein „Dorf für Kinder" ist eine kleine Organisation. Mit der Kenianerin Mira Garetty, Mutter von zwei hübschen Zwillingsmädchen, war Nick oft in Nairobis Problemvierteln. Mira Garetty ist eine fabelhafte Frau und sehr selbstlos. Ich sagte ihr mal: Mira, du bist all diesen Kindern eine Mutter. Geantwortet hat sie mir: Alex, kein Mensch kann sich aussuchen, wo er geboren wird. Sie sah mich an: Du vergisst die Menschen, mit denen du gelacht hast, nicht aber die Menschen, mit denen du geweint hast.

Alex und Florian saßen bequem in ihren Sesseln, als plötzlich das Telefon klingelte. Sie wunderten sich, wer zu so später Stunde noch anrief. Alex stand auf, nahm den Hörer ab und meldete sich mit seinem Namen. „Herr Feldmann, hier spricht Carolin Roger, entschuldigen Sie bitte die Störung. Ist zufällig Ihr Enkel Florian bei Ihnen?" Alex bejahte dies und klopfte Florian auf die Schulter. War wohl doch mehr als nur eine Schulfreundin.

„Hallo Carolin, schön, deine Stimme zu hören", erwiderte Florian sichtlich verlegen. Während des Telefonates zog Florian sich in ein anderes Zimmer zurück. Er hörte, wie Carolin zu ihm sagte: „Es tut mir leid, Florian, dass ich störe. Aber ich habe keine guten Nachrichten. Eva liegt im Krankenhaus, es geht ihr gar nicht gut. Sie ist sehr krank, und sie hat die Hoffnung auf Heilung aufgegeben. Ich habe sie jeden Tag besucht, auch heute. Man kann sehen, wie sie von Tag zu Tag weniger wird." Florian hatte betrübt und schweigend zugehört. Er dankte Carolin für den Anruf und versprach, Eva unverzüglich am nächsten Tag zu besuchen.

Florian ging zurück zu seinem Großvater. Dieser merkte sofort, dass etwas nicht in Ordnung war, und bat Florian, ihm seinen Kummer anzuvertrauen. Gerne sprach sich Florian alles von der Seele.

Als Florian das Krankenzimmer betrat, staunte er über die geschmackvolle Ausstattung. Es handelte sich gewiss um ein Zimmer für eine Privatpatientin. Er sah Eva im Bett liegen. Florian trat heran und strich ihr über das Haar. Doch Eva schlief tief und fest und regte sich nicht.

Sie trug ein dünnes, geblümtes und offen stehendes Jäckchen, darunter ein Nachthemd in den gleichen Farben. Florian bemerkte erneut, wie jung und schön sie war. Er setzte sich halb auf den Bettrand und nahm ihre Hand in die seine. Eva sah ihn an, reagierte aber nicht. Er legte die verrutschte Bettdecke zurecht, drückte nochmals ihre Hand und verließ das Krankenzimmer. Der gegenüberliegende Raum war der des diensthabenden Arztes.

Noch in Gedanken klopfte Florian an dessen Tür. Dr. Wilkes saß hinter seinem Schreibtisch und sah zu Florian auf. Dieser erklärte dem Doktor, er käme gerade von Eva Kleinfeld, bevor ihm auch schon die Stimme versagte. Dr. Wilkes forderte Florian auf, Platz zu nehmen. „Ich habe gerade im Schwesternzimmer in das aktuelle Krankenblatt von Frau Kleinfeld geschaut. Ich mache mir die allergrößten Sorgen. Lieber wäre mir, ich könnte Ihnen etwas Positives sagen."

Florian wurde von heftiger Angst ergriffen und bot seine Hilfe an, indem er sich als Spender einer Niere zur Verfügung stellte. Dr. Wilkes war in diesem Moment sprachlos und bewunderte den Mut des jungen Mannes. Das Transplantationsgesetz sah jedoch erhebliche Einschränkungen vor. Zuerst müsste natürlich eine Verträglichkeit sichergestellt sein. Weiter erlaubte das Gesetz die Lebendspende von Organen, die sich nicht selbst wieder neu bilden können, nur unter Verwandten ersten oder zweiten Grades, das heißt, Eltern oder Geschwister des Empfängers, auch unter Ehe- bzw. Lebenspartnern oder zugunsten anderer Personen, die dem Spender persönlich eng verbunden sind.

„Ich würde alles tun, um Evas Leben zu retten. Ich stehe in enger und persönlicher Verbundenheit zu ihr."

„Ja, junger Mann, dieses Organ existiert im Körper paarweise und es ist möglich – gesunde Nieren und einen allgemein guten Gesundheitszustand vorausgesetzt – einem Spender eine Niere zu entnehmen, ohne dass dieser seine eigene Nierenfunktion einbüßt." Dr.

Wilkes sah Florian überrascht an, als dieser bat, dass bei einer Nierenspende seine Identität nicht bekannt gegeben werden sollte; auch Evas Angehörige sollten dies niemals erfahren. Herr Dr. Wilkes sagte ihm das garantiert zu, worauf Florian bat, alle notwendigen Maßnahmen zur Organspende in die Wege zu leiten. Es war für ihn ein selbstverständlicher Akt der Nächstenliebe.

Carolin besuchte ihre Freundin Eva. Diese saß im Bett und betrachtete sich im Spiegel. Dabei musste sie die Tränen wegwischen, die sich in ihren Augen gesammelt hatten, weil sie sich der Ausweglosigkeit ihrer Lage bewusst war.

„Ich hatte gehofft, eine Chance zu haben und noch nicht sterben zu müssen. Gestern war für mich ein sehr schlechter Tag. Wäre ich im Büro meines Vaters im sechsten Stock gewesen, wäre meine Qual mit einem Sprung aus dem Fenster beendet gewesen. Ich weiß nicht, wie es im Himmel ist, Carolin, die Hölle aber kenne ich. Den ganzen Tag fühlte ich mich einsam und verlassen. Einmal träumte ich, ich hätte hier in meinem Zimmer Florian Feldmann gesehen. Ich konnte nicht zu ihm und er nicht zu mir." Eva schluckte krampfhaft und fasste immer wieder nach der Hand der Freundin, während ihr nun doch die Tränen über das Gesicht liefen. Die Diagnose stand zweifelsfrei fest, und ihr war, als hinge sie über einem tiefen Abgrund. Sie fühlte keinen Boden mehr unter den Füßen. Dazu kamen noch die quälenden Albträume. Sie litt unter den Belastungen der Behandlung und unter dem Wissen, dass es trotz Blutwäsche zu Komplikationen kommen konnte.

Dreimal pro Woche wurde sie an das Dialysegerät angeschlossen. Auf Anraten von Dr. Bach und Dr. Wilkes war sie auf die Warteliste für eine Nierentransplantation gesetzt worden. Die für die Organvermittlung erforderlichen medizinischen Angaben waren an die Organvermittlungsstelle Eurotransplant weitergegeben. Jeden Morgen wachte sie mit dem Gedanken auf, ob Eurotransplant sich vielleicht heute melden würde. Die Ärzte sagten, dass es jeden Tag geschehen, dass es aber auch noch einige Jahre dauern könnte.

„Carolin, du hast mich immer wieder besucht und mich aufgeheitert. Dafür danke dich dir von ganzem Herzen. Der Tod ist wie eine Schnecke. Langsam kommt er auf mich zu, ich bin so müde und kann nicht mehr. Ich bin dies alles so leid. Es ist die Hölle auf Erden. Bitte sei mir nicht böse, aber ich möchte jetzt alleine sein." Carolin reichte ihr die Hand zum Abschied, nahm ihre Tasche und ging aus dem Krankenzimmer.

Im Aufzug traf Carolin auf Krankenschwester Marion und die OP-Schwester Ellen Arnhold. Marion wusste sofort, das Carolin von Eva kam. Im Gespräch ergab sich, dass beide Krankenschwestern Dienstschluss hatten. Das traf sich gut, und Carolin lud die beiden zu einer Tasse Kaffee in die Cafeteria ein. Der Vorschlag wurde gerne angenommen, da dort eine bessere Unterhaltung möglich war.

Während sie zusammen an einem Tisch saßen, sagte Carolin: „Es ist schwer, Eva mit nichtssagenden Worten hinzuhalten. Zu lange schon hat sie das schweigende Telefon angestarrt. Und immer wieder die Frage, wann eine passende Niere zur Verfügung steht. Sie gibt die Hoffnung allmählich auf."

Als Carolin schwieg, sagte Ellen nach einer kurzen Pause: „Ich habe schon andere Patienten kennengelernt, die sehr krank waren und sich in einer schier ausweglosen Lage befanden. Ich bin über das Krankheitsbild von Eva informiert, und ich weiß, dass ihr eine Nierentransplantation helfen könnte. Man darf die Hoffnung nie aufgeben. Lasst den Kopf nicht hängen! Heutzutage ist vieles möglich. Jetzt entschuldigt mich aber bitte, ich muss gehen."

Marion Henning und Carolin waren sich sehr sympathisch, so dass Marion anfing zu erzählen: „Ellen Arnhold ist ein feiner Kerl. Wenn sie jemandem helfen kann, ist ihr nichts zu viel. Vor Jahren war ein zehnjähriger Junge beim Schlittschuhlaufen in einem See eingebrochen. Vorbeigehende Spaziergänger trauten sich nicht, dem Jungen zu helfen. Selbst die Besatzung des inzwischen eingetroffenen Krankenwagens war kopf- und machtlos. Ein fremdes Mädchen, völlig unbekannt, versuchte immer wieder, den Jungen, der unter der Eisdecke verschwunden war, herauszuziehen. Schließlich gelang es ihr, nach vielen endlosen Minuten, und kurz entschlossen schwamm sie mit dem Jungen im Schlepptau ans Ufer. Der bereitstehende Krankenwagen fuhr mit den beiden davon. Dank dem mutigen Einsatz des Mädchens war der Junge gerettet worden. Selbst die Zeitungen berichteten oft über diese Heldentat. Den Namen der mutigen Retterin allerdings hat man nie erfahren. In unserer Klinik wurde damals erzählt, Ellen sei die mutige Retterin gewesen. Eindeutig bestätigt wurde es von ihr aber nie."

Carolin war von der Stationsschwester sehr angetan und bat sie, doch mit ihr in Verbindung zu bleiben. Marion begrüßte diesen Vorschlag.

*

Alle für eine Organspende erforderlichen Maßnahmen waren getroffen. Die Verträglichkeit der Blutgruppen war bestätigt worden. Dr. Wilkes bat Florian um ein Gespräch.

„Herr Feldmann, Sie haben sich zur Spende einer Niere und damit der Rettung von Eva Kleinfeld entschlossen. Diese Entscheidung können sie nur für sich persönlich treffen, und niemand hat das Recht, sie zu kritisieren."

Florian erwiderte: „Herr Dr. Wilkes, ich möchte, dass Eva gesund wird. Doch niemals soll sie erfahren, dass ich der Spender der Niere bin. Diese Anonymität soll verhindern, dass wechselseitige Abhängigkeiten entstehen. Außerdem soll klar sein, dass diese Spende ausschließlich ein Akt der Fürsorge für Eva ist. Wann kann die

Entnahme der Niere stattfinden? Für Eva ist es höchste Zeit!" Dr. Wilkes schlug den kommenden Dienstag vor.

Um acht Uhr wurde Florian in den Operationssaal gefahren, was für ihn eine ganz neue Erfahrung war. Der Arzt trat noch kurz an seine Liege, ab dann konnte er sich an nichts mehr erinnern. Die Narkoseärztin am Kopf des Operationstisches gab das Zeichen, dass Dr. Wilkes und sein Team mit der Operation beginnen konnten. Außer Dr. Wilkes war niemandem der achtzehnjährige Mann bekannt. Nur Operationsschwester Ellen Arnhold prägte sich sein Gesicht ein. Es kam ihr sehr bekannt vor.

Nierenentnahme und -transplantation waren zufriedenstellend verlaufen. Dr. Wilkes, zuständig für Florian, und Dr. Bach, zuständig für Eva, bestätigten, dass alles zur vollsten Zufriedenheit verlaufen war. Die beiden frisch operierten jungen Leute hatten alles ohne Komplikationen überstanden.

Als Eva wieder in ihrem Zimmer war, merkte sie bereits, dass es mit ihr aufwärts ging. Dr. Bach, der kurz bei ihr hereinschaute, erkundigte sich nach dem werten Befinden. Eva lächelte ihn überglücklich an, sie fühlte sich wunderbar. „Bald kannst du zu deiner Familie zurück und bist ein vollkommen gesundes Mädchen, Eva", erläuterte der Doktor.

Dann öffnete sich die Tür, und ihre Eltern betraten das Zimmer. Sie konnten es nicht glauben, als Eva ihnen beide Hände entgegenstreckte. Die Begrüßung war überaus herzlich. Die Eltern wunderten sich über die Wandlung ihrer Tochter, bis Dr. Wilkes sie dazu beglückwünschte, bald eine gesunde Tochter zurück zu bekommen. Vater Hubertus konnte noch nicht begreifen, was geschehen war.

„Es ging alles sehr schnell", sagte Dr. Bach. „Uns stand eine Spenderniere zur Verfügung, daher haben wir mit der Operation nicht lange gezögert. Eva ist darüber sehr glücklich – und es ist alles gut gelaufen."

„Eva", sagte Mutter Sibylle und sah dabei Dr. Bach an, „ich habe immer gebetet, und Gott hat meine Gebete erhört."

Dr. Bach nahm Sibylle und Hubertus Kleinfeld zur Seite und erklärte, dass Eva noch viel Ruhe benötige.

„Mag sein, Frau Kleinfeld, ich weiß aber nicht, ob Gott es selber war, richtig ist, er hat jemanden vorbeigeschickt. Dieser Jemand war es, der Eva gerettet hat." Beide konnten ihre Blicke nicht von Dr. Bachs Gesicht wenden. Sie waren auf diesen Augenblick nicht vorbereitet gewesen. Hubertus Kleinfeld schluckte und schluckte, während ihm die Tränen über das Gesicht liefen. Er erkundigte sich bei Dr. Bach nach dem Namen des Jemand, bei dem es sich um den Spender handelte.

„Ich kenne ihn nicht, und bei der Entnahme war ich nicht dabei." Er reichte den Eltern die Hand und verließ das Krankenzimmer. Hubertus und Sibylle, noch ein bisschen benommen und verwirrt, waren unglaublich erleichtert.

*

Die Personalabteilung der Maschinenfabrik Kleinfeld war überzeugt, dass ihr neuer Mitarbeiter Nick Mehmet aufgrund seiner Intelligenz und Verantwortungsfähigkeit der Firma von Nutzen sein würde. Informationen, die vorher eingeholt worden waren, ließen keinen Zweifel an seinen Eigenschaften wie Charakterstärke oder Prinzipientreue. Schließlich hatte man Erfahrung mit Neulingen, die zu dick auftrugen. So, wie man schlechte Schauspieler an übertriebenem Auftreten erkennt, entlarvt sich der allzu eifrige Erfolgsmensch als Aufschneider.

Nick hatte sich schon lange um seine berufliche Laufbahn gekümmert und eine Entscheidung erst einmal offen gelassen. Schließlich wäre auch Nairobi eine Alternative gewesen. Er sagte sich: Es gibt kein festes Rezept für die Gestaltung einer optimalen Zukunft. Aber ein wirklich guter Ansatzpunkt hierfür könnte in einem privaten Unternehmen wie der Firma Kleinfeld liegen. Es kam darauf an, zu wissen, wie die Firma funktionierte, und wie Herstellungsprozesse und Kundenbeziehungen so gewinnträchtig wie möglich zu gestalten waren. Eigentlich ging es in seinen Bewerbungen darum, einen Fuß in die Tür des Produktions- und Wirtschaftsgeschehens zu bekommen.

Dazu war es wichtig, umgänglich, hilfsbereit und charakterlich sauber zu sein. Die moderne Führungskultur besagte: Wer mit den Wölfen fressen will, muss mit ihnen heulen. Es kam darauf an, das Wirtschaftssystem in einem Betrieb so aufzulockern, dass die menschliche positive Verantwortungsbereitschaft sich entfalten konnte. Man musste sich viel einfallen lassen, damit in der Produktion die Ideen und Anregungen der Mitarbeiter zum Tragen kamen. Nach Nicks Vorstellung sollten die Arbeiter und Angestellten nicht nur bloße Befehlsempfänger, sondern auch in eigener Kreativität und als selbstständig Denkende verantwortlich sein.

Nick hatte seine Stelle angetreten – eine Stelle im oberen Finanzbereich.

Wochen waren vergangen. Hubertus Kleinfeld war mit Dr. Wickert, dem Produktionsleiter, in einer Besprechung. Dabei erwähnte Wickert, dass der neu eingestellte Herr Mehmet sehr qualifiziert sei. Es fehle ihm nicht an Talent und gutem Willen.

„Gut", sagte Kleinfeld. „Erzählen Sie."

„Es handelt sich um einen Mann, dem es nicht nur um seine eigenen Gefühle geht. Sein bescheidenes Auftreten kommt bei allen, mit denen er zu tun hat, sehr gut an. Das passt auch zu den Erkundigungen, die wir über ihn eingeholt haben. Nach seinem Studium war er ein Jahr in Kenia. Dort arbeitete er in einer Bank in Nairobi, wo er mittlerweile sehr bekannt ist. Er fand leicht Anschluss bei den Menschen und setzte sich besonders für arme Kinder ein. Es kommt ihm darauf an, vielen Kindern jene Werte zu vermitteln, die sie für ein selbständiges Leben brauchen. Zusammen mit einer Kenianerin fand er große Unterstützung und sammelte bei der Oberschicht ansehnliche Spendenbeträge. Dank seiner Initiative wurde ein Spendenkonto eingerichtet, welches einen festen Bestand hat."

„Danke, Herr Dr. Wickert. Sagen Sie dem jungen Mann, dass ich ihn kennenlernen möchte. Er möchte zu mir kommen, wenn es ihm passt. Ich bin jederzeit für ihn da."

„Ich werde es Herrn Mehmet ausrichten, wenn ich morgen zu ihm gehe."

Nick saß in seinem Büro und ging Papiere durch. Es standen Termine an, die noch festzulegen waren. Es klopfte an der Tür. Diese öffnete sich, und Herr Dr. Wickert kam herein.

„Was führt Sie zu mir? Bitte nehmen Sie doch Platz!"

„Ich wollte Sie fragen, wie Ihnen der Betrieb gefällt. Haben Sie sich bereits eingelebt und ein bisschen umgesehen?"

„Danke der Nachfrage, es ist alles bestens. Die Investitionen in der Technik haben den Arbeitern in vielen Bereichen eine hohe Lebensqualität gebracht."

„Das sehe ich auch so. Herr Mehmet, ich war gestern beim Chef, also bei Herrn Kleinfeld. Ich soll Ihnen ausrichten, dass er sie kennenlernen möchte."

„Oh, welch eine Ehre. Dann lasse ich mir wohl einen Termin geben."

„Das ist nicht nötig. Herr Kleinfeld erwartet Sie, wenn es Ihre Zeit erlaubt. Er ist jederzeit für Sie zu sprechen." Nick wollte das Zusammentreffen nicht lange hinauszögern. Am nächsten Tag machte er sich auf den Weg zum Chef.

Herrn Kleinfelds Büro befand sich im dritten Stock. Nick benutzte nicht den Aufzug, sondern ging die breite Marmortreppe hinauf. Im großen Vorraum der Büros angekommen, sah er sich suchend um. Die helle Morgensonne schien durch die großen Fenster und gab dem Raum eine warme Atmosphäre. Plötzlich erinnerte er sich. Vieles war ähnlich wie in der Bank in Nairobi, als er anfangs dort beschäftigt war. Später lernte er die Stadt und die unendlichen Landschaften Kenias so gut kennen, dass er beinahe geglaubt hätte, er sei dort geboren. Er ging auf eine Tür zu, die nur angelehnt war. Er klopfte an, und während er eintrat, kam ihm Herr Kleinfeld entgegen.

„Schönen guten Tag! Sie sind gewiss Herr Mehmet. Meine Freude ist groß, Sie kennenzulernen. Ich habe Sie bereits erwartet." Mit einem festen Händedruck begrüßte Herr Kleinfeld den neuen Mitarbeiter und erklärte, dass er schon viel von ihm gehört habe. „Bitte nehmen Sie Platz. Wie ich von Herrn Wickert erfahren habe, waren Sie für einige Zeit in Afrika, in Nairobi. Der Aufenthalt ist für Ihre Qualifikation und für unseren Betrieb sicherlich von Vorteil. Jetzt sollten wir aber nicht vom Betrieb und von der Arbeit sprechen, sondern erzählen Sie mir von Afrika. Ihre Geschichte ist bestimmt sehr interessant!"

„Herr Kleinfeld, Nairobi, die Hauptstadt von Kenia, ist die grüne Stadt in der Sonne. Die Weißen, als diese Afrika missionierten, predigten von Gott und Gleichheit. Sie haben dem Land viel Tourismus und auch Arbeit gebracht. In den meisten Fällen aber sehe ich, dass Farbige und Weiße, sei es in der Politik, Wirtschaft oder Kultur, Seite an Seite arbeiten. Eingeborene, die für Europäer arbeiten, bekommen dafür überwiegend nur einen Hungerlohn. Die Verbindung zwischen Afrikanern und Weißen ist oft wie die Zusammenarbeit von Esel und Treiber. Sie endet, sobald der Esel seine Last zum Ziel getragen hat.

Besonders erschreckend ist der illegale Handel mit Organen, der in diesem Land boomt. Aber ich habe auch Menschen kennengelernt, die sich für die Belange der Bedürftigen einsetzen. Sogar ein Haus für verwaiste Elefantenbabys wird von ihnen betreut und unterhalten. Trotz all dem Überfluss, der in Nairobi herrscht – mit den modernen Hochhäusern und vornehmen Villenvororten – sind die Menschen, die in den Hütten leben, überwiegend auf Spenden angewiesen. Zum Glück gibt es engagierte Helfer, die mit Mitgefühl und Tatkraft vielen jungen Menschen Zukunft, Hoffnung und Heimat vermitteln."

Hubertus Kleinfeld sagte: „Herr Mehmet, ich bin zuversichtlich, dass wir gemeinsam für die Herausforderungen und Ziele, die vor uns liegen, den rechten Weg finden werden. Sie können sicher sein, ich werde Ihnen unterstützend zur Seite stehen." Im Kopf von Hubertus Kleinfeld kreisten die Gedanken über das eben Gehörte. Herr Mehmet gehörte zu der Sorte Mann, die sich für die Belange der wirklich Bedürftigen einsetzte. In seinen Darstellungen war oft die Rede von den Spenden, auf die man angewiesen war.

Und immer, wenn Nick von den Spenden gesprochen hatte, dachte er daran, wie ein ihm Unbekannter durch die bereitwillige Nierenspende seiner Tochter Eva das Leben gerettet hatte. Er empfand ein starkes Gefühl der Dankbarkeit.

*

Miranda und all die anderen, die mit im Hause Smith in Nairobi lebten, waren erstaunt über die Informationen, die Alex über den Triebtäter aus Köln zu berichten hatte. „Den alten Alex kenne ich genau", sagte John, „auf den kann man sich verlassen."

In einem langen Brief schilderte Alex, wie er sich auf den Weg nach Köln gemacht hatte, um diesen Mann zur Rechenschaft zu ziehen. Auf einem Parkplatz, der zur Kanzlei gehörte, parkte er sein Auto. Erstaunlich groß am Rande der Stadt lag das Anwesen, in dem sich Kanzlei und Privatwohnung im gleichen Gebäude befanden. Ein breiter Kopfsteinpflasterweg führte durch eine gepflegte Grünanlage zu dem Haus. Rechts neben der schweren Eingangstür im Schatten großer Sträucher befand sich eine blanke Metalltafel mit der Aufschrift: Dr. Clemens Brand, Rechtsanwalt.

Alex hatte seinen Besuch angemeldet und wurde von Frau Brand freundlich empfangen. „Ich bin erfreut darüber, dass auch Sie, ebenso wie mein Mann, Kenia bereisen. Er liebt Nairobi und braucht immer wieder diesen Urlaub, um sich zu entspannen." Frau Brand bot sehr gastfreundlich Kaffee und Gebäck an. Sie war eine Frau von ungefähr Ende vierzig Jahren. Aufgeschlossen, eine angenehme Erscheinung, und sie verstand sich auf Gastfreundschaft. In bequemen Ledersesseln saßen sie einander gegenüber. Das Mobiliar und die gesamte Einrichtung selbst, die wertvoll erscheinenden Bilder an den Wänden, waren geschmackvoll und gaben dem Raum eine elegant-schlichte Atmosphäre. Es passte einfach alles zusammen.

„Mein Mann", sagte sie, „braucht diese Erholung. Jedes Jahr fliegt er für drei bis vier Wochen nach Kenia. Er liebt dieses weite Land, die unberührte Natur. Ein Land voller Abenteuer, an dem jeder Tag neue Entdeckungen mit sich bringt. Er liebt es, die „wilde Seite" des Lebens zu entdecken. Leider hatte er einen Unfall. Er war völlig unbeteiligt in eine Schlägerei geraten, wobei er sich eine schwere Kopfverletzung zugezogen hat. Die Komplikationen traten erst auf, als er schon drei Tage wieder hier zu Hause war. Nachts musste er plötzlich ins Krankenhaus eingeliefert werden. Es ging um Leben und Tod. Ich hatte damals, wie auch heute noch, große Sorgen. Er ist so ein guter Mensch. Gleich, als er aus dem Krankenhaus entlassen war, haben wir ihn in eine Reha-Klinik in den Oberbergischen Kreis gebracht. Dort sitzt er jetzt im Rollstuhl. Ich fahre ihn jeden Tag besuchen. Wenn ich ihm doch nur helfen könnte. Dr. Axel Riedmann, ein tüchtiger Anwalt, führt seine Kanzlei weiter. So braucht sich mein Mann um das Geschäftliche keine Sorgen zu machen."

„Das ist ja beruhigend für Sie. Ich kann mich gut in Ihre Lage versetzen, da ich selber Anwalt bin und eine Kanzlei geführt habe. Frau Brand, ich sagte Ihnen ja, zu der Zeit, als Ihr Mann in Nairobi war, hatte er mit einer mir bekannten jungen Dame, einer Afrikanerin namens Miranda Smith, eine Begegnung. Dabei hat er unglücklicherweise diese Ledermappe verloren. Sie sehen, hier ist eine Kopie seines Reisepasses und der Geldbetrag. Es sind genau zweitausendvierhundert Euro. Ich habe Miranda versprochen, dass ich dem Eigentümer in Deutschland die Ledermappe samt Inhalt aushändigen werde. Ihr Mann, Frau Brand, hatte damals den Raum plötzlich verlassen und auf dem Fußboden fand sich diese Mappe."

„Herr Feldmann, ich finde Ihr Verhalten sehr ehrenhaft und weiß gar nicht, wie ich das wieder gutmachen kann. Wenn ich Clemens über unser Gespräch unterrichte, ist er bestimmt sprachlos. Morgen allerdings kann ich ihn nicht besuchen, weil meine Schwester ihren 50. Geburtstag feiert. Das wollen wir zum Anlass nehmen, uns gemütlich zusammenzusetzen."

„Frau Brand, ich bin Rentner und habe deswegen morgen Zeit, Ihren Mann zu besuchen."

„Da wird er aber überrascht sein und sich freuen. Dann können Sie sich über seinen Urlaub in Nairobi unterhalten. Bitte grüßen Sie meinen Mann von mir."

„Das werde ich tun, und auf das Gespräch freue ich mich auch. Und nun, Frau Brand, möchte ich Sie nicht länger aufhalten. Es hat mich gefreut, sie kennenzulernen. Vielen Dank für alles."

Alex war von der Liebenswürdigkeit von Frau Brand sehr angetan. Sie begleitete ihn noch ein Stück durch den Park, reichte ihm zum Abschied die Hand und wünschte ihm alles Gute.

Zu Hause in Königswinter ging ihm noch einmal alles durch den Kopf. Sein erster Gedanke: Auch der Sünder kann treu sein, genauso wie der Gerechte. So sind in jedem Menschen die Anlagen für alle menschlichen Eigenschaften vorhanden.

Alex hatte eine angenehme Fahrt, der Verkehr lief zügig. Es machte Spaß, an einem sonnigen Tag durch die Landschaft des Oberbergischen zu fahren. Die Reha-Klinik, ein Neubau, lag am Rande eines großen und gepflegten Dorfes. Der Dame an der Rezeption war Herr Dr. Brand bekannt. Freundlich und hilfsbereit bot sie sich an, Alex zum Patienten zu begleiten, der sich gerade im Aufenthaltsraum aufhielt; sie nahmen den Fahrstuhl. Als sie den Aufenthaltsraum erreichten, zeigte die Rezeptionistin mit einer Handbewegung auf einen sitzenden Mann und bedeutete Alex, dies sei Herr Dr. Brand.

„Herr Dr. Brand, Sie haben Besuch." Doch der reagierte nicht. Die freundliche Dame legte ihren Arm um seine Schultern und schüttelte ihn sanft. „Verstehen Sie mich, Herr Dr. Brand? Sie haben Besuch."

Alex hatte sich diese erste Begegnung etwas anders vorgestellt. Schwester Renate, so hatte sich die Rezeptionsdame vorgestellt, sagte: „Sein Gesundheitszustand hat sich plötzlich verschlechtert." Auf die Frage, ob ein Arzt zu sprechen sei, empfahl sie Chefarzt Professor Dr. Baumhof.

Sie machten sich miteinander bekannt. „Bitte setzen Sie sich doch, Herr Feldmann." Dann berichtete der Professor: „Zuerst glaubten wir, es sei seine Kopfverletzung. Doch dann stellte sich ein böser Verdacht ein, als wir hörten, er wäre mehrmals in Afrika gewesen."

Alex unterbrach den Professor: „Das ist richtig, Herr Professor. Baumhof. Daher kenne ich ihn, das heißt, eigentlich nur dem Namen nach. Er hat damals in Nairobi versucht, ein junges Mädchen zu vergewaltigen. Es kam zu einem Kampf, in dessen Verlauf das Mädchen, die Afrikanerin Miranda, ihm mit einem Fleischklopfer aus Hartholz eine seitliche Kopfverletzung zufügte. Sie handelte in Notwehr, und der Schlag auf den Kopf streckte ihn zu Boden. Erst glaubte Miranda, ihn getötet zu haben. Ich wohnte in dem Hotel, in dem es zu dieser Tat kam. Als ich den Tatraum betrat, war der Peiniger fort, auf und davon. Auf dem Boden aber lag eine Ledertasche. Darin befand sich außer viel Geld auch eine Kopie seines Reisepasses. Dieser wies mir den Weg hierher. Ich selbst bin Anwalt und habe Miranda versprochen, ihrem Peiniger das Handwerk zu legen."

Professor Baumhof, der aufmerksam zugehört hatte, sagte: „Das passt ja alles zusammen. Es ist nicht nur die Kopfverletzung, die sich Herr Brand aus Afrika mitgebracht hat. Seit gestern wissen wir, das er HIV-infiziert ist. Sein Krankheitsbild lässt darauf schließen, das sich die Krankheit in weit fortgeschrittenem Stadium befindet."

Professor Baumhof sah in Alex Feldmann einen angenehmen Gesprächspartner. Es ergab sich wie von selbst, dass sich ein Arzt und ein Anwalt bei einer Tasse Kaffe über das Ausmaß der Epidemie ein Bild machten. „Sehen Sie, Herr Feldmann, erst wurden die durch Bluttransfusionen ausgelösten HIV-Infektionen verheimlicht. Die erkrankten Personen wurden diskriminiert, und noch jetzt wird das Ausmaß der Epidemie in einigen Ländern bagatellisiert. Man tut sich schwer, mit der Ausbreitung von AIDS umzugehen. Erst als die Zahl der Todesopfer kontinuierlich stieg, gab es einen Aufschrei in der Bevölkerung, in den ausländischen Medien sowie bei Menschenrechtsorganisationen. Erst dann konnten die Regierungen die Tragödie nicht länger ignorieren."

„Herr Professor Baumhof, bei Ihrer Erzählung fällt mir ein Bericht aus einer seriösen Zeitschrift ein. Da heißt es: China ist im Aufstieg zur Weltmacht. In vielen Gebieten entstehen Spargelfelder von Wolkenkratzern aus Stahl und Glas, prall gefüllte Supermärkte, teure Restaurants. Überall Optimismus. Und als gäbe es für jeden neuen Rekord Extraprämien, geht es bei den Superlativsüchtigen in atemraubender Geschwindigkeit schneller, höher, weiter. Es hieß schon bei Moses: Wohlauf, lasst uns eine Stadt und einen Turm bauen, dessen Spitze bis an den Himmel reiche, dass wir uns einen Namen machen! Türme, Hochhäuser, Wolkenkratzer – der Traum vom Bau in den Himmel, vom Weg in die Unendlichkeit, hat die Menschen schon immer beflügelt. Doch selbst der höchste Turm auf Erden leidet, sobald er in vollständigem Stahl- und Glasglanz erscheint, unter der Vergänglichkeit. Hauptsache hoch, nur darauf kommt es den Mächtigen an.

Es ist ja nicht nur Aids, womit die Menschheit zu kämpfen hat. Da gibt es die Kehrseite des rücksichtslosen Wirtschaftswachstums. Die Schwerindustrie vieler Industrienationen, allen voran China, haben ihre ökologische Balance verloren und die ganze Welt bekommt es zu spüren. Abgase aus chinesischen Kohlekraftwerken ziehen um die ganze Erdkugel. Für das Wirtschaftswachstum der meisten Industrieländer zahlen die Bürger einen hohen Preis. Es handelt sich um eine fatale Kombination von Geld und Macht. Es zahlt sich nicht aus, Wirtschaftswachstum um jeden Preis zu erzielen. Es muss möglich werden, Umweltpolitik und Wirtschaftsentwicklung miteinander zu verbinden. – Wir könnten noch lange darüber diskutieren, Herr Professor Baumhof! Ich bedanke mich ganz herzlich für das interessante Gespräch und Ihre Zeit, die Sie mir geschenkt haben."

„Ganz meinerseits, Herr Feldmann. Und wenn Sie mir Ihre Visitenkarte hierlassen, werde ich Ihnen mitteilen, wie es mit dem Patienten Dr. Brand weitergeht. Schließlich wartet Miranda auf eine Nachricht von Ihnen."

*

Carolin dachte seit geraumer Zeit darüber nach, wie sie in Erfahrung bringen konnte, wer Eva das Leben gerettet hatte. Es gab von dem Spender einfach keine Spur. Eva war gottlob wieder glücklich, und mit ihr die ganze Familie.

Carolin erinnerte sich an Marion Henning. Damals hatte die Stationsschwester angeboten, mit ihr in freundschaftlicher Verbindung zu bleiben. Kurzerhand lud sie Marion ein und sagte zu ihr: „Wir richten es so ein, wie es dir am besten passt. Du bist mir jederzeit willkommen." Sie ließ ein angenehmes Lachen folgen.

Gleich am nächsten Tag klopfte Marion bei Carolin an die Tür. „Komm herein, ich freue mich, dass du gekommen bist. Jetzt fühle ich mich besser."

Marion war völlig außer Atem, weil sie ununterbrochen gelaufen war. Der Weg von der Haltestelle hierher war ihr sehr weit vorgekommen. Das Zusammensein der beiden schuf eine warme Atmosphäre und sie waren ein Herz und eine Seele. Marion sah in Carolin eine richtige Freundin, die als gute Gastgeberin fungierte.

Carolin glaubte, dass nun der Moment gekommen war, ihre Herzensfrage zu stellen: „Kennst du den Spender, der Eva das Leben gerettet hat?"

Doch Marion verneinte. „Selbst wenn mir der Spender bekannt wäre, dürfte ich darüber kein Wort verlieren. Auch wir Krankenschwestern sind an die Schweigepflicht gebunden. Durch diese Anonymität ist übrigens gewährleistet, dass keine wechselseitigen Gefühlsregungen zwischen Spender und Empfänger auftreten, die für beide belastend sein könnten."

Carolin war erst sehr enttäuscht. Sie hatte die Zeit nicht vergessen, als es bei Eva vor der Operation um Leben und Tod ging. Heute war sie, dem Himmel sei dank, eine lebensfrohe junge Frau, die mit beiden Füßen im Leben stand. Eva freute sich darauf, im Familienbetrieb als rechte Hand ihrem Vater zur Seite zu stehen. Es war auch ihr Traum gewesen, so zu sein, wie sie heute war.

Später fragte Ellen Marion einmal nach dem Spender. Die sagte ihr, das Einzige, was sie wahrgenommen hätte, war: Er hat im Gesicht an der linken Wange eine Narbe. Sie vertraute diese Information Carolin an: „Aber, Carolin, bitte, das muss unter uns bleiben!" Carolin fiel es wie Schuppen von den Augen; sie ließ sich jedoch nichts anmerken. Ihr schien nun sicher, dass es sich um Florian handeln musste. Gleichzeitig war ihr inzwischen klar, dass diese Erkenntnis nicht an die Öffentlichkeit gelangen durfte. Schließlich musste man respektieren, dass der Empfänger die Identität des Spenders nicht erfahren durfte.

Zuhause angekommen, setzte sie sich auf eine Treppenstufe im Garten, den ihre Mutter liebevoll pflegte. Hier roch es nach Gras, und sie sah ihren jungen Katzen beim Spielen zu. Sie liebte den Garten, in dem man den Wind spürte. Von drinnen hörte sie Musik, sehr traurige Musik. Wieder war sie mit ihren Gedanken bei Eva, die mal gesagte hatte, beim Hören von trauriger Musik hätte sie eine Begegnung mit dem Tod gehabt. Carolin ging ins Haus; ihr Vater hielt sich gerade im Arbeitszimmer auf. Sie setzte sich für eine Weile zu ihm, als er unvermittelt fragte, wie es ihr gehe und was es Neues gebe. Er sah sie an und sagte: „Nun frage schon, ich sehe, dass dich etwas bedrückt."

„Vater, du hast mich vor einiger Zeit mal gefragt, ob ich Florian Feldmann kenne. Es ist der Junge, der sich in einem Geräteraum mit einem Mädchen eingeschlossen hatte. Du warst in dem Glauben, ich wäre dieses Mädchen gewesen. Doch ich war es nicht, er hatte dich belogen."

„Ja, ich erinnere mich. Alle Achtung, der Junge hat es in sich. Aber warum erzählst du mir das jetzt?"

„Du kennst doch den Leidensweg und die Krankheit von Eva. Heute ist sie dank einer Nierentransplantation glücklicherweise wieder gesund und wohlauf. Ich bin mir sicher, dass Florian der Spender der Niere ist."

„Das ist ja kaum zu glauben. Alle Achtung! Florian hat sehr viel Mut bewiesen."

Seine Worte kamen leise und aus tiefstem Herzen. „Carolin, behalte diese großartige Tat in deinem Herzen. Nur so bleibt dieses Geheimnis gewahrt. Solltest du irgend jemandem davon erzählen, wird es Florian sehr verletzen. Bedenke, dass er gerne bereit war, Leben zu retten. Er hat leise getan, wovon andere nur laut reden."

*

Die Amsterdamer Messe „PAN" war für Florian wie ein Magnet. Viele Händler aus den Niederlanden und dem flämischen Teil Belgiens hatten sich hier eingefunden. Kunstwerken und Gemälden alter Meister, aber auch zeitgenössischer Kunst und vor allem der Fotografie fühlte er sich sehr verbunden. Zwischen Expressionismus und den Bildern Chagalls bestaunte er das Gemälde vom „Zirkus", mit dem die polnische Malerin Ilse Berg die Geschichte eines Mädchen erzählte, das zum Zirkus wollte. Dieses Ölbild, eine Attraktion der Messe, war schon für ein Museum bestimmt. Während er einen Schritt zurückging, um das Bild aus einer anderen Perspektive zu betrachten, bemerkte er nicht, dass hinter ihm eine junge Frau stand, die sofort etwas beiseite rückte.

„Oh, Entschuldigung", sagte Florian, „ich wollte Ihnen nicht die Sicht versperren." Die Dame lächelte ihn freundlich an und bemerkte, dass doch nichts passiert sei. Während sie gemeinsam die Bilder bewunderten, kamen sie ins Gespräch. Florian stellte sich vor und erwähnte, dass er Rheinländer sei und aus Königswinter stamme. Die junge Frau stellte sich als Ricarda de Micki vor, wohnhaft in Köln. Sie setzten ihren Rundgang über die Messe gemeinsam fort, worüber Florian sich freute.

Ricarda war achtzehn Jahre jung und ihr langes schwarzes Haar war mit einer blauen Schleife zu einem Pferdeschwanz zusammengebunden. Ihre blauen Augen wurden von dichten Wimpern umgeben. In Florians Augen war sie eine ausgesprochene Schönheit. Das äußere Erscheinungsbild, mit dem biegsamen Körper und der außergewöhnlich schmalen Taille, übte großen Reiz auf ihn aus. Ricarda wusste sich durch ihre Haltung und modebewusste Kleidung in Szene zu setzen. Ricarda merkte, dass Florian Interesse für die dargebotene Kunst zeigte und von den Bildern einiges verstand. Ricarda erzählte ihm von der eigenen kleinen Galerie zu Hause und von einigen selbst gemalten Bildern. Florian berichtete ihr von seinen Bildern und von dem Portrait einer Mitschülerin und dem Anlass, aus dem er es gemalt hatte. Ricarda gefiel seine Erzählung und sie legte ihre Hand auf die von Florian. Er sah ihr in die Augen und schlug vor, in der gegenüberliegenden Cafeteria ein Eis essen zu gehen. Sie freute sich sehr über die Einladung und ging mit ihm. Im Gespräch verging die Zeit viel zu schnell. „Wir müssen uns unbedingt wiedersehen", sagte Florian. Ricarda war sofort einverstanden und sie wurden unzertrennlich.

*

Über das Wochenende wohnte Florian bei seinem Großvater, wo auch Nick zu Gast war. Gesprächsthema war natürlich Afrika, Nairobi.

Was auch immer bei Miranda und in ihrer Umgebung geschah, sie war immer mit Nick in Briefkontakt geblieben. Sie sprach zwar Deutsch, schreiben aber konnte sie nur englisch. Die Mitteilung von Alex, dass Dr. Clemens Brand verstorben war, ließ sie eiskalt.

Miranda, deren Kindheit durch den Tod ihres Onkels und durch eine katastrophale Dürre abrupt beendet worden war, fühlte sich dazu verpflichtet, ihrer Mutter Mira, die mit allen Mitteln die Armut bekämpfte, zu helfen. Mira sagte einmal: „Nick hat eine Lücke hinterlassen, aber du, Miranda, hast sie geschlossen."

Florian fand es interessant, den beiden Afrikaexperten zuzuhören. Nick sagte nachdenklich und mit nach oben gerichtetem Blick: „Die Armut hat keine Stimme, sie klagt nicht, man muss sie sehen." Dann erzählte er: „In Kenia haben sich jetzt Experten aus 143 Ländern getroffen. Sie haben darüber beraten, was man gegen Landminen, im Krieg im Erdboden versenkte kleine Bomben, tun kann. Tritt jemand auf eine solche, kann er verletzt oder gar getötet werden. Landminen bleiben auch oft nach Kriegsende unentdeckt. Jedes Jahr werden Tausende von Menschen durch sie verletzt oder getötet. Zudem können die Bauern ihre Felder nicht mehr bebauen, wegen der Gefahr, dass sie auf Minen treten. Deshalb haben sich bereits vor Jahren Experten aus vielen Ländern zusammengesetzt und Vorträge gehalten. Darin wurde versprochen, dass von ihren Ländern keine Landminen mehr eingesetzt werden.

Nun haben sich die Experten in Kenia getroffen. Nur wenn alle Länder mitmachen, ist es möglich, Landminen abzuschaffen. Das Problem aber ist, dass gerade große Länder wie China, die USA und Russland diese widerlichen Waffen weiterhin einsetzen wollen. Sie haben den Vertrag bisher nicht unterschrieben.

Ein weiteres Problem bleibt die Versorgungslage. Studien der Hilfsorganisationen in den Entwicklungsländern haben für Aufsehen gesorgt. Sie haben vorgerechnet, dass die Entwicklungshilfe, gemessen am Volkseinkommen der Geberländer, seit Jahren fällt. Die Armut greift immer weiter um sich. Diese gefährdet Wohlstand und Sicherheit. Das Bürgerkriegsrisiko ist in armen Ländern wesentlich höher. Dort, wo die staatlichen Institutionen schwach sind, stellen die kriminellen Netzwerke eine besonders große Gefahr dar.

Insgesamt hat sich die Schere weiter geöffnet. Während das Durchschnittseinkommen in den Industrienationen seit 1960 um 200

Prozent gestiegen ist, nahmen die Hilfszahlungen pro Kopf nur um 50 Prozent zu. Anders gesagt: Absolut steigen die Hilfsbeiträge, gemessen an ihrem Wohlstand aber geben die reichen Länder immer weniger für Entwicklungshilfe aus. Den Berechnungen der Briten zufolge haben die armen Länder der Erde im Jahr 2003 neununddreißig Milliarden Dollar für ihren Schuldendienst aufgebracht, aber nur siebenundzwanzig Milliarden Dollar Entwicklungshilfe erhalten.

In vielen Ländern der Welt werden auch die Menschenrechte von Mädchen und Frauen immer noch erheblich verletzt. Ich spreche von „meinem" Land Afrika, in dem sich, wenn es um Sex geht, die Frau nicht verteidigen kann. Frauen sind den Männern dort untertan. Seine Waffe ist das Gesetz; sie kann sich nicht wehren. Er befruchtet sie mit ihrem Samen und erklärt die Kinder zu seinem Eigentum. Der Frau gehört nichts, nicht einmal die Sonne, die auf sie scheint. Sie muss sich verhüllen in langen Gewändern. Der Mann hat die Wahl – ein Kind anzuerkennen oder nicht. Das neue Leben wächst im Leib der Frau heran. Sie nährt es, so gut es geht. Für den Mann war der Geschlechtsakt nur ein kurzes Vergnügen, und doch er hat den alleinigen Besitzanspruch. Die Diskriminierung von Mädchen durchdringt alle Lebensbereiche und ist auch die Ursache dafür, dass Mädchen deutlich häufiger als Jungen bereits im Kindesalter sterben. Das Festhalten an althergebrachten Überlieferungen der traditionellen Kultur behindert den Weg in eine sinnvolle Entwicklung.

Noch heute erleiden in Afrika und anderen Ländern mehr als neunzig Prozent der Mädchen eine Beschneidung. Es gibt zwei Arten. Bei der kleinen Beschneidung wird den Mädchen die Klitoris gekürzt, während bei der großen Beschneidung die Klitoris und die Schamlippen entfernt werden. In beiden Fällen handelt es sich um schwerste Form weiblicher Genitalverstümmelung. Das Kinderhilfswerk der Vereinigten Nationen ruft dazu auf, Mädchen besser vor Diskriminierung, Gewalt und Ausbeutung zu schützen. Für die UNICEF ist Bildung der Schlüssel, um die Situation von Mädchen und Frauen entscheidend zu verbessern. Doch noch immer werden weltweit mehr als 60 Millionen Mädchen gar nicht eingeschult. Mädchen gehen im internationalen Durchschnitt fast viereinhalb Jahre weniger in die Schule als Jungen. 550 Millionen Frauen sind Analphabeten. Sie leben zum Teil in aus Holzresten erbauten Hütten."

Florian war beeindruckt von Nicks Einsatz und Engagement. Nick fügte noch an, dass auch in Deutschland eine große Zahl Menschen von Armut betroffen seien. In Deutschland sei es notwendig, besonders die Kinderarmut zu bekämpfen, wobei die Familien mit Kindern nicht dauerhaft von Transferleistungen abhängig gemacht werden sollten. Das Ziel sollte sein, die Teilnahme am Erwerbsleben zu erreichen. Langzeitstudien hatten gezeigt, dass Eltern, die allein auf Sozialleistungen setzten, diese Einstellung an ihre Kinder weitergaben. Sozialwissenschaftler forderten eine stärkere öffentliche Verantwortung für das Aufwachsen von Kindern; besonders bei der Bildung. Die Stärke eines Staates zeige sich darin, wie sie mit den Schwächsten umgehe.

*

Es war Zufall, dass Carolin und Florian sich am Rheinufer trafen. Die warme Aprilsonne erfreute Herz und Seele. Eine frei gebliebene Bank am Wanderweg lud an diesem wunderschönen Tag zum Verweilen ein. Ein Gewirr von blühenden Obstbäumen, Sträuchern und Blumen umspann den eigentlichen Zauber im Lichte der Sonne. Hier sollte man sich die Zeit zum Durchatmen nehmen.

„Florian, ich kenne keinen anderen Mann, den ich so bewundere wie dich. Sag mir, wie geht es dir und wie geht es Eva?" Florian spürte, worauf Carolin hinauswollte. Doch er war sicher, dass sie sein Geheimnis nicht preisgeben würde.

„Danke, mir geht es gut. Dasselbe hoffe ich auch von Eva." Er legte seine Hand auf ihre Schultern, so, als wären sie verliebt. Tief sah er in Carolins Augen. Er seufzte kurz auf und umfasste ihre Hand. Er sagte: „Ich war zehn Jahre alt, als ich im Winter auf einem Weiher Schlittschuh gelaufen bin. Ich war ein guter Läufer, aber plötzlich brach die Eisdecke. Ich brach ins Wasser ein und war gleich unter der Oberfläche verschwunden. Ich fühlte mich schrecklich im eisigen Wasser und verlor die Orientierung. Wie erleichtert war ich, als ich eine Hand an meinem Fuß spürte; es ist das Letzte, woran ich mich erinnere. Ich kam erst wieder zu Bewusstsein, als ich mich am Ufer des Sees befand. Ich fror bitterlich. Ich sah für einen kurzen Augenblick ein junges Mädchen mit langen nassen Haaren. Wie ich später erfahren habe, hat sie mich gerettet. Ich kannte sie nicht und weiß bis heute nicht, wer sie ist. Ihre mutige Tat ist mit Geld nicht zu bezahlen.

Selbst im Krankenhaus und in der Presse, die über das Unglück berichtete, blieb der Name des Mädchens unbekannt. Auch meine Eltern hätten sich gerne erkenntlich gezeigt. Ein Teil des Vermögens meines Großvaters wäre ihr sicher gewesen. Ich finde es sehr schade, dass ich meine Dankbarkeit dem Mädchen gegenüber nicht zeigen kann. Schließlich hat sie mich aus einer lebensbedrohlichen Lage befreit. Was sich sagen will: Mir wurde damals geholfen. Da konnte ich doch Eva nicht im Stich lassen."

Florians Druck um Carolins Hände wurde fester. Er sah sie an und sagte: „Eva darf nicht wissen, dass ich der Spender bin. Sie würde ihre Ungezwungenheit verlieren."

„Würde es dich denn stören, wenn sie sich bei dir bedanken würde?"

„Ja. Ich hätte das Gefühl, Dankbarkeit von ihr zu erwarten. Carolin, ich habe einen jungen Mann, er ist ein guter Freund meines Großvaters, kennengelernt. Sein Name ist Nick Mehmet. Er war als Kind ein Straßenjunge. Er wuchs in Hinterhöfen auf. Großvater lernte ihn in Nairobi, Kenia, kennen. Nick hat sehr viel für die Slumbewohner getan und tut es auch heute noch. Alles, was ein Mensch aus Fürsorge, oder nennen wir es Nächstenliebe, macht, danken ihm die glücklichen Augen.

Er mag das Wort DANKE nicht für seinen Einsatz, denn er hat lange genug die Wohltätigkeit anderer gespürt. Er mag die Menschen und will nur, dass es ihnen besser geht. Also schulden sie ihm nichts. Und genau so denke auch ich. – Heute ist Nick in einer großen Maschinenfabrik beschäftigt, „Hubertus Kleinfeld"."

„Was? Das ist doch die Firma von Evas Vater!"

Florian stutzte und blieb einen Augenblick regungslos stehen.

„Das wusste ich nicht, ich war der Meinung, deine Freundin Eva lebt in einer einfachen Familie."

„Florian, gib Eva doch ein kleines Zeichen, aus dem sie erkennen kann, dass auch du sie magst. Ich bin mir sicher, dass ihr das hilft."

Florian dankte ihr, lehnte aber nachdrücklich ab. „Ich mag Eva, bin aber mit Ricarda liiert. Wir haben uns in Amsterdam beim Besuch einer Messe kennengelernt. Ricarda malt selbst und hat eine kleine Galerie. Sie lebt in Köln bei ihrer Mutter. Ricarda ist meine große Liebe. So oft es geht, verbringen wir unsere Zeit miteinander. Bei Gelegenheit werde ich euch miteinander bekannt machen. Ich werde ihr erzählen, das wir zwei heute hier am Rheinufer den Geist der Rheinromantik genossen haben." Mit großen Augen schaute Carolin zu Florian auf. Das Leben ging manchmal seltsame Wege.

*

Seit Nick Afrika verlassen hatte, versuchte Miranda, ihre Mutter im Kampf gegen die Armut der Kinder zu unterstützen. Sie sah die Not, die entsetzliche Not, die sich mit Worten nicht beschreiben lässt.

Mira verschwieg ihrer Tochter, dass Nick sich in einer Sprengschule einer Ausbildung zum Minenräumer unterzogen hatte. Miranda sollte sich keine Sorgen um ihn machen.

Man erzählte, Nick habe in seiner Freizeit mit Helfern mehrere große Felder von Minen befreit. Landminen lassen sich in zwei Gruppen unterteilen: Anti-Personenminen gegen Menschen und Anti-Fahrzeugminen, die sich gegen gepanzerte Fahrzeuge und deren Insassen richten. Die meisten Personenminen werden durch Druck ausgelöst, wenn ein Mensch auf sie tritt. Die einfachen Modelle explodieren sofort und reißen dem Opfer beispielsweise ein Bein ab. Raffiniertere Modelle werden erst in die Luft geschleudert, wo sie explodieren und Hunderte von Metallkugeln oder Stahlsplitter verschießen. Damit können sie Menschen in weitem Umkreis töten. Fahrzeugminen enthalten deutlich mehr Sprengkraft und werden durch Fahrzeuge ausgelöst.

Mira sagte: „Nick hat mir mal gesagt, Minen sind sehr schwer zu finden, wenn sie erst einmal in der Erde liegen. Aufzeichnungen über Minenfelder gibt es meist nicht. Metalldetektoren können Minen nur schwer von Flaschendeckeln oder Münzen unterscheiden. Um sicher zu sein, müssen die Minenräumer den Boden zentimeterweise mit einer Minensuchnadel abstechen.

Als Nick einmal mit seinem Freund Colin Mendel Minen räumte, kam es zu einem Unfall. Colin war auf eine Mine getreten. Nick bestellte sofort einen Krankenwagen, der seinen Freund ins Krankenhaus transportierte, und blieb bei ihm, bis dieser aus tiefer Bewusstlosigkeit erwachte. Nick stand Colin bei, als dieser begriff, dass er seinen rechten Fuß verloren hatte. Er tröstete ihn und versprach, ihm eine handgefertigte Fußprothese aus seiner Heimat zu beschaffen."

Colin war seit einem Jahr Lehrer in Nairobi. In der Schule waren viele Kinder, die er mit Mira betreute. Unter ihnen viele, die das gleiche Schicksal erlitten hatten wie ihr Lehrer. Einmal hatte ein Mädchen erzählt, sie würde oft davon träumen, ihr Fuß sei nachgewachsen. Beim Aufwachen musste sie immer feststellen, dass es nur ein Traum gewesen war. Der Fuß fehlte immer noch. Die Prothese jedoch, die ihr Nick beschaffte, war fast genauso gut wie ein richtiger Fuß.

Könnte man doch einmal den Verantwortlichen aller Rüstungsbetriebe diese Kinder zeigen, den Schmerz und die vielen Tränen! Vielleicht würde der eine oder andere dann doch nachdenklich.

Njeri Trever, ein afrikanisches Mädchen, schwer verletzt, erzählte Nick von einem Traum: „Ich sah viele Soldaten, die Minen in ein großes Feld warfen. Aus sicherer Entfernung beobachtete ich, wie die Menschen nichts ahnend auf dem Weg zur Wasserstelle im Feuer von Explosionen umherirrten. Einige blieben liegen, andere konnten sich nur kriechend unter schmerzerfüllten Schreien bewegen. Es war die Hölle. Ringsherum, in sicherer Entfernung, standen die Soldaten, die Minenleger. Die freuten sich und lachten. Ihre Mordinstrumente waren ein voller Erfolg. Jedes vierte Opfer war ein Kind. Weit weg, in den modernen Rüstungsbetrieben, läuft die Minenproduktion auf Hochtouren. Dort bringt sie den Menschen Geld, sehr viel Geld. Uns bringt es nur Elend. Dort gibt es Schulen, Krankenhäuser, Geschäfte. Sie müssen nicht nach Wasser suchen. Immer, wenn ich träume, träume ich von gesunden Füßen. Ich wohne in einem Land, wo die Menschen alles haben und die Kinder fröhlich sind. Schöne Häuser, gepflegte Gärten, alles, was ich noch nie gesehen habe. Ich bin ganz weit weg von Afrika. – Die Wanderung führte mich zu einem großen, aus Elfenbein geschnitzten Tor, das einen Spalt breit offen stand. Ich dachte, es sei der Himmel. In einem großen Bad räkelten sich viele Menschen in kristallklarem Wasser. Überall sah ich Brunnen und sprudelnde Quellen und verspürte großen Durst. Meine Gedanken überschlugen sich. Hier gab es genug zu trinken. Ich hörte, wie die Männer ihren Frauen und Kindern erzählten, all diesen Reichtum hätten sie den Rüstungsbetrieben zu verdanken." – Der

Waffenhandel gehört zu der Wirtschaftsbranche, in welcher am meisten Geld zu verdienen ist. Es ist jedem bekannt, dass der Mensch zu allen Zeiten Waffen brauchte. Es gehört einfach dazu, will man die Macht über andere erringen. Die großen Konzerne dieser Welt können auf vieles unserer Mutter Natur verzichten, nicht aber auf Waffen. Und so werden auch weiterhin tüchtige Ingenieure heimtückische Waffen bauen; wir sind ihre Ziele. Sie führen ihre Geschäfte, immer in Übereinstimmung mit den Gesetzen.

„Ich glaubte bei all der Pracht, die ich durch den Türspalt zu sehen bekam, ich sei im Himmel. Ich hatte immer Gott gefürchtet und seine Gebote befolgt. Endlich war ein Ende in Sicht. Der Durst wurde immer quälender. Aber das Wasser war für mich nicht erreichbar. Die Augen des Engels verdüsterten sich. Hier war für Farbige kein Zutritt. – Als man meine Mutter beerdigte, die von den Rebellen ermordet wurde, sagte man mir, Mami sei jetzt im Himmel. Ich habe durch die große Himmelstür nach ihr gesucht. Sie kann dort aber nicht sein. Denn der Engel sagte mir, als Farbige hätte sie keinen Zutritt."

Njeri schlug die Augen auf. „Wo bin ich?", fragte sie mit schwacher Stimme. Nick benetzte ihre Lippen mit Wasser. Ihre Blicke hielten einander stand.

„Was ist los", wollte sie wissen. „Du bist auf eine Mine getreten und bist verletzt." „Nick, du musst bei mir bleiben. Ich habe solche Angst!"

„Natürlich bleibe ich bei dir, Njeri." Er zog ihr eine leichte Decke bis ans Kinn; die Stirn kühlte er mit einem gefalteten Tuch. Plötzlich war alles still. Njeri war tot. Sie war eine von Tausenden, die jährlich auf diese mörderische Art umgebracht wurden. Mira kam, um Nick abzulösen. Erschüttert stand er vor ihr und suchte vergeblich nach Worten. Mira merkte erst jetzt, dass Njeri von ihnen gegangen war.

Das Interesse der europäischen Länder an Afrika hatte sich dramatisch verändert. Zu Zeiten des kalten Krieges hatte der Kontinent eine militärische Bedeutung. Jetzt interessierte sich niemand mehr für dieses Land. Das Einzige, was noch zählte, waren die Rohstoffe. Aber nicht nur Tabak und Kaffee, sondern auch Fußballer. In Europa waren inzwischen mehr afrikanische Ärzte angesiedelt als auf dem gesamten afrikanischen Kontinent.

Aber es gab auch hier Reichtum. In den großen Städten wie zum Beispiel Nairobi wimmelte es nur so von BMW- und Mercedes-Limousinen im Straßenverkehr. Auch dieser Zustand war ein Zeichen von zynischer Ausbeutung.

Klar zu erkennen war das Versagen der internationalen Entwicklungspolitik. Sie gab vielen die Möglichkeit, sich durch Korruption zu bereichern. Ach, die Gegensätze in diesem Land, von Arm und Reich! Wie sollte ein Mensch ohne Geld in den Slums über HIV und Schutzmaßnahmen aufgeklärt werden können, wenn ihm die elementarsten Möglichkeiten dazu fehlten und er nicht einmal lesen konnte. Es gab kaum ein zynischeres Bild der Ungerechtigkeit, doch die Geberländer weigerten sich hartnäckig, das einzusehen. Und niemand, erst recht nicht in Europa, sollte sich in Sicherheit wiegen und stets in den Kategorien „wir" und „die" denken. Die Zeitbombe Aids tickte längst auch vor der deutschen Haustür, besonders aber in den ehemaligen Staaten des Warschauer Pakts. Nirgendwo auf der Welt, nicht einmal in Afrika, war Aids so auf dem Vormarsch wie in Osteuropa.

*

Carolin und Eva waren zu Gast bei Ricarda und Florian. Ricarda gewann die Herzen ihrer Gäste schnell durch ihren Charme. Sie lebte im Haus ihrer Mutter Maria, in einem Villenviertel am Rande von Köln. Die Schwangerschaft von Ricarda blieb niemandem verborgen.

„Wir sind stolz und freuen uns auf den Nachwuchs. Wir werden heiraten, und es ist Florians Wunsch, dass ihr beide, Eva und Carolin, unsere Trauzeugen werdet. Vorher aber werden meine Mutter und ich nach Thailand reisen. Meine Mutter erhofft sich dadurch Inspirationen für ihr neues Buch." Ricarda geriet ins Schwärmen, war voller Vorfreude. „Wir wollen am Strand in der heißen Sonne liegen und in den weiten blauen Himmel schauen. Rund um uns herum hören wir das Geschrei spielender Kinder. Vor uns liegt das Meer, schaumig gekräuselt, auf dem sich die Boote in endloser Weite verlieren. Vielleicht male ich, während meine Mutter an ihrem Buch schreibt. – Aber jetzt habe ich genug von uns erzählt. Auf jeden Fall freue ich mich sehr, dass ihr gekommen seid."

Es störte Ricarda nicht, dass Florian Eva bei der Begrüßung lange umarmte und sie intensiv ansah. Mit seinen Fingern zog er ihre Augenbrauen nach und sagte: „Ich freue mich, Eva, dass es dir so gut geht. Du sieht bezaubernd aus." Ricarda hatte ein Frühstück mit allerlei Köstlichkeiten in ihrer kleinen Galerie vorbereitet. Sie legte großen Wert darauf, ihre lieben Gäste zu verwöhnen.

Für einen Moment verharrten Carolin und Eva, sie staunten, als sie Ricardas Bilder sahen. „Mein Gott, das bin ja ich! Wie gut das Bild gelungen ist", rief Eva begeistert aus. Dann wurde sie nachdenklich. Sie sah nur immer wieder dieses Bild an.

Ricarda legte ihr den Arm um die Schulter und sagte: „Jedes Bild hat seine Geschichte. Dieses hat Florian von dir gemalt. Es ist von all seinen Bildern das schönste." Plötzlich bemerkte Ricarda, dass Florian etwas an dem Bild geändert hatte. Sie äußerte sich aber nicht dazu.

Florian begann nun, die Geschichte des Bildes zum Besten zu geben. Damals, als er Eva überredet hatte, mit ihm in den Geräteraum zu gehen und sich von ihm portraitieren zu lassen. Alte Erinnerungen wurden wach, besonders bei Carolin. Sie war die Einzige, die wusste, warum Eva wieder vollkommen gesund geworden war und warum Florian sie so lange umarmt hatte.

Florian war es, als sitze er zwischen zwei Stühlen. Jeden Moment rechnete er damit, von Eva um das Bild gebeten zu werden. Er baute jedoch vor, indem er meinte, das Bild hätte bei ihm einen wichtigen Platz und berge viele Erinnerungen. Dieses Bild sei auch ein Teil von ihm. Carolin wunderte sich über Florian, war ihm doch unbewusst zu viel herausgerutscht. Doch es ging in der allgemeinen Unterhaltung unter. Florian wechselte das Thema und erzählte von Nick Mehmet.

„Nick stammt aus Frankfurt und war eine Zeitlang in Afrika, genauer gesagt in Nairobi. Nick hat sich für die Armen in diesem Land sehr eingesetzt. Jetzt ist er bei der Maschinenfabrik Kleinfeld beschäftigt. Er ist ein guter Freund meines Großvaters. Der hat mir erzählt, er sei stolz darauf, dass in Nairobi eine Kindertagesstätte gebaut werden konnte, die Nicks Namen trägt. Einmal, als er Mira einen großen Geldbetrag gab, wollte sie entrüstet wissen, ob er das gestohlen hätte. Doch Nick lachte nur und meinte, es ginge alles mit rechten Dingen zu. Aber für sie und ihre Zöglinge würde er sogar einen Diebstahl auf sich nehmen. – Eva, solltet ihr euch in eurer Firma über den Weg laufen, grüße ihn bitte von mir!"

„Das werde ich gerne tun. Florian, du gibst mir einen guten Grund, ihn in der Firma aufzusuchen."

Eva und Carolin waren von der Gastfreundschaft und Herzlichkeit ihrer Gastgeberin sehr angetan. „Es ist uns eine Freude, eure Trauzeugen zu sein!", riefen beide wie aus einem Mund.

„Das freut mich sehr. Und wenn ich aus Phuket zurückkomme, lade ich euch wieder ein."

Der Tag neigte sich dem Ende zu. Als Eva und Carolin gegangen waren, fragte Ricarda: „Du hast das Bild von Eva verändert. Warum?" Seine Antwort betrübte Ricarda. „Als ich das Bild malte, war sie sehr traurig. Sie wurde krank, sehr krank sogar. Eva war Dialyse-Patientin und wäre gestorben, hätte sich nicht eine geeignete Spenderniere gefunden. Sie bekam eine Lebendspende. Ich habe das Bild damals in Schatten gehüllt gemalt, obwohl viel Licht auf ihr Gesicht fiel. Jetzt, da sie gesund ist, habe ich das Bild geändert und das Licht der Sonne hinzugefügt." Ricarda drückte Florian fest an sich. Ihr war bisher nicht bewusst gewesen, dass Florian eine so romantische Ader hatte. Ihre Gedanken befassten sich mit Eva und dem Spender, der fortan auf die lebenslange Funktion seiner nunmehr einzigen Niere angewiesen war.

*

Eva war neugierig. Florian hatte ihr einen Grund gegeben, Nick Mehmet aufzusuchen. Sie hatte im Büro ihres Vaters zu tun und lenkte das Gespräch auf Nick. Evas Vater antwortete: „Ich kenne Herrn Mehmet. Ich habe ihn persönlich eingestellt. Mein Eindruck von ihm ist ausgesprochen positiv. Herr Mehmet ist für unseren Betrieb und die Mitarbeiter eine Bereicherung."

Evas Vater war immer glücklich, wenn er seine Tochter bei sich hatte. Er staunte, als Eva ihm in allen Einzelheiten die Geschichte erzählte, die sie von Florian über Nick gehörte hatte. Das passte zu Nick. Er war klug, einfach und sehr zurückhaltend. Doch wenn es darauf ankam, traf er die richtige Entscheidung und ließ sich so schnell nichts vormachen.

Als Eva zu Nick Mehmets Büro kam, stand die Tür offen. Auch die Schubladen seines Schreibtisches standen teilweise offen. Alles in allem machte es einen nicht gerade aufgeräumten Eindruck. Nur auf der Schreibtischplatte lag alles geordnet an seinem Platz; mehrere afrikanische Zeitungen in englischer Sprache und eine aus weißem Elfenbein geschnitzte Figur. Eva bekam große Augen, als sie ein Bild in der Größe eines Schreibblockes erblickte. Es war das Bild eines hübschen Mädchens mit kaffeebrauner Haut und schulterlangen schwarzen Haaren. Die sinnlichen Augen blickten nach oben, das Gesicht war tadellos geschminkt. Eva blickte immerzu auf das Bild, auf die Augen des Mädchens; nie hatte sie eine so schöne Frau gesehen. Im Unterbewusstsein nahm sie ein Geräusch wahr und drehte sich um. Da stand jemand, das musste Nick sein. „Sind Sie Herr Mehmet? Ich wollte zu Ihnen, und die Tür stand offen. Mein Name ist Eva Kleinfeld."

„Das ist ja ein hoher Besuch. Was kann ich für Sie tun?"

„Ich möchte Sie kennenlernen und soll Sie von Florian Feldmann grüßen."

Nick antwortete: „Danke, ich kenne und schätze ihn sehr. Bei seinem Großvater, der in Königswinter lebt, wurden wir gute Bekannte. Frau Kleinfeld, setzen wir uns doch an den Besuchertisch. Dort lässt es sich besser plaudern."

Sie nahmen gemeinsam am Tisch Platz und verstanden sich sofort. Sie tranken einen Kaffee, den Nick selbst aus der Küche holte. Sie fragte: „Herr Mehmet, auf ihrem Schreibtisch steht eine so schöne Figur. Was hat es mit dieser Figur auf sich?"

„Das ist ein „Karibu", und Karibu bedeutet so viel wie Willkommen, Gruß, Einladung und Segen. Er gehört zur kenianischen Kultur."

Eva hörte aufmerksam zu. „Erzählen Sie mir doch noch mehr über Kenia, ich finde es sehr spannend!"

Nick nickte lächelnd. „Nun, Kenia hat zweiundvierzig verschiedene Kulturen, zahllose Sprachen und Dialekte und ist durch eine unvergleichliche ethnische Vielfalt geprägt. Die Menschen dort sind ein starkes und stolzes Volk, welches die Welt in ihrem schönen Land herzlich willkommen heißt. Die Figur ist aus legal erworbenem Elfenbein geschnitzt. Ich bekam sie zum Abschied am Flughafen von Nairobi geschenkt. Sie soll mir Glück bringen."

„Herr Mehmet, was bewegt einen Menschen dazu und woher nimmt er die Kraft, anderen zu helfen, noch dazu im fernen Afrika?"
Er sah Eva an. Bei ihrem Drang nach Wissen glaubte er für einen Augenblick, Miranda in seiner Nähe zu spüren. „Ich teile die Menschen in zwei Gruppen. Die einen, die hinsehen, und die anderen, die wegsehen! Ich habe so viele Kinder, zum Teil Waisen, in den Slums gesehen. Diese kleinen Kinder haben nur einen Traum – den Traum vom Glück. In vielen Ländern der Erde, besonders aber in Afrika, ist die Welt geteilt, in Arm und Reich. Die Menschen in Afrika erfahren die Gleichgültigkeit der internationalen Gesellschaft. Der Kontinent wurde vom Kolonialismus befreit und gleichzeitig in die kulturelle Wüste geschickt. Nairobi, wo ich mich hauptsächlich aufgehalten habe, ist eine von Menschen überfüllte Metropole. Hochhäuser erdrücken die Innenstadt. Die Kriminalität ufert aus, meist handelt es sich um Raubzüge. Hinzu kommt der unvorstellbare Bevölkerungszuwachs in ganz Afrika, und die Aids-Seuche ist weiterhin auf dem Vormarsch. Diese Epidemie reduziert die Zahl der Menschen in unvorstellbarem Ausmaß.
Und trotz dieser zunehmenden Verwahrlosung geht der Alltag weiter. Nairobi ist ein beliebter Aufenthaltsort für Weiße im schwarzen Erdteil. Von einer Bank in Nairobi, bei der ich angestellt war, weiß ich, dass das Regime dort sehr fremdenfreundlich und von der Marktwirtschaft angetan ist. Wer ein Gespür für Lebensqualität hat, der findet in dieser Komfort-Oase ein Zuhause. Nichts hindert betuchte Gesellschaftsschichten daran, in schmucken Bungalows mit gepflegten Anlagen mit Swimmingpool zu wohnen und sich von billigem Personal verwöhnen zu lassen. Man kann ruhig schlafen, denn die Alarmanlage schützt vor Einbrüchen und Überfällen. Die alteingesessene Bodenständigkeit von Völkern oder Stämmen der Eingeborenen wurde zerrüttet durch Kolonialismus und Ausbeutung, besonders aber durch Versuch, europäische Gepflogenheiten und Ideen einzuführen. Das Ergebnis auch für viele Mittelschichtler ist: die

Rückständigkeit. Und wie ich schon sagte, die Teilung des Landes in Arm und Reich. Die Kriminalität hat zum Rückgang des Fremdenverkehrs geführt. Ein finsteres Kapitel ist der Sex-Tourismus.

Nairobi hat auch schon in der Vergangenheit abenteuerliche Zeiten durchgemacht. Die Mau-Mau-Kämpfe in den fünfziger Jahren bescherte den Menschen einen völligen Kollaps von Politik, Wirtschaft und Gesundheitswesen. Die Straßen von Nairobi waren bei Einbruch der Dunkelheit wie leergefegt. Die Schwarzen mussten sich in ihre mit Stacheldraht umzäunte Verlassenheit am Rande der Stadt in Sicherheit bringen.

Afrika ist ein Land mit noch vielen ungezähmten Nomaden, die unter noch in biblischer Unberührtheit mit den Bräuchen ihrer Ahnen leben, und das bei der enormen Dürre. Väter verkaufen ihre Kinder, um sie loszuwerden, um weniger hungrige Mäuler stopfen zu müssen. Kindersoldaten, seien sie noch so jung, werden immer gebraucht. Verkleinert man die Familie, indem man die Kinder abschiebt, so kann das den Unterschied zwischen Überleben und Verhungern bedeuten.

Eritrea ist ein regelrechter Ausbildungs- und Umschlagplatz für Kindersoldaten, wobei es keine Rolle spielt, ob es sich um Mädchen oder Jungen handelt. In diesen Lagern gibt es keine spielenden Kinder. Alle sind ausgesetzt, haben unruhig flackernde Augen und sind müde. Junge Afrikaner, die dieses Schicksal erlebt und überlebt haben, erzählten mir von ihrem Alltag. Bei ihnen herrschte große Not. Nur Waffen gab es im Überfluss. Es ist erstaunlich, wie die Zwölf- oder Vierzehnjährigen damit umgehen können. Die Kleineren, oft nur sechs, sieben oder acht Jahre alt, müssen sich gewaltig abrackern und plagen. Man sieht, wie sie sich abschleppen müssen. Hunderte von Kinder werden in diesen Ausbildungslagern zu Soldaten gemacht. Zu ihren Ausbildern zählen auch Frauen. Die meisten ranghöheren Anführer aber sind Männer. Sie haben finstere Gesichter, tragen Khakihosen mit bunten Aufdrucken. Diese Kleidungsstücke stammen aus den Rote-Kreuz-Säcken, die in Asmara ankommen. Die Kindersoldaten laufen zum größten Teil ohne Schuhe, obwohl Steine und Sand vor Hitze glühen.

Einige der jungen Leute fragten mich, was Gott dazu sagen würde, wenn er sie so sähe. Sie baten Gott um mehr Schutz, um Essen, Trinken und Schuhe, alles, was dringend benötigt wurde. Abends konnten sie sich kaum noch bewegen, die Beine waren schwer geworden. Nachts wurde man wach, es war stockdunkel. Einer sagte zu mir: Hier in dieser Wildnis kann uns Gott nicht finden. Das ist der Grund dafür, dass er uns nicht helfen kann.

Gleich nach Tagesbeginn wurden sie in Gruppen eingeteilt und mussten im unwegsamen Gelände Brennholz sammeln. Sie kehrten mit knurrendem Magen und einem Bündel Holz auf dem Rücken zurück. Sie dachten nur an Essen und hätten alles verschlungen, um den quälenden Hunger zu stillen. Noch schlimmer aber war der Durst. Das Wasser war rationiert und wurde streng bewacht. Aus dem lebensrettenden Kanister bekam jeder eine Büchse Wasser, die er sofort austrank. Immer wieder reckten sich Hände nach der Wasserbüchse. Es ist für ein Kind nicht zu verstehen, was Erwachsene ihnen abverlangen. Man steht mit knurrendem Magen auf, arbeitet den ganzen Tag trotz Hunger und schläft abends müde und hungrig wieder ein. Das alles für Eritrea im Namen der Freiheit. Es wurde ihnen in aus Blech gezimmerten Schulen beigebracht, dass das alles richtig und nötig sein, um den Feind Äthiopien zu besiegen. Es ging aber allen nur ums Überleben."

Nick war während des Gesprächs mit Eva mit seinen Gedanken ganz nach Afrika geschweift. Dann bemerkte er, dass der Kaffee inzwischen kalt geworden war. Eva hatte ihm aufmerksam und gerne zugehört.

„Frau Kleinfeld, jetzt habe ich Ihnen so viel von Afrika erzählt. Der Mensch denkt nur ungern an Unerfreuliches – Menschen, die auf der Schattenseite dieses Landes leben. Aber es ist nun mal ein Teil der Geschichte von diesem kleinen Karibu, der auf meinem Schreibtisch steht. Afrika hat aber auch eine Sonnenseite. Diese liegt am Indischen Ozean. Seit mehr als zwanzig Jahren können Reisende aus der ganzen Welt sich hier ihre Urlaubswünsche erfüllen. Es ist ein Land mit ursprünglicher Natur, faszinierender Tierwelt, sandigen Stränden und unendlichen Landschaften. Es ist auch ein Land mit kulturellem Reichtum."

„Herr Mehmet, Sie haben mir das Land, das Sie so sehr lieben, sehr eindrucksvoll beschrieben. Jetzt habe ich eine Wertvorstellung dieses Karibus. Und um wen handelt es sich bei dem überaus hübschen Mädchen auf dem Bild, das auf Ihrem Schreibtisch steht – wenn ich das fragen darf?"

Nick sah Eva an und erklärte: „Das ist Miranda Garetty. Sie wurde in einem Armenviertel geboren, lebte bis zu ihrem elften Lebensjahr in aus Holzresten zusammengezimmerten Hütten und größtenteils vom Betteln. Ihren Vater, einen Europäer, lernte sie nie kennen. Er ließ Frau und Kind sehr früh im Stich. Miranda und ihre Zwillingsschwester Mona fanden in ihrer großen Not einen Engel, Elisabeth, die beiden ein Zuhause und Unterstützung bot. Elisabeth und John Smith sind Engländer. Gemeinsam führen sie ein Restaurant und ein großes Hotel in Nairobi. Während John, Elisabeth und Mona das Restaurant betreiben, führt Miranda in eigener Regie das Hotel. Es herrscht ein familiäres Klima. Viele Kenianer haben hier einen Arbeitsplatz gefunden. Die beiden Mädchen haben viel durchgemacht, bevor Elisabeth sie aufnahm. Ein Mischlingskind bedeutet Schande für Mutter und Kind. Der Vater, bei dem es sich um einen weißen Touristen handelte, kümmerte sich nach seinem Vergnügen nicht um die eventuellen Folgen.

Miranda ist immer noch mit ihrer Kindheit verbunden. Mit ihrer Mutter gibt sie den Kindern in den Baracken, Waisenhäusern und Hütten die Wärme, die ihnen fehlt. Miranda liebt es heute noch, mit den Kindern im Haus und im Gestrüpp zu spielen. Oft bleibt sie auch nachts bei ihnen und erzählt Geschichten von Tieren, die im Regenwald und Hochland leben. Eine besondere Freude für die Kinder ist es, wenn sie mit ihnen eine Safari unternimmt. In mehreren Bussen fahren sie dann in die unendlichen Landschaften Kenias. Die Kinder bestaunen die Löwen, Elefanten, Rhinozerosse, Leoparden und Büffel. Sie organisiert und finanziert diese Ausflüge und ermöglicht den Kindern so, diese einzigartige Welt zu entdecken."

Nick sah auf das Foto, seufzte und blickte auf Eva, die sehr beeindruckt schien. Bei der Verabschiedung drückte sie seine Hand fest. „Herr Mehmet, ich danke Ihnen sehr für die Zeit, die Sie mir geschenkt haben." Nick begleitete Eva aus seinem Büro und sah ihr nach. Eva drehte sich zu ihm um, lächelte ihn an und verabschiedete sich mit „Karibu".

*

Ricarda war sehr in Florian verliebt. Er war das Kostbarste, was sie hatte. Sie wollten diese Liebe genießen, so lange es ihnen vergönnt war. Und warum sollte sie auch nicht von Dauer sein? Schließlich ließen sich die beiden doch von den kleinen Widrigkeiten des Alltags nicht unterkriegen. Aber alle Liebenden leben in einer unvollkommenen, unsicheren Welt. Wer weiß schon, wenn er die Straße überquert, ob er die andere Seite auch sicher erreicht.

Und doch gibt es scheinbar aussichtslose Notlagen, die sich zum Guten wenden. Florian erinnerte sich, wie er auf dem Eis eingebrochen war und von einem unbekannten Mädchen gerettet wurde. Diese Geschichte rührte Ricarda immer wieder aufs Neue. Sie stellten sich beide die Situation vor und fragten sich, wie sie wohl reagieren würden. Zunächst einmal musste vorausgesetzt sein, dass man schwimmen konnte.

Florian unterbrach die Erzählung seiner Geschichte, als er Ricardas fragendes Gesicht bemerkte. „Ricarda, warum siehst du mich so an? Warum sollte ich einen Menschen nicht retten, wenn er in Gefahr ist?" Ricarda hatte schon seit Langem einen Verdacht, wenn sie auf das Bild von Eva sah. Florian hatte ihr gegenüber einmal geäußert, Eva sei ein Teil von ihm. Durch ihre Einfühlsamkeit war ihr bewusst, das es etwas in Florians Leben gab, worüber er nicht sprechen wollte.

Trotzdem bat sie: „Florian, sieh mich bitte an und rede mit mir. Du hast auf der rechten Seite am Rücken eine Narbe, die ich gesehen, betastet und mit meinen Lippen liebkost habe. Ich vermute, dass du Eva eine deiner Nieren gespendet hast. Es ist doch so, oder?"

Florian schluckte und erwiderte: „Ja. Ich war der Nierenspender. Hätte ich es nicht getan, wäre sie heute vermutlich nicht mehr am Leben. Eva weiß nicht, von wem sie die Niere erhalten hat." Ricarda war tief beeindruckt. Florian musste Eva sehr geliebt haben, um so selbstlos zu handeln. Doch er sagte: „Ich habe meine Niere aus Nächstenliebe und Fürsorge gespendet. Lieben tue ich nur dich. Hätte das Mädchen, das mich damals aus dem Eis gerettet hat, nicht so viel Mut bewiesen, wäre heute ich nicht mehr am Leben. Ihren Namen kenne ich nicht. Und Eva habe ich nicht gesagt, dass ich der Spender bin, damit sie ihre Ungezwungenheit mir gegenüber behält." Ricarda umarmte Florian und drückte ihn immer wieder an sich. „Florian, ich liebe dich."

Es war ein schwerer Abschied auf dem Frankfurter Flughafen. Ricardas Mutter Maria war schon vorausgegangen; sie wollte nicht stören. Sie hatte jetzt drei Wochen Zeit zum Relaxen und würde später von ihren gesammelten Eindrücken erzählen. Sie sahen auf die Anzeigetafel der Abflugmaschinen. Die Maschine von Frankfurt nach Phuket wurde schon angezeigt.

„Wir sind weit voneinander getrennt, du in Königswinter bei deinem Großvater und ich im tiefen Süden Thailands ..."
Die Fluggäste wurden aufgerufen, das wartende Flugzeug zu betreten. Sie küssten sich ein letztes Mal und versprachen sich gegenseitig, gut auf sich aufzupassen. Florian legte seine flache Hand auf Ricardas gewölbten Bauch und wünschte auch dem Ungeborenen einen sicheren Flug.

Eine Woche war bereits vergangen, es war der erste Weihnachtstag. Gestern hatte Ricarda vergeblich versucht, Florian telefonisch zu erreichen. Es war schließlich Weihnachten. Man besinnt sich, blickt zurück und versucht, die zersprengten Gedächtnissteine des vergangenen Jahres zusammenzusetzen. Man fragte sich: Was ist 2004 gewesen, was hatte uns bewegt?
Am Frühstückstisch machten Ricarda und ihre Mutter Pläne. Maria wollte mit einem Mietwagen zu einem Museum fahren. Ricarda zog es an den Strand; sie wollte baden, was ihr und dem ungeborenen Kind guttun würde. Im Hotel war alles weihnachtlich geschmückt, die Stimmung sehr fröhlich. Maria wollte zeitig genug im Hotel zurück sein, um die Weihnachtsfeier am Abend nicht zu verpassen.

Es war der zweite Weihnachtstag, Ricarda war auf dem Weg zum Strand, als sich plötzlich die Welt veränderte. Ein Seebeben löste eine der größten Flutwellen seit Menschengedenken aus. Maria bekam einen Schock, als sie in sicherer Entfernung von der Flutwelle erfuhr. Das Hotel, in dem sie wohnten, die Häuser, alles war weg! Das Ausmaß und die Folgen der Flutkatastrophe überstiegen jede Vorstellungskraft. Mehr als hundertfünfzigtausend Menschen kamen nach Angaben der Regierungen der betroffenen Staaten ums Leben. Die Zahlen stiegen stetig weiter an. Bis zu fünf Millionen Menschen wurden der Weltgesundheitsorganisation (WHO) zufolge obdachlos. Es waren unvorstellbare Zahlen, hinter denen sich unvorstellbar viel Leid, Not und Elend verbarg. Es war einfach unglaublich. Die deutschen Behörden hatten an den Küsten Asiens den größten Teil ihrer Anstrengungen darauf verwendet, sich einen genauen Überblick über die Lage in den einzelnen überschwemmten Landstrichen, die Zahl der Opfer und die Art und Menge der benötigten Hilfe zu verschaffen. Während die deutschen Botschaften in der Region Gruppen ihrer Konsulatsmitarbeiter in die von den Flutwellen zerstörten Touristenzentren schickten, entsandten die deutschen Hilfsorganisationen Erkundungstrupps in die verwüsteten Gegenden. Täglich kamen Sonderflugzeuge der Charterveranstalter nach Phuket, um Überlebende in ihre Heimat zurückzubringen. Das Auswärtige Amt bemühte sich in eigener Zuständigkeit vor allem darum, das Schicksal möglicher verletzter oder getöteten Deutscher zu klären sowie jene Touristen zu unterstützen, die nach der Katastrophe materielle oder behördliche Hilfe benötigten, weil ihnen in den zerstörten Hotelanlagen Ausweise, Flugscheine und Geld abhanden gekommen waren. Zu diesem Zweck hatte das Auswärtige Amt von den zuständigen Botschaften Konsularteams auf die thailändischen Ferieninseln, in den Süden Sri Lankas und auf die Malediven entsandt, die sowohl die Lage erkunden als auch entsprechende Hilfe leisten sollten.

Florian machte die Ungewissheit über das Schicksal seiner Liebsten zu schaffen. All seine Freunde und Bekannten bangten mit ihm. Über die vom Auswärtigen Amt eingerichtete Informations-Hotline, die für alle deutschen Angehörigen eingerichtet worden war, hatte er noch keine Nachricht über das Schicksal seiner hochschwangeren Freundin und ihrer Mutter erhalten. Am Fernseher verfolgte er alle Berichte.

Die Flutkatastrophe im Indischen Ozean kostete auch in Afrika mehrere hundert Menschen das Leben. An der Küste Somalias, am

Horn von Afrika, wurden Hunderte Menschen getötet und ganze Dörfer verschwanden, sagte ein Sprecher des somalischen Präsidenten Ahmed am Montag in der kenianischen Hauptstadt Nairobi. Nach Angaben der Vereinigten Nationen waren hunderttausend weitere Menschen, vor allem Kinder, akut gefährdet, an Seuchen oder Vergiftungen zu erkranken. Sauberes Trinkwasser, Zelte, sanitäre Einrichtungen, Lebensmittel und Medikamente für obdachlos gewordene Menschen sowie Hubschrauber zur Evakuierung der von den Fluten eingeschlossenen Dörfer wurden dringend benötigt. Regierungen und Hilfsorganisationen in aller Welt begannen mit ersten Hilfsaktionen für die am schwersten betroffenen Regionen.

Tagelang sandte das Fernsehen die grauenvollen Bilder in die Welt, von schreienden Menschen und von Toten, von Zerstörung und noch mehr Toten. Aber auch Bilder des Glücks – Überlebende in den Armen der Verwandten. Die Bilder der Toten, in Badehosen im Schlamm ertrunken, wurden gezeigt. Sie blieben meist anonym, denn Ausweispapiere waren mit der Flutwelle mitgerissen worden. Nur die wenigsten Opfer konnten von Familienangehörigen identifiziert werden. Florian lebte in großer Angst, seine Ricarda nicht mehr wiederzusehen.

Doch er hatte Glück. Ricarda und ihre Mutter lebten! Ricarda war verletzt und befand sich mit ihrer Mutter bereits auf dem Flug nach Köln/Bonn. Eine Maschine der Bundeswehr, der Airbus A310 Med-Evac, wurde extra für die Evakuierung von Verletzten eingesetzt.

Die Maschine aus Thailand landete pünktlich. In der Abfertigungshalle warteten sie gespannt auf das Erscheinen der Passagiere; es ließ sich jedoch niemand blicken. Erst jetzt wurde den Wartenden mitgeteilt, dass sich nur Verletzte und Kranke an Bord der Maschine befanden und diese sofort in die umliegenden Krankenhäuser transportiert würden. Erst nach über einer Stunde erfuhr Florian, dass Ricarda und ihre Mutter in eine Kölner Klinik eingeliefert worden waren. Er war in großer Sorge, war ihm doch die Schwere der Verletzung nicht bekannt, die seine Freundin davongetragen hatte.

Im Krankenhaus herrschte reger Betrieb. An der Anmeldung teilte man Florian mit, die Verletzten der Flutkatastrophe wären größtenteils in der vierten Etage zu finden. Auf der Station sollte er nach dem Zimmer seiner Freundin fragen. Als er dort nach Ricarda fragte, bat ihn ein Arzt, der sich zusammen mit einem Kollegen und einem Seelsorger vorstellte, Platz zu nehmen. Aufgrund der ernsten Blicke der Männer ahnte Florian Schlimmstes. Dann sagte der Arzt: „Herr Feldmann, zunächst einmal die gute Nachricht. Sie sind Vater eines gesunden Jungen geworden. Aber leider muss ich Ihnen mitteilen, dass Ihre Frau nach der Entbindung an den Folgen ihrer schweren Verletzungen verstorben ist."

Florian war es, als hätte sich der Boden unter ihm aufgetan. Dann wurde zu seinem Sohn gebracht. Er berührte den zarten, zerbrechlichen Körper ganz sanft und lächelte schmerzlich auf ihn herab. Leise flüsterte er: „Du bis nicht allein. Ich werde immer bei dir sein." Ein junger Pfleger, der den Namen Hendrik an der Jacke trug, sagte: „Der Bub ist ein feiner Kerl. In acht Tagen können Sie ihn nach Hause holen."

Florian schwor sich, gut auf seinen Sohn aufzupassen. Hendrik und Florian tauschten ihre Telefonnummern, so war es möglich, in Verbindung zu bleiben und sich nach dem Befinden des Kindes zu erkundigen. Hendrik erwies sich als sehr hilfsbereit und bot Florian an, ihn auf seinem schweren Weg zu Ricardas Mutter zu begleiten. Auf dem Weg dorthin erzählte Hendrik, dass er mehrere Semester Medizin studiert hatte, aber jetzt als Pfleger arbeiten müsse, um sich Geld für ein weiteres Vorankommen zu verdienen.

Hendrik war die Patientin Maria de Micki bekannt. Sie hatte einen Schock erlitten, von dem sie sich aber allmählich erholte. Sie war eine tapfere Frau. Als Florian die Tür des Krankenzimmers öffnete, saß Maria am Fenster und blickte in das Grau eines Dezembertages. Nur mühsam vermochte sie ihre Lebensenergie und Willenskraft wieder aufzubauen. Sie trug ein schwarzes Kostüm, und an ihren blassen Gesicht sah man die Trauer, Niedergeschlagenheit und Übernächtigung. Nun kam sie einen Schritt auf Florian zu und schluchzte: „Sie war ein so liebes Mädchen, ein so guter Mensch." Sie umarmten sich und trauerten gemeinsam, als Maria plötzlich in sich zusammensackte. Florian legte sie vorsichtig auf das Bett. Es dauerte nur einen kurzen Augenblick, bis Maria sich wieder gefangen hatte und Florian den Eindruck gewann, als wollte sie ihn stützen.

„Mein Junge, jetzt wo du da bist, kann ich die Welt wieder bewusster wahrnehmen. Als das Flugzeug mit uns abhob, sah ich die entsetzlichen Trümmer unter mir; es war ein Bild des Grauens. Ich kann das alles nicht glauben. Immer wieder sehe ich Ricarda vor mir, sehe, wie ihr euch gemeinsam ein Leben aufbaut. Einen Trost aber gibt es, euren kleinen Jungen, wenn er auch ohne seine Mutter aufwachsen muss." Die Stimme drohte ihr zu versagen. Doch dann fuhr sie fort: „Hast du ihm schon einen Namen gegeben?"

„Ja. Ricarda wollte, sollten wir einen Jungen bekommen, dass er meinen Namen trägt. Ich werde ihr diesen Wunsch erfüllen."

Am nächsten Tag, kurz vor zwölf Uhr, holte Florian Maria aus der Klinik ab. Er bat Maria, kurz auf ihn zu warten. Er wollte schnell ihren Koffer ins Auto bringen, bevor sie gemeinsam Flori auf der Neugeborenenstation besuchen wollten. Der Kleine wartete bestimmt schon auf sie.

Auf dem Weg zur Säuglingsstation begegneten sie Hendrik. „Ich komme gerade von Ihrem Sohn und Enkel", sagte er. „Der Kleine hat Besuch. Es sind zwei Damen." Florian konnte mit dieser Äußerung nicht viel anfangen. Beim Betreten des Kinderzimmers traute er seinen Augen nicht. Bei dem Besuch handelte es sich um Eva und Carolin! Diese drückten ihm und Maria ihr Mitgefühl aus. Die Stimmung war sehr gedrückt. Doch die zarten Laute, die Flori von sich gab, hellten den Tag ein wenig auf.

„Florian, es fällt mir schwer, das Ausmaß meiner Verwirrung deutlich zu machen. Wie soll es mit dem kleinen Flori weitergehen?" Evas Blick fiel auf den Jungen. Leise flüsterte sie: „Ich würde so gern für dich sorgen! Mein Gott, bist du süß. Deine Augen! So schön, so groß, so blau!" Wie er so da lag, wurde ihr klar, warum alles sie so mitnahm. Sie wusste plötzlich, das Flori sie glücklich machen würde – und sie ihn. Florian erklärte den Anwesenden, dass der Kleine das Krankenhaus am Freitag verlassen könne.

Eva sagte: „Wir alle wissen, dass dem Jungen die Mutter fehlen wird. Ich bin aber überzeugt, dass er bei mir in guten Händen wäre. Ricarda hätte bestimmt nichts dagegen. Ich würde den Kleinen und all die anderen, die ihn ebenso lieben, glücklich machen." Florian war tief bewegt von Evas Angebot. „Du hast ein großes Herz. Ricarda wird nie wiederkommen, und sie wäre glücklich, wenn sie Flori in guten Händen wüsste." Spontan umarmte er Eva, die vor lauter Glück weinte. Er strich über ihr Haar und bedankte sich bei ihr.

Tage waren vergangen. Viele Freunde und Bekannte von Florian und Maria hatten sich im Kölner Dom versammelt, um an dem Gedenkgottesdienst für die Flutopfer teilzunehmen. Die Predigt hielten Kardinal Meisner und der Präses der evangelischen Kirche im Rheinland, Nikolaus Schneider, gemeinsam. Ein Reporter schrieb: „Es war sehr still und sehr hell im Kölner Dom, hell durch die Scheinwerfer des Fernsehens. Es war still, weil Polizisten vor dem Eingang Besucher zurückhielten, die nur mal eben einen Blick in die Kathedrale werfen wollten. Diesen Gottesdienst feierte eine Gemeinde von mehr als tausend Verletzten. Von körperlich, vor allem aber von seelisch Verletzten. Es waren Menschen darunter, die der Flut in Südasien selbst nur knapp entkommen waren. Andere schwankten zwischen Hoffnung und Verzweiflung, weil es weder ein Lebenszeichen noch eine

Todesnachricht von ihren Angehörigen gab. Über einhundert Menschen aus Nordrhein-Westfalen werden vermisst. Wieder andere hatten in den letzten Tagen die schlimme Gewissheit erhalten. Präses Schneider zählte in seiner Predigt auf, was sie verloren hatten: die vertraute Stimme, Rat und Tat, das gemeinsame Lachen, die zärtliche Begegnung, die vertrauten Konflikte, all das, was den geliebten Menschen als Teil unseres Lebens ausmacht. Schneider, der protestantische Gast, saß auf dem Ehrenplatz rechts neben Joachim Kardinal Meisner, dem Erzbischof von Köln. Beide predigten, beide hatten keine Antwort auf die Frage: WARUM? Vom „finsteren Mysterium des Leidens" sprach der Kardinal, von „erschreckend Rätselhaftem" der Präses, und sie vertrauen darauf, dass Gott, der in der Gestalt Christi mitleidet, aber jede der menschlichen Logik zugängliche Erklärung verwirft: „Denn meine Gedanken sind nicht eure Gedanken, und eure Wege sind nicht meine Wege", heißt es im 55. Kapitel des Buches Jesaja, das als Lesung vorgetragen wurde. Die Flut, so Meisner, hat bei vielen von uns das Bild von der Sicherheit der Welt, vom Menschen und auch von Gott zerschlagen und weggespült."

*

Eva war auf dem Weg zu Nicks Büro. Es war nicht verschlossen, doch Nick war nicht da. Diesmal war der Schreibtisch ordentlich aufgeräumt; nur der kleine Karibu und der Fotorahmen seiner hübschen Miranda, in dem sich das helle Sonnenlicht spiegelte, standen auf seinem Schreibtisch. Eva griff zum Telefon und rief Nicks Vorgesetzten, Herrn Dr. Wickert, an, um zu erfahren, wo sie Nick erreichen konnte. „Herr Mehmet hat Urlaub und ist auf dem Flug nach Kenia. In zwei Wochen erwarten wir ihn zurück."

Miranda umarmte Nick. Sie hatte inzwischen erkannt und war sich sicher, dass Nick sie liebte. „Küss mich bitte, bitte küss mich!", sagte sie und ließ ihn immer noch nicht los. Miranda war bewegt, und ein paar Tränen verwischten ihre Wimperntusche. „Du bist noch schöner, attraktiver und verführerischer geworden! Ich liebe deine großen und dunklen Augen", erwiderte Nick. Auch fielen ihm die schmalen Lippen und die weichen Gesichtszüge mit den kleinen Lachfältchen auf. „Du strahlst solch eine Wärme aus. Der Himmel meint es gut mit dir." Nicks Gefühlsausbruch brachte Miranda völlig aus dem Gleichgewicht.

Da das Abendessen fast fertig war, setzten sie sich ins Wohnzimmer. Das Essen sollte von Peony Donald aufgetragen werden, der über den Besuch von Miranda erfreut sein würde. Miranda legte langsame Musik auf und war begeistert zu sehen, wie viel Mühe sich alle gegeben hatten. Ihr zu Ehren sollte es heute etwas ganz Besonderes geben. Als Peony mit einem Tablett zur Tür hereinkam, war die Wiedersehensfreude auf beiden Seiten riesig. Peony setzte sich mit an den Tisch zu Nick und Miranda. Als sie sich das Wichtigste erzählt hatten, stellte Nick die Musik ab und den Fernseher an. Er wollte sich das aktuelle Tagesgeschehen in den Nachrichten nicht entgehen lassen.

Es gab einen Bericht, in dem vom Kampf zwischen Palästinensern und Israelis berichtet wurde. „Man kann es einfach nicht verstehen, dass Araber und Juden einander bekämpfen und töten", warf Miranda ein. Es folgte eine Meldung über die verheerende Flutkatastrophe: Die Zahl der Opfer stieg weiter an. Die Deutschen wurden erneut zu Spenden aufgefordert, obwohl am Tag zuvor der Spendeneingang für die Opfer in Asien die Schallmauer von einer halben Milliarde Euro durchbrochen hatte. Das tatsächliche Spendenaufkommen war sogar noch höher, weil die SOS Kinderdörfer noch keine Zahlen nennen konnten und es zudem eine Reihe kleine privater Spendenaktionen gab. Nach tagelanger Verwirrung um die

Opferzahlen in Indonesien beschloss die Regierung in Jakarta, nur noch diejenigen als tot zu melden, deren Leichen tatsächlich gefunden worden waren. Die Bilanz der elf betroffenen Länder wurde mit mehr als 270.000 Opfern am 26. Januar 2004 angegeben.

Miranda meinte: „Das ist eine schreckliche Bilanz, und jeder, der von diesem Unglück betroffen ist, hat mein Mitgefühl. Warum nur lässt Gott solche Katastrophen zu? Ist es das menschliche Schicksal, das wir annehmen müssen? Hat Gott uns das auferlegt? Wir stehen doch ratlos vor solchen Fragen. Katastrophen, wodurch auch immer ausgelöst, sei es durch Krieg, Hunger oder Krankheit; auf die Frage nach dem Sinn der daraus entstandenen Leiden hat mir Gott noch keine Antwort gegeben. Der Enkel eines alten Freundes von mir hat bei der Flutkatastrophe seine Freundin Ricarda verloren. Ihm hat man diese Frage auch gestellt. Er meinte: Katastrophen sind nicht zu deuten. So wie Verfolgung, Not, Hunger, Krieg und Krankheit nicht zu deuten sind. Ich kann die Auffassung nicht akzeptieren, die Katastrophen als Strafe Gottes ansieht. Es ist eine Anmaßung zu glauben, dass man Gottes Absicht beurteilen kann. Nick, auch vor der Flutwelle war die Welt nicht in Ordnung, sie wird es auch nach Beseitigung aller Schäden in Thailand, Sri Lanka, Indien und Indonesien nicht sein. Millionen Menschen auf unserer Erde leiden jeden Tag. Weil momentan die Nachrichten und Bilder aus Südasien alles andere überlagern, gerät deren Schicksal in Vergessenheit. So ist leider die Realität. Die Bekämpfung der Armut, insbesondere in den Entwicklungsländern, muss oberste Priorität erhalten. Die Industrienationen dürfen nicht hinnehmen, dass weltweit Tag für Tag fast dreißigtausend Kinder unter fünf Jahren an behandelbaren oder vermeidbaren Krankheiten sterben. Es darf auch nicht Normalität werden, dass sich täglich achttausend junge Menschen mit HIV infizieren und als Folge dessen Millionen Menschen an Aids sterben. Der Tod ist die uns zugewandte Seite jenes Ganzen, dessen andere Seite Auferstehung heißt. Nick, stundenlang kannst du an den Trümmern der riesigen Flutwelle vorbeifahren, ohne dass sich das Bild des Schreckens verändert. Das Gleiche gilt auch für die Elendsviertel hier in Afrika und überall in der Welt. – Aber deinem Land wird eine große Spendenfreudigkeit nachgesagt. Wenn es darum geht zu helfen, haben die Deutschen ein großes Herz."

Nach dem Essen sagte Miranda: „Nick, lass uns in mein Zimmer gehen. Ich möchte mit dir alleine sein." Miranda zählte nicht zu den Frauen mit sexueller Erfahrung; sie hatte noch nie die Liebe eines anderen Mannes kennengelernt. Daher konnte sie auch keine Vergleiche ziehen. In Nicks Armen schlug ihr Herz rasend schnell. Beim ersten Kuss, den sie sich gaben, wurde ihr schwindelig. Sie schlang die Arme um seinen Hals und klammerte sich an ihn. Mit ihrem Körper gab sie Nick zu verstehen, was sie wollte. Sie hatte das Gefühl, in einem See sinnlicher Wahrnehmungen zu ertrinken. Beide waren überglücklich und schliefen eng umschlungen ein.

Am nächsten Tag beim Frühstück sagte Nick: „Es ist schwer für mich; jetzt bin ich dir so nahe. Ich befinde mich ja nur auf einem Urlaub. Bald trennen uns wieder Welten." Miranda, die nur ein leicht anliegendes Kleid aus reiner Seide am Körper trug, tanzte durch den Raum. Tanzen tat sie immer, wenn sie glücklich war. Für Nick waren die Tanzbewegungen ein Ausdruck weiblicher Schönheit und Anmut. „Wir sind eins", dachte er, „nur leben wir weit voneinander entfernt."

Sie lebten in zwei Welten: sie in Nairobi und er in Frankfurt. „Miranda, du bist eine reiche Frau. Mona, deine Schwester, ist inzwischen mit einem Botschaftsangestellten verheiratet und wohnt in England. John und Elisabeth Smith haben sich zurückgezogen, sie sind inzwischen alt und können bis ans Ende ihrer Zeit in Herrlichkeit und Freuden leben. Du bist jetzt die alleinige Hotel- und

Restaurantbesitzerin. Was wäre, wenn du hier alles verpachten würdest und zu mir nach Frankfurt kämest?"

Miranda legte ihren Zeigefinger auf seine Lippen und antwortete: „Nick, ich kenne einen schönen Spruch. Der steht im Buch Ruth, Kap. 1 Vers 16, 17: Wo du hingehst, da will auch ich hingehen. Wo du bleibst, da bleibe auch ich. Wo du stirbst, da sterbe auch ich, da will auch ich begraben sein. Ach Nick", sie fasste seine Hand und redete weiter, „ich habe meine Mutter und Elisabeth einmal gefragt, was sie sagen würden, wenn du mich bitten würdest, deine Frau zu werden und mit nach Frankfurt zu gehen. Die Antwort meiner Mutter lautete: Für mich wäre es besonders schwer. Mutter und Elisabeth waren sich aber einig darüber, dass ich die Entscheidung alleine zu treffen habe. Sie würden für uns hoffen und beten, damit wir glücklich werden. Sie sind überhaupt der Meinung, dass wir zwei zusammengehören."

„Wie schön, Miranda! Und wenn du alles geregelt hast, kommst du nach Frankfurt und wir werden den Bund fürs Leben schließen." Nick wartete gespannt auf Mirandas Antwort.

„Nick, ich überlege gerade, ob es deine und meine Entscheidung oder aber Fügung ist. Wie auch immer, Hauptsache, wir sind glücklich. Du sagtest eben, wenn ich alles geregelt habe. Eine Idee habe ich schon. Wir werden mit Alex Feldmann sprechen. Der ist ein guter Freund, von Beruf Anwalt und Notar. Er kann mich in allen Angelegenheiten in Bezug auf die Pachtverträge beraten. Ich werde ihn einladen. Wohnen kann er natürlich bei mir im Hotel. Für John wird das eine Freude sein. Er wollte schon immer mit Alex eine Abenteuer-Safari in Kenia unternehmen. – Wenn ich mit dir in Deutschland lebe, möchte ich auf keinen Fall, dass Elisabeth und John in den Hintergrund rücken. Nachdem sie mich und Mona aufgenommen haben, konnten wir mit Zuversicht in die Zukunft blicken. Sie gingen mit uns jeden Tag den Weg, der uns aus der Kindheit ins Erwachsenenleben führte. Meinen leiblichen Vater kenne ich nicht, aber ich habe zwei Mütter. Von dem Tag an, als Elisabeth Mona und mich zu sich nahm – und unserer Mutter eine Anstellung gab, begann ein neuer Abschnitt unseres Lebens. Wir wurden aufgenommen in eine neu gefundene Familie, umgeben von Sympathie. Nur vergessen kann und will ich nicht, wie die im Dorf Zurückgebliebenen unter der Dürre litten; deshalb helfen Mira und ich auch heute noch den armen Kindern. Neulich war ich mit meinem Koch Peony Donald auf dem Großmarkt einkaufen. Plötzlich sah ich hungrige Kinder, mir war, als wäre ich mit ihnen auf der Flucht vor Gewalt. Meine Vergangenheit werde ich nie vergessen. Ich will sie auch nicht vergessen!"

*

Das Wiedersehen mit Mira war etwas ganz Besonderes. Nach wie vor kümmerte sie sich mit ungebremstem Engagement um verlassene Kinder.

„Morgen fahre ich zu einer Freundin in einem Dorf bei Maralal, Nick. Du kennst sie, es ist Khadija. Miranda hat mir ihr Auto geliehen, einen Subaru Allrad. Er steht schon vollgepackt mit Lebensmitteln und Spielzeug vor der Tür. Khadija wird sich freuen, wenn ich ihr sage, dass du wieder in Kenia bist. Soll ich ihr einen Gruß von dir bestellen?"

Er nahm sie in den Arm und sagte: „Das ist nicht nötig. Ich werde mit dir fahren." Für Mira war die Freude groß – wobei sie, als sie Nick von ihrem Vorhaben erzählt hatte, insgeheim auf diese Antwort gehofft hatte.

Mit dem schwer beladenen Fahrzeug fuhren sie am nächsten Tag los. Mira war der kürzeste Weg durch den Busch bekannt. „Khadija und das ganze Dorf werden Augen machen, wenn wir mit einem Auto zu ihnen kommen!" Der Wagen fuhr mühelos über rote Naturwege. Mira hatte das geliehene Fahrzeug gut im Griff. An den Fahrspuren konnte man erkennen, dass die Strecke öfter benutzt wurde. Die Bäume standen groß und dicht beieinander, so dass man nur weniger als fünf Schritte weit hineinsehen konnte. Abrupt mussten sie anhalten, als eine Herde Büffel den Weg versperrte. Sie fuhren bis auf einige Meter heran und nutzen den Augenblick für eine kurze Pause. Es war immer wieder erstaunlich, was für riesige Kolosse diese Tiere waren. Am Verhalten der Tiere war zu erkennen, dass sie an Fahrzeuge gewöhnt waren. Dann zogen sie nach rechts in den Wald ab. Mira wartete noch einen Augenblick und setzte dann die Fahrt fort. Die weitere Fahrstrecke ging über Berg und Tal. Es war erstaunlich, wie der Wagen Schlaglöcher und Erdrisse bewältigte. Als der Wald sich lichtete, bat Nick, das Steuer auch einmal übernehmen zu dürfen. Sie wechselten die Plätze.

„Trotz meiner sicheren Fahr- und Ortskenntnisse ist es doch ein gutes Gefühl, einen Mann wie dich neben mir zu haben", meinte Mira. Die weitere Fahrt verlief ohne Zwischenfälle. Abseits einer Wegkrümmung erkannten sie eine Gruppe von Männern, Frauen und Kindern. Sie winkten den Insassen des Fahrzeuges zu. Nach einiger Zeit mussten sie das Tempo drosseln. Viele Ziegen hielten sich auf der Straße auf. Sie konnten nur sehr vorsichtig und langsam weiterfahren, um kein Tier zu überfahren. Die letzte abschüssige Wegstrecke vor Maralal fuhren sie sehr langsam, und dann erreichten sie das Dörfchen, in dem Khadija und ihre Nachbarn wohnten,

Von allen Seiten wurden sie von den Dorfbewohnern umringt und begrüßt. Mira und Khadija strahlten sich an, umarmten sich und waren einfach glücklich. Auch Nick wurde freudestrahlend begrüßt, erkannten ihn doch viele wieder. Nick wurde als Freund aufgenommen und fand Gefallen daran, als Weißer unter so vielen glücklichen Afrikanern zu sein. Jetzt begann, worauf sich Mira und Khadija lange gefreut hatten. Die Lebensmittel wurden ausgeladen und die Mütter verstauten sie in ihren Hütten. Dann verteilten sie die Spielsachen an die erwartungsvollen Kinder; es wurde niemand vergessen. Die Augen der Kinder leuchteten vor Stolz und Freude.

Mira nächtigte in Khadijas Hütte, während Nick seinen mitgebrachten Schlafsack unter freiem Himmel ausbreitete. Um ihn herum einige Männer, die sich warme Decken mitgebracht hatten, über ihnen der Sternenhimmel. Das war Afrika. Die Menschen hier verlebten die Tage ohne Uhr und Datum.

Am Morgen ging Nick zum Fluss, um sich zu waschen. Dort traf er auf Frauen, die ihre Wäsche mit Wasser und Sand säuberten. Männer verrichteten kaum eine Arbeit, erst recht nicht, wenn es darum ging, den Frauen zur Hand zu gehen. Es war auch Aufgabe der Frauen, Wasser zu holen und Brennholz heranzuschaffen.

Die Tage vergingen in gleichmäßigem Rhythmus. Den Besuchern zu Ehren wurde ein Festmahl vorbereitet. Einer der Männer überwältigte eine Ziege, indem er die Vorder- und Hinterbeine zusammenhielt. Ein anderer kam hinzu und erstickte sie, indem er dem armen Tier Nase und Maul zuhielt. Erst nach einigen Minuten, die einem unendlich lang vorkamen, ließen auch die letzten Bewegungen des Tieres nach. Es starrte nur noch aus reglosen Augen in die Weite. Dieser Anblick war nichts für schwache Nerven.

Erbost über die Art und Weise der Tötung erkundigt sich Nick: „Warum betäubt ihr die Ziege nicht mit einem kräftigen Schlag auf den Kopf und schneidet ihr erst dann die Halsschlagader auf oder den Kopf ab!" Die Antwort, die er zu hören bekam, war: „Das ist bei uns immer so gemacht worden. Wir Samburus kennen es nicht anders. Bevor das Tier tot ist, darf es nicht bluten. Wenn es dann abgehäutet ist, wird die Innenseite des Felles zu einer Auffangmulde geformt. Dann trennt man den Kopf ab und das Blut wird darin aufgefangen. Einige Männer beugen sich zu dieser Blutmulde aus Fell und nehmen einen kräftigen Schluck daraus. Es gehört zur Gastfreundschaft, dass auch du einen Schluck nehmen musst!"

Nick lehnte dankend ab. Während die Ziege zerlegt wurde, loderte schon das Feuer. Alles kam ihm unappetitlich vor und er musste sich schütteln. Aber er musste stark sein und sich an den Anblick gewöhnen. Das Fleisch wurde nun auf das heruntergebrannte Feuer, das nur noch aus Glut bestand, gelegt. Alle standen um die Stelle herum und warteten auf das Festessen.

Mira hatte an alles gedacht; selbst das Fleischgewürz fehlte nicht. Erst Salz und Pfeffer gaben dem Fleisch eine besondere Note. Makwetu, der Dorfälteste, ein freundlicher Samburu, den Nick von seinem vorherigen Besuch kannte, schnitt mit seinem Buschmesser das erste Stück Fleisch ab und reichte es Nick. Doch Ziegenfleisch war nicht so recht nach seinem Geschmack, da konnte auch das Gewürz nichts dran ändern. Außerdem war das Fleisch sehr zäh, was auf ein hohes Alter des getöteten Tieres schließen ließ. Er bedankte sich artig für das Essen, war es doch von allen nur gut gemeint gewesen.

Erstaunt war Nick über die Mengen von Fleisch, die selbst die Kinder zu sich nehmen konnten. Als alle satt waren, wurden die übrig gebliebenen Fleischstücke in das Fell gelegt, zugebunden und an Khadija gereicht. Die nahm es mit in ihre Hütte und aß in aller Ruhe ihren Teil auf. Mit einem Messer, wie es bei den Samburus üblich war, schnitt sie sich mundgerechte Stücke.

Nach dem Schmaus saßen Mira und Nick mit Khadija in deren Hütte zusammen und tranken Tee. Die beiden Frauen erzählten aus ihren Leben. Dabei verstaute Khadija das restliche Fleisch in dickbauchige Gefäße; es durfte kein Fleisch verderben, obwohl es im Dorf reichlich Ziegen und Futter für die Tiere gab.

Khadija erzählte von einem großen Problem im Dorf: den Mädchen. Denen war noch nichts über das Frausein und über ihren eigenen Körper bekannt. Es gab immer wieder Vorfälle, bei denen die Jungen es auf die hilflosen Mädchen abgesehen hatten und sie vergewaltigten. Die Mädchen erlitten Schmerzen und wussten nicht, wie ihnen geschah. Sie waren voller Hass und hilflos dem Geschehenen gegenüber. Ihnen wurde eingeredet, sie sollten den Mund halten. Ihr Gefühl bestätigte ihnen, dass das Vorgefallene nicht an die Öffentlichkeit gelangen durfte, weil Schande über sie hereingebrochen war. Aus diesem Grund zogen sich die Mädchen in sich zurück und sprachen mit niemanden darüber. Khadija bemühte sich um die Mädchen, die oft noch halbe Kinder waren, und stand ihnen so gut wie möglich bei. Schwangerschaften gab es am laufenden Band, ohne dass die Mädchen begriffen, was ihnen geschehen war. Von den Erwachsenen werden sie als Dummköpfe ausgelacht, weil sie nicht wussten, dass sie zur Frau geworden waren."

Nick bewunderte, wie aufopfernd Khadija sich für die geschundenen und hilflosen Geschöpfe einsetzte. Sie war wie eine Mutter zu ihnen. Khadija sah Nick an und sagte: „Nick, wir wissen, Kinder sind das Licht der Welt. Kinder machen unsere Welt erst heller. Für diese Mädchen aber verdunkelt sie sich. Die Mädchen bekommen dicke Bäuche, die Not wird immer größer. Bis jetzt haben meine Freundinnen und ich es immer noch geschafft, dass die jungen Geschöpfe in ihrer Panik nicht irgendwo im Gebüsch verschwinden und da ihre Kinder zur Welt bringen, die Babys dann anschließend zurücklassen und die wilden Tiere alle Spuren verwischen. Durch Beratung und Beistand haben wir es noch immer geschafft, dass die neugeborenen Kinder in Heimen ein Zuhause fanden. Oft haben Mira und ich diese missliche Lage besprochen. Es ist schwer für diese Mädchen, das Erlebte zu vergessen. Welche würde schon ihrem Freund erzählen, dass sie durch Zwang und Demütigung geschunden wurde, dass sie noch keinen Sex mit ihm haben kann, weil der innere Schmerz noch zu groß ist. Der Freund macht sich Vorwürfe, weil er glaubt, es liegt an ihm. Wie auch immer, das Mädchen kann nichts empfinden. Die Gefühlskälte hat ihren Ursprung und ihren Preis. Oft zeigt sich dann, dass aus den beiden nichts werden kann. Und dem Mädchen fehlt jemand, der sie versteht. Sie sind dann sehr traurig, besonders in den ersten Tagen der Trennung, in denen sie das Gefühl haben, sie wären allein und verlassen in dieser Welt."

Nick hörte gerne zu, wenn Khadija erzählte. Sie hatte längst erkannt, dass Nick Afrika sehr liebte. „Hier kannst du die Luft des ostafrikanischen Hochlandes einatmen. Von meiner Hütte aus kannst du sehen, wie die Berge im roten Schein der untergehenden Sonne langsam in der sternenklaren Nacht versinken." Khadija wusste, dass Nick in seiner Heimat Deutschland zur gehobenen Mittelschicht gehörte. Das hatte Miranda ihr erzählt. Aber auch aus seiner Kindheit hatte sie einiges erfahren. Das wird es sein, was ihn geformt hat, dachte sie, und warum er sich bei uns wohlfühlt und mit offenem Herzen auf uns und unser Land zukommt.

Zwischendurch reichte Khadija heißen Tee. Alle saßen auf einfachen Holzhockern, und es war für den jungen weißen Mann zwischen zwei älteren Afrikanerinnen sehr gemütlich. Während Khadija erzählte, verging die Zeit schnell.

Zusammen zogen sie durch das Dorf und verabschiedeten sich von allen Einwohnern. Am nächsten Morgen sollte es wieder zurückgehen. Sie genossen den lauen Abend, und mit der großen untergehenden Sonne verabschiedete sich auch der Tag. Vor Einbruch der Dunkelheit erreichten sie Khadijas Hütte. Bei behaglicher Wärme und süßem Tee bekam Nick einen immer tieferen Einblick in das Leben der hier wohnenden Menschen.

Vor der Hütte machte sich ein Mann bemerkbar. Er klang sehr verzweifelt. Er wollte unbedingt Mira sprechen, er brauche ihre Hilfe. Mira versuchte unterdessen, den Mann zu beruhigen:

„Was ist los, Ayubu?"

„Mira, bitte, ich brauche Hilfe. Ich hörte, in der Nähe von Maralal gehe die Kuhpest um. Dort sollen täglich Rinder sterben. Bei mir hier auf der Weide ist auch schon eine Kuh verendet, eine andere Kuh will nicht mehr aufstehen."

Mira und Khadija verstanden Ayubus Sorge. Sofort bot sich Nick an, mit Ayubu den örtlichen Veterinär aufzusuchen. Sie fuhren nach Nyahururu, und Ayubu zeigte ihnen den Weg. Der Veterinär war des Englischen mächtig und erklärte genau, welche Medikamente benötigt würden. Nick erklärte sich bereit, sie zu kaufen. Nun, die infizierten Tiere waren nicht zu retten. Die gesunden Tiere aber wurden auf eine andere Futterfläche getrieben und mit den Einwegspritzen geimpft, was an fünf aufeinanderfolgenden Tagen täglich geschehen musste. Khadija und Ayubu versuchten, gemeinsam mit einigen Männern, Herr der Lage zu werden. Erst nach ein paar Tagen hatte sich bei Ayubu der Schreck bezüglich der Kuhpest gelegt. Er hatte Glück. Er verlor nur zwei seiner Kühe. Für die anderen zweiundzwanzig Tiere kam die Rettung gerade noch rechtzeitig.

Die letzte Nacht vor der Abreise hatten sie alle zusammen in Khadijas Hütte verbracht. Während die beiden Frauen es sich auf einer geräumigen Liege bequem gemacht hatten, lag Nick in seinem Schlafsack auf dem Zimmerboden. Bald würde Khadija wieder allein sein. Wiederholt kämpfte sie mit den Tränen. Die Hilfsbereitschaft des jungen weißen Mannes war eine Eigenschaft, die ihn so liebenswert machte. Er lebte im Wohlstand, konnte sich nahezu alles leisten. Trotzdem kam er zu ihr, nagte Ziegenfleisch von den Knochen, schlief in ihrer Lehmhütte auf dem Boden und war der Meinung, es sei gemütlich.

*

Es war schon spät, als Mira und Nick in Nairobi ankamen. Beim Betreten des Vorplatzes vom Holiday Prines Hotel lief ihnen eines der Zimmermädchen aufgeregt entgegen und rief: „Hallo! Herzlich willkommen!"

Miranda hatte ein kleines Fest für die Heimkehrer vorbereitet. Sie umarmte Nick, der seinen Kopf an den ihren lehnte, und sagte: „Ich liebe dich. Ich freue mich sehr, dich wieder um mich zu haben!" Mira und Nick und gingen erst einmal ins Bad, um sich zu erfrischen. Alles, was sie am Leib trugen, war staubig.

Nach einer Stunde kamen alle zusammen. Miranda hatte ein schlichtes blaues Kleid an, das die Hand einer guten Schneiderin erkennen ließ. Ihr schulterlanges Haar war von einigen hellen Strähnen durchzogen. Sie war wirklich eine Schönheit. Auch Mira hatte sich hübsch zurechtgemacht. Miranda hatte ihre Mutter mit neuen Kleidern überrascht. Als Peony mit dem Essen in der Tür stand, sagte Nick: „Komm herein in die gute Stube." Wenn es ums Essen und Trinken ging, wussten alle, dass Peony immer für eine Überraschung gut war. Nach der Vorspeise, geräuchertem Fisch auf Toast, wurde der mit Monogramm versehene Goldrandteller von einem Teller mit Rebhuhn auf Reis und Früchten abgelöst. Danach gab es Salat und Trauben und im Anschluss daran noch einen kleinen Teller mit klein gewürfeltem Rinderfilet, Kartoffeln und Pilzen. Zum Essen wurde ein französischer Rotwein der Sorte Chev. Bayard oder wahlweise ein deutscher Weißwein namens Windesheimer Schlosskapelle von der Nahe serviert. Zu guter Letzt verspeisten sie noch einen Früchteeisbecher.

Nick fragte: „Sag mal, Miranda, warum ist auf unserer Erde eigentlich alles so ungerecht verteilt? Während die einen im Wohlstand leben, kämpfen die anderen ums nackte Überleben."

„Das ist immer so gewesen, und das wird auch immer so bleiben. Ich stelle mir diese Frage nicht. Wenn aber die Menschen, die auf der besseren Seite des Lebens stehen, den Menschen von der anderen Seite helfen, dann wird vieles besser. Durch Elisabeth habe ich so viel schulische Ausbildung erfahren, dass es mir heute leichter fällt, zu helfen, wo die Not am größten ist."

Nick rief: „Miranda, du bist ein wahrer Engel!" Diese aber widersprach und meinte: „Jeder Mensch ist ein Engel, aber er hat nur einen Flügel. Kommt aber ein zweiter hinzu und umarmt ihn, haben beide zwei Flügel. Wir dürfen bei unserem Glück die schreckliche Realität auch weiterhin nicht übersehen. In den am meisten vernachlässigten Krisenländern sterben nach UNICEF-Angaben jedes Jahr fast zwei Millionen Kinder, bevor sie ihren fünften Geburtstag erreichen. Besonders katastrophal ist die Situation in Afrika. Dort leben zwar nur zwölf Prozent der Weltbevölkerung, aber auf Afrika entfallen dreiundvierzig Prozent aller weltweiten Todesfälle auf Kinder und neunzig Prozent der Aids-Waisen."

Nick antwortete: „Wenn ich mehrere Tage in einem Dorf am Rande einer großen Stadt mit solchen Menschen verbringe, stürzen immer wieder neue Eindrücke auf mich ein, die ich kaum verstehen kann. Es ist hier offenbar normal, dass das erstgeborene Mädchen der Mutter des Vaters gehört. Es wird für die spätere Arbeit erzogen. Sie erhält von der Großmutter ihren Lebensunterhalt und muss im Gegenzug dafür arbeiten. Zu den Hauptaufgaben zählen das Hüten der Tiere, Brennholz sammeln und Wasser heranschaffen. Wenn das Mädchen verheiratet wird, was in den meisten Fällen im Alter von vierzehn bis sechzehn Jahren passiert, erhält die Großmutter den Brautpreis, womit sie ihren Besitz an Ziegen, Kühen oder Hühnern erweitert. Genauso unvorstellbar ist für mich, dass die Kinder nicht zur Schule gehen; selbst die älteren Kinder nicht. Sie können nicht lesen und nicht schreiben. Sie leben wie ihre Vorfahren nach alten Bräuchen und Ritualen. In ihrer Vorstellung ist nur der ein richtiger Mann, der seine Zeit im Busch und bei den Tieren verbringt."

Miranda erklärte: „Ja, so ist das Leben in Afrika – unsere Heimat. Auch ich bin Afrikanerin, obwohl ich weder schwarz noch weiß bin. Mein Herz aber ist bei Nick." Sie öffnete eine Flasche Wein und füllte vier Gläser.

Nick erhob sich und sagte: „Meine liebe Mira, mein lieber Peony, meine liebe Miranda: Dies ist ein bedeutungsvoller Augenblick. Miranda wird mit mir nach Deutschland gehen und immer an meiner Seite bleiben. Wir werden heiraten. Bitte erhebt mit mir das Glas und lasst uns anstoßen."

Erstaunt und überwältigt sahen alle drein. Miras Reaktion war: „Das ist Fügung, und keiner soll sie trennen." Sie umarmte die beiden und beglückwünschte sie zu ihrem Entschluss. „Mutter", sagte Miranda, „dir will ich sagen, wie ich mich fühle. Mir ist, als ob ich die ganze Welt in meinen Händen halte." Peony hatte es erst die Sprache verschlagen, doch dann fragte er an Miranda gewandt: „Und was soll aus uns werden?"

„Das ist doch klar. Du bleibst weiterhin der Chefkoch. Und eins steht fest: Du wirst noch mehr wichtige Aufgaben zu erfüllen haben."

Als Alex von der anstehenden Hochzeit hörte, freute er sich für die beiden. Er dachte bei sich: „Nick war einmal ein Niemand. Ein Junge ohne Mutter und ohne Vater, ganz ohne Familie. Ein Junge, der in Heimen aufwuchs und aus diesen immer wieder ausbüxste. Einer, der auf der Straße und in Hinterhöfen lebte und sich vorkam wie das letzte Stück Dreck. Denn keiner der Bessergestellten wollte mit ihm seine Zeit verbringen. Nur die Schule, die er nie vernachlässigte, gab ihm Halt. Seine Intelligenz war sein einziger Begleiter. Auch die Lehrer und Erzieher sahen nicht das Gute in dem Jungen. Sie empfanden nichts für ihn, weil er anders als die anderen war. Ja: Er unterschied sich von den meisten. Er war Mensch geblieben."

Elisabeth ließ sich auf den Stuhl fallen, sah John an und sagte: „Bei Nick wird unser Mädchen glücklich sein. Einen solchen Mann habe ich ihr immer gewünscht! John, wir sind unseren Weg gegangen, nun sollen die Kinder den ihren gehen."

„Elisabeth, was mir an Nick gefällt, ist, dass ihn unser Geld überhaupt nicht interessiert. Ihm ist nur an Miranda gelegen. Und sollten sie einmal unseren Rat benötigen, werden wir ihnen in jeder Hinsicht beistehen. Miranda hat immer alles erreicht, was sie sich vorgenommen hat. Beide sind die Arbeit gewohnt und werden ihren Weg gehen. Wir beide sind alt, haben uns vom Berufsleben zurückgezogen; und so soll es auch bleiben. Wie gut, dass das junge Paar Alex eingeladen hat und er schon unterwegs ist! Mit ihm können sie den Pachtvertrag wasserdicht verfassen, bevor sie einen Anwalt aus Nairobi hinzuziehen. Miranda hat zuverlässige Angestellte, die gut bezahlt werden und über gute Fachkenntnisse verfügen. Daher sind keine großen Veränderungen nötig; es kann im Wesentlichen alles bleiben, wie es ist. Sie kümmert sich nur noch um Grundsatzentscheidungen, die sie von ihrem neuen Zuhause aus fällen kann. Die hohe Kreditgrenze, die ihr eingeräumt wurde, hat sie noch nie in Anspruch nehmen müssen. Im Gegenteil: Ihr Kapital bringt ihr sechs Prozent Zinsen. Wenn alle notariellen Angelegenheiten erledigt sind, ziehen wir den Tropenanzug an und machen eine Safari."

Alex traf bald ein. „Hier bei euch fühle ich mich wie zu Hause! Die klare Luft und der blaue Himmel des Hochlandes sind wie ein Zauber. Afrika pur. Als Miranda mich bat, ihr zu helfen, verspürte ich den starken Wunsch, das Landschaftsparadies der afrikanischen Welt noch einmal mit John zu erleben. Was mich von Kenia trennt, sind nur acht Stunden. Man kann von deutschen Flughäfen bequem im Direktflug zu euch kommen", sagte er.

John und Alex fühlten sich wie die Entdecker Kenias. Schon die Vorfreude war herrlich und mitreißend, egal, wohin die Reise ging. Von Nairobi aus unternahmen sie verschiedene Touren, um den ostafrikanischen Kontinent zu erforschen. Ein Erlebnis, geprägt von Romantik und Abenteuer. Ausgesucht hatten sie sich diesmal die weltberühmten Wildreservate Serengeti und den Ngorongoro Krater sowie den höchsten Punkt Afrikas, den Kilimanjaro.

„Wir sind nicht mehr die Jüngsten", sagte John zu Alex, „lass uns den Hauch der Wildnis Afrikas ausgiebig genießen."

*

Als Carolin und Eva in der Klinik waren, um den kleinen Flori zu besuchen, hatte es sich ergeben, dass Carolin und der Krankenpfleger Hendrik, sich kennenlernten. Sie vereinbarten sie schon für den nächsten Tag ein Treffen in der Nähe von Carolins Wohnort.

Als Carolin mit ihrem neuen Golf vorfuhr, wartete Hendrik bereits auf sie. Es war ein schöner sonniger Tag, und so beschlossen sie, die Rheinuferstraße entlangzulaufen.

„Wie nett von dir, dass du gekommen bist", sagte Hendrik mit seiner warmen Stimme und einem Lächeln. Sie erwiderte sein Lachen und bedankte sich für die Einladung zum Spaziergang. Die einzigen Einladungen, die sie bis jetzt angenommen hatte, waren die ihrer Verwandtschaft oder die von Eva und Florian. Sie war sehr aufgeregt, aber glücklich, als sie neben ihm saß. Hendrik berührte ihren Zopf und Nacken, und beide fühlten eine starke Anziehung und Verbundenheit. Hendrik war sich gleich sicher, dass dieses Mädchen für ihn die große Liebe war. Sie strahlte eine solche Frische, Jugend und Unschuld aus, und ihr war anzumerken, dass sie eine gute Erziehung genossen hatte. Er überlegte, welche Interessen dieses bescheidene Mädchen haben könnte und wie er sie fest an sich binden konnte. Er war sehr verliebt.

Seine neue Freundin war vierundzwanzig Jahre alt, ihr Vater ein ehemaliger Schuldirektor, der ihr viel Bildung vermittelt hatte. Hendrik verstand nicht viel von Mode, und doch erkannte er gleich, dass sie sich seinetwegen in Schale geworfen hatte. Sie trug eine Faltenbluse und dazu einen einseitig geschlitzten Rock, der manchmal einen Blick auf ihre schön geformten Beine freigab. Ihr Haar war glatt zurückgekämmt und mit einer blauen Schleife zu einem Pferdeschwanz gebunden. In ihrem sonnengebräunten Gesicht blitzten ihre weißen Zähne.

„Wie schön", dachte Hendrik, „an ihrer Seite fühle ich mich wohl."

Carolin erwiderte seine Gefühle. Sie schätzte seine Aufrichtigkeit; Hendrik jedoch war mit sich nicht immer zufrieden. An ihm war nicht viel dran, daher mochte er oft nicht in den Spiegel schauen. Er war weder groß noch schlank. Selbst in schönen Anzügen – die er gar nicht hatte – sah er nach nichts aus. Als er dies alles Carolin gegenüber scherzhaft äußerte, warf sie ihm einen ungläubigen Blick zu.

„Hendrik, wie kommst du denn darauf? Wer hat dir das denn eingeredet?"

„Meine Heimleiter. Damals glaubte ich ihnen alles. Sie nannten mich im Schulunterricht, besonders beim Sport, immer einen Trottel."

Carolin richtete ihn schnell wieder auf, indem sie erwiderte: „Ich habe dich erlebt, Hendrik, damals in der Klinik, als du dich um Flori, Maria und Florian sorgtest. Als Arzt und als Mensch."

„Noch bin ich kein Arzt."

„Aber bald, und deine Patienten werden es dir danken, das weiß ich. Du hast offenbar schon in jungen Jahren schwer gehabt", sagte sie zu Hendrik.

„Ja, aber trotz allem war ich immer mit der Welt versöhnt, Carolin. So wie die Reichen, so haben auch die Armen ihre Sorgen. Diese drehen sich um das tägliche Überleben. Sei es das Dach über dem Kopf, die Kleidung oder das tägliche Brot. Oft reicht es nicht für die Medikamente, die der Arzt verschreibt. Doch sie lieben ihr Leben und arbeiten im Schweiße ihres Angesichtes. Alle die aber, die mit ihrer Zeit nichts anzufangen wissen, die wenig arbeiten, sich keine Sorgen zu machen brauchen, wo der nächste Euro herkommen wird, das sind oft diejenigen, die das Leben unerträglich finden. Sie haben nie den Stiel einer Hacke, nie die Zügel eines Arbeitspferdes gehalten, um den Acker zu bestellen. Haben keine Maschine, sei es in der Landwirtschaft oder in einer Fabrik, bedient. Sie sind unzufrieden, weil sie nie Schwielen an den Händen hatten. Deshalb eignen sie sich auch nicht für einen höheren Posten. Hätte ich zu bestimmen, ich würde keinen Mann für einen höheren Posten vorschlagen, der nicht vorher körperliche Arbeit verrichtet hat, und zwar aus Lebensnotwendigkeit." Carolin lachte und schüttelte den Kopf. „Du hast hohe Ansprüche! Ich bin überzeugt, du wirst ein guter Arzt; und ein gewissenhafter dazu."

Nach dem Mittagessen fuhren sie zu Carolins Eltern; sie war der Meinung, es wäre an der Zeit, dass Hendrik sie kennenlernte. Er war angenehm überrascht, schien bei Familie Rogers doch alles in bester Ordnung zu sein. Der Familie war auch bereits bekannt, wie sich Hendrik um Flori und Maria gesorgt hatte, als beide nach der Flutkatastrophe mit dem Leben davongekommen waren. Alles in Carolins Umgebung bot sich ihm herzlich und interessiert dar. Walter Roger, der sich eine Zeit lang mit Hendrik unterhalten hatte, gewann den Eindruck, einen netten Jungen mit guten Ideen vor sich zu haben. Er erinnerte sich daran, dass Eva und Florian sehr positiv von der Begegnung im Krankenhaus gesprochen hatten. Als Florian sich damals bei Dr. Grasmüller, dem Oberarzt, bedankte, sagte der: „Herr Hendrik Müller wird mal ein ausgezeichneter Arzt, der niemals leichtsinnig handeln wird. Seine Genauigkeit und Hingabe wird vielen Menschen das Leben retten. Aber er wird auch niemals einen Sterbenden, gegen die Natur gerichtet, vor dem Tode zu bewahren versuchen.

Hendrik wiederum dachte: Wie kommt Carolin dazu, einen Mann eines Blickes zu würdigen, der nur Krankenpfleger und noch nicht einmal Arzt ist, sondern einer, der seine Schulden abstottert, um sein Studium zu finanzieren? Hendrik wusste nicht, dass er mit seiner Vermutung weit gefehlt hatte. Er konnte nicht ahnen, dass Eva mit ihrem Vater längst vereinbart hatte, alle Kosten zu übernehmen, die für sein Weiterkommen benötigt würden.

Eva hatte Carolin informiert und gebeten, Hendrik einen Brief zu übergeben. In diesem stand:

Lieber Hendrik,
es ist mir ein großes Anliegen, mich bei Dir für Deine Fürsorge und Zeit, die Du für Flori aufgebracht hast, zu bedanken. Ich habe erfahren, dass Du, um in Deinem Studium weiterzukommen, zwischenzeitlich als Pfleger arbeitest. Es ist mein Wunsch, Dir ein unbeschwertes Medizinstudium zu ermöglichen. Aus diesem Grund wird unsere Firma, die Maschinenfabrik Kleinfeld, alle anfallenden Kosten für Dein Studium übernehmen. Das Tor zur Welt der Medizin soll Dir offenstehen.
Es grüßen herzlich
Eva und Flori

Hendrik verschlug es die Sprache. Er unterdrückte einen Schrei. Vor Freude hätte er die ganze Welt umarmen können. Carolin hörte einen leisen Seufzer. Hendrik lächelte und meinte, er träume wohl.

Er goss sich einen Schluck Whisky ins Glas, während Carolin meinte: „Hendrik, du hast an Floris Rettung einen wichtigen Anteil. Bei all dem Schmerz, den Florian ertragen musste, hat der kleine Flori ihn glücklich gemacht. Auch Eva, und sie wird dem Jungen eine gute Mutter sein und alles für ihn tun. Florian besucht Eva so oft er kann, um bei dem Kleinen zu sein. Ich sehe, wie glücklich sie sind.

Florian hat Eva gebeten, dir dein Medizinstudium zu finanzieren. Spontan sagte sie zu, war dies doch ein nützlicher Verwendungszweck für ihr Geld. Sie wird ihre Finanzabteilung anweisen, einen Fonds einzurichten, der die Studienkosten deckt und dir einen ausreichenden Lebensunterhalt ermöglicht. Solltest du dich entschließen, dich zu spezialisieren, so ist auch dafür das Geld bereitgestellt."

Hendrik erwiderte erstaunt: „Aber glaube mir, Carolin, was ich dazu beigetragen habe, dass Flori gesund zur Welt kam, tat ich aus eigenem Antrieb und zu meiner eigenen Freude. Also schuldet sie mir nichts."

Hendrik ließ seinen Gedanken freien Lauf. Gegenwärtig war er sich über seine Zukunftspläne noch nicht schlüssig. Was ihn störte, und wogegen er etwas unternehmen wollte, war Folgendes: Schätzungen zufolge starben in Deutschland vier- bis achttausend Menschen pro Jahr allein durch falsch dosierte oder falsch zusammengestellte Medikamente. Eine andere Schätzung ergab sogar eine Zahl von mehr als zwanzigtausend Menschen; dreimal so viele, wie durch Unfälle im Straßenverkehr tödlich verunglückten. Solche Medizin-Skandale aufgrund von Pfusch und Schlamperei empörten die Öffentlichkeit und empörten ihn. Denn nur selten war es möglich, den „Übeltätern" das Handwerk zu legen. Das Sündenbockdenken verführte vielmehr dazu, sich nur auf öffentliches Fehlverhalten zu stürzen und nicht weiter hinter die Kulissen zu schauen. Irrtümer gehörten schlichtweg zur Normalität in Praxen und Kliniken – denn wie überall auf der Welt, wo gearbeitet wird, passieren auch Fehler. Selbst der gut ausgebildete und gewissenhafte Arzt ist davor nicht gefeit. Und wie so oft gibt es nicht einen identifizierbaren Schuldigen, sondern es handelt sich um eine Verkettung unglücklicher Umstände. So waren etwa Druck und Hektik in unserem Medizinsystem überall präsent, verantwortlich für zahlreiche Pannen und Desaster. Deshalb wäre es sein Wunsch, endlich innerhalb der Ärzteschaft eine Diskussion darüber zu beginnen und das eigene Tun kritisch zu durchleuchten. Dabei ginge es nicht um Schuldzuweisungen, sondern darum, aus bereits gemachten Fehlern zu lernen, um sie effektiv bekämpfen zu können und somit die medizinische Versorgung entscheidend zu verbessern. Aus Angst vor Autoritäten, Repressionen und juristischen Konsequenzen hieß die Devise oft Schweigen, Vertuschen und Abstreiten. Wie eine Phalanx stehen die Kollegen zusammen, auf gar keinen Fall wird einer aus ihrem Kreis oder gar der Chef in die Pfanne gehauen. Studiert man die Umstände genau, waren es offensichtlich zahlreiche Faktoren, die zur Tragödie führten.

Ein Beispiel aus der Gynäkologie: Das Gerät zum Aufzeichnen der kindlichen Herzfrequenz funktionierte nicht richtig. Eine in diesem Fall obligatorische Sauerstoffmessung im Blut des Säuglings wurde schlicht vergessen. Das Wehen hemmende Mittel belastete den Kreislauf des Kleinen. Der Schlauch der Saugglocke riss, und es musste eine neue Glocke geholt werden. Nach der Geburt vergingen wertvolle Minuten, bis das Kind intubiert war, die Beatmung war während der ersten halben Stunde unzureichend. Ein rechtzeitiger Kaiserschnitt hätte wohl all diese Probleme gar nicht erst entstehen lassen, doch der für die Entbindung vorgesehene Gynäkologe kam zu spät. Weil aber solche Koordinationsprobleme in vielerlei Form auftreten können, gibt es kein Patentrezept zu ihrer Vermeidung. Zur Bewältigung der Probleme muss jedes Krankenhaus in den eigenen Wänden forschen und spezifische Schwachstellen ausmerzen. Dazu bedarf es vor allem des richtigen Betriebsklimas. Da muss sich der Chef regelmäßig vor sein Ärzteteam stellen und sagen: Heute morgen ist mir folgendes Missgeschick passiert. So muss die Einsicht lauten. Dabei muss der in der Hierarchie oben Stehende initiativ werden, den Assistenten als Ersten zu bewegen, von seinen Irrtümern zu berichten. Und natürlich ist das nur in einem Umfeld möglich, aus dem nichts nach außen dringt und in dem das Eingeständnis von Fehlern nicht gegen den Verursacher verwendet werden. So ließe sich bereits durch wenige Maßnahmen viel erreichen. Die Zahl der Fehler dürfte auf die Hälfte zu senken sein. Wenn in hoffentlich naher Zukunft die derzeit akuten Probleme in den Kliniken, wie etwa der enorme Ärztemangel, behoben sein würden, müsste das Thema der Zukunft „Fehlervermeidung" heißen. Wenn übrigens die Mediziner das Thema dann nicht selbst in großem Stil aufgreifen und lösen, wird es die Politik tun. Durch das zügige Anpacken dieses Problems könnte der Medizinbetrieb nämlich kräftig einsparen. Es ließen sich die immensen Haftpflichtsummen von Ärzten und Kliniken drastisch reduzieren, wenn gegenüber den Versicherern ein praktiziertes Fehlermanagement nachgewiesen werden könnte. Zudem wären die Krankenkassen entlastet; jeder vermiedene Fehler erspart nicht nur dem Patienten viel Leid, sondern auch dem Kostenträger Geld, das an anderer Stelle sinnvoll eingesetzt werden kann. So gilt der Kampf zunächst dem größten aller ärztlicher Fehler: zu glauben, man mache keine Fehler. – Das in etwa waren Hendriks Gedanken, und um dieses Feld wollte er sich kümmern, wenn er sein Studium abgeschlossen haben würde.

Nun aber nahm er erst einmal Carolins Handy und wählte die Nummer von Eva.

„Hallo Eva, ich bin ja überwältigt! Mit dem Geldsegen, mit diesen Möglichkeiten habe ich nicht im Entferntesten gerechnet! Was für ein großer Schritt nach vorn für mich! Ich muss nicht mehr als Pfleger arbeiten und kann mich ganz auf das Studium konzentrieren. Ich habe das zwar auch sehr gerne gemacht – aber jetzt habe ich sozusagen die Hände frei, um nach etwas Höherem und Neuem zu greifen. Ich danke dir von Herzen! Und bitte drück Florian von mir. Bis bald."

Bis zum Abschluss seiner Ausbildung konnten Hendrik und Carolin sich jetzt nur seltener treffen. Hendrik hatte viel zu tun. Seine Assistentenzeit verbrachte er in einer Kölner Klinik. Hier lernte er eine Anzahl Internisten und Chirurgen kennen, viele von großem Ansehen. Die Gebietsspezialisten wurden oft zu Einsätzen in fremde Länder gerufen, um dort Leben zu retten.

Einer von ihnen war Dr. Meik Sedon. Hendrik hatte seine Fachartikel, die auch in amerikanischen Zeitschriften erschienen, gelesen und an seinen Vorlesungen teilgenommen. Dieser Arzt erfreute sich größter Wertschätzung. Er lebte ein einfaches Leben, obwohl viele dieser Honoratioren herrliche Villen an den Hängen des Rheines bewohnten. Dr. Sedon gehörte zu den beliebtesten Chirurgen der Klinik und stammte aus einer wohlhabenden und sehr geachteten Familie. Viele bessergestellte Damen, die ihr Aussehen durch eine Schönheitsoperation verbessern wollten, fanden in ihm einen hervorragenden, aber teuren Arzt. So kam es, dass über ihn arg hergezogen wurde.

Eines Tages fiel ein OP-Helfer aus. Da Hendrik bereits die Arbeit des operationstechnischen Assistenten vor dem Eingriff übernommen hatte – dazu gehörte das Heranschaffen der OP-Unterlagen, der Instrumente und die Bereitstellung des nötigen Materials sowie die Versorgung des Patienten – kam es dazu, dass er Dr. Sedon assistieren durfte. Auch nach der medizinischen Prozedur lag die Versorgung und Betreuung des frisch Operierten in seinen Händen, was weiß Gott kein leichter Job war. Von jetzt an kam Hendrik oft mit Dr. Sedon zusammen. In einer Unterhaltung erwähnte der Arzt, dass er für eine Zeit verreisen wollte. Nach Afrika, um dort zu arbeiten. Er fuhr fort: „Was viele nicht wissen – in Nairobi war ich an der Errichtung eines Krankenhauses maßgeblich beteiligt und habe dabei sehr großzügig auch meine eigenen Mittel eingesetzt. Ich sah es als meine Aufgabe an, dort zu versorgen. Das aber ist teuer, und aus diesem Grund brauche ich das Geld, das ich für die Schönheitsoperationen von den Reichen erhalte. In Nairobi versorge ich damit die Menschen, die von weit her kommen; oft Kinder, die

Brandverletzungen erlitten haben und durch eine Schönheitsoperation ein menschliches Aussehen zurückbekommen sollen."

Dr. Sedon hatte Hendrik zu einem seiner engeren Mitarbeiter befördert. Auf dem Weg zum Labor trafen sie sich. Eine der Türen zu den Säuglingszimmern war nicht geschlossen, und so vernahmen sie das Geschrei der Babys; kräftig bis vorsichtig wimmernd. Aus Gewohnheit blieben sie vor der Glasscheibe stehen. Von hier aus waren die meisten Bettchen zu sehen.

„Hier stehe ich oft, Hendrik", sagte Dr. Sedon und ließ seinen Blick über all die kleinen Wesen wandern. „Die da so laut schreien sind die Gesündesten", sagte er, an Hendrik gewandt. „Den Kampf um das Licht der Welt, um das Dasein haben die Babys zunächst überstanden. Und es sind nur ein paar Tage, dann können sie zu ihren Eltern in die auf sie wartende Umgebung. Die Babys stehen alle vor einer unbekannten Zukunft. Die einen tapfer, die anderen zaghaft und ängstlich. Die einen vor Gesundheit strotzend, die anderen von Krankheit begleitet. Ihre Eltern konnten sie sich nicht aussuchen. So beginnt der Lebenskampf möglicherweise schon in der Familie. Nicht zu vergessen später die Schule und dann der Wettstreit um Besitz, Ruhm und Macht. Da sind welche, die werden vom Glück verfolgt, für die werden schöne Häuser entworfen, teure Autos gebaut; Flugzeuge fliegen sie bis an die Grenzen der Welt. Während sie ihre Erfolge genießen, leiden andere unter ihren Niederlagen. In zwanzig Jahren werden alle erwachsen sein und dem gleichen uralten Drang der Natur folgen und sich fortpflanzen und den Nachwuchs bewundern. – Ja, das erste große Hindernis haben sie überwunden, die anderen Kämpfe und Sorgen stehen ihnen noch bevor."

Schwester Marie Luise kam aus einem Nebenraum, dem Zimmer, in dem die Frühgeburten in Brutkästen lagen und Bettchen für komplizierte Fälle standen. Sie schüttelte verzweifelt den Kopf und erzählte: „Ein ausgesetztes Baby liegt im Sonderkorb. Eine unbekannte Mutter hat ihr neugeborenes Kind in der Kirche ausgesetzt." Dr. Sedon legte beruhigend den Arm auf ihre Schulter. Sie folgten Schwester Marie Luise in den Raum, in dem der Kleine lag. Vor dem Zimmer streiften sie sterile Kittel über und legten sich den Mundschutz an. Sie standen vor dem Kinderbettchen, und die Säuglingsschwester blickte betrübt auf den Kleinen und fragte nicht zum ersten Mal, wie eine Mutter nur ihr Kind aussetzen könne. Dr. Sedon antwortete: „Der Kleine hat keinen guten Start gehabt. Aber ich glaube, dass er letztlich zu den Siegern zählt. Er ist zäh und wird es schaffen. Ich wünsche ihm von ganzen Herzen Pflegeeltern, die ihn mit viel Liebe und Aufmerksamkeit großziehen." Er fasste nach der zarten Hand des Säuglings und versprach: „Du bist gerettet, Moses." Während er dies sagte, erinnerte er sich an Moses 2, Vers 10, wo es heißt: Ich habe dich aus dem Wasser gezogen. So ist mit deiner Rettung die Legende vom ausgesetzten Säugling aus der Kirche geboren.

Alle bewegte noch immer die Frage, was eine Mutter veranlassen konnte, ihr Kind einfach auszusetzen. Sie waren sich einig darüber, dass es Menschen gab, die unempfindlich für die Gefühle der Menschlichkeit waren. Es war schlimm, Menschen zu begegnen, die zur wichtigsten menschlichen Eigenschaft, der Nächstenliebe, nicht mehr fähig waren. „Schwester Marie Luise und Hendrik, kommen Sie, gehen wir in mein Büro. Für heute ist Feierabend. Trinken wir ein Gläschen."

Im Büro wollte Hendrik von Dr. Sedon wissen: „Herr Doktor, Sie verbringen schon seit Jahren immer wieder einen Teil des Jahres in Afrika. Haben Sie Lust zu erzählen, was Sie in diesen abgelegenen Teil der Welt führt?"

Dr. Sedon lächelte und meinte: „Nun, ich mache mich dort nützlich, wo ich gebraucht werde. Das Behandeln der von Armut geplagten Menschen macht mir Freude. Fern von der Stadt, draußen in der Wildnis, in den Savannen, der herrlichen Landschaft, umgeben von einer Ehrfurcht gebietenden Tierwelt und Menschen, die noch im Einklang mit der Natur leben, wie vor Hunderten von Jahren. Nach dem Tod meiner Frau war ich sehr einsam, Kinder waren uns nicht vergönnt. Dann lernte ich dieses Land, das man schon seit vielen Jahren als den Schwarzen Kontinent bezeichnet, besser kennen. Ich habe mich in Kenia einer Organisation angeschlossen, die Gegenden aufsucht, in denen medizinische Hilfe nötig ist. Draußen in der Wildnis herrscht die Stammeskultur. Es wurden weltweit Ärzte angeworben; hauptsächlich Spezialisten wie Kinderärzte, Augenärzte und Chirurgen wie ich.

Von einem Fall möchte ich Ihnen ausführlich erzählen: Einige Kinder hatten Augenkrankheiten. Darunter auch ein achtjähriges Mädchen mit dem Befund: schwere Konjunktivitis. Die Bindehautentzündung wird durch schmutziges Sumpfwasser hervorgerufen. Ein junger Augenarzt, Dr. Adrian Broiard, ein Engländer, untersuchte die kleine Patientin. Die Hornhaut war gewuchert und hatte zur Erblindung des Mädchens geführt. Ich aber war überzeugt davon, dass wir sie erfolgreich operieren könnten. Das Mädchen mit dem Namen Claude sah mich damals an und fragte nach meinem Namen, den sie sehr schön fand. Ich versprach ihr, dafür zu sorgen, dass sie wieder sehen könne, und bat sie, uns zu vertrauen. Sie war ein ganz zierliches Mädchen mit großen dunklen Augen und langen dunklen Haaren, in das die Sonne einen zauberhaften Glanz setzte.

Claude lag vor uns auf dem Operationstisch, ihre Augen starrten blicklos ins Leere. Ihre Mutter betete schon seit Tagen für sie und hielt ihre Hand. „Ich betäube dir jetzt die Augen", sagte Dr. Broiard zu Claude, „du brauchst keine Angst zu haben." Dann tropfte er Novocaintropfen in ihre Augen. Claude verhielt sich sehr tapfer. Mit einem Spezialmesser nahm Dr. Broiard einen Einschnitt über dem Augapfel neben der Hornhaut vor. Dann schälte er das Narbengewebe von der Hornhaut ab. Claude ist mit einem kleinen Eingriff

Freiheit und Schönheit zurückgegeben worden. Am nächsten Tag schon konnte der Verband abgenommen werden. Claude war zu Tränen gerührt, als sie nach dem Entfernen des Verbandes in das Gesicht ihrer Mutter blickte, in deren Augen Tränen der Freude schimmerten. Das ihr gegebene Versprechen war erfüllt: Sie konnte wieder sehen. Ohne diesen medizinischen Eingriff aber wäre sie blind geblieben und ihr Leben lang auf fremde Hilfe angewiesen gewesen. – Hendrik, Sie fragten mich, was mich in diesen abgelegenen Teil der Welt, nach Afrika führt. Das Leben eines Menschen so einschneidend zu verändern, wie es bei Claude der Fall war, hat mich dazu bewogen. Durch einen winzigen Eingriff gerade den ärmsten Menschen eine Zukunft zu schenken – das erfüllt mich mit großer Freude."

*

„Ich werde Kenia verlassen und zu Nick nach Deutschland fliegen." Miranda war hin und hergerissen. Sie wusste so wenig über dieses Land! Das Klima, die Menschen – würde die Sehnsucht nach Kenia und zu Elisabeth und John sie zu einer Touristin machen, die von Kontinent zu Kontinent pendelte? Noch musste sie sich an dieses Abenteuer gewöhnen. Vorher aber wollte sie sich vom Dach Afrikas, dem Kilimanjaro, mit Blick in die Weiten des kenianischen Hochlandes, von ihrer Heimat verabschieden.

Ihre Kindheit war nicht leicht gewesen. Doch heute empfand sie eine tiefe Verbundenheit mit diesem exotischen Land, in dem ihr die Pflegeeltern ein Gefühl von Heimat, Wärme und Geborgenheit schenkten. Oft hatte sie sich die Frage gestellt, ob sie es jemals bereuen würde, dass sie sich mit einem Deutschen eingelassen hatte. Jedes Mal kam aus ihrem Inneren die Antwort: Nein. Nick war von der europäischen Kultur geprägt, so wie sie von der afrikanischen.

Nick kannte die afrikanische Kultur, während ihr die deutsche Kultur noch unbekannt war. Aber sie beide waren tolerant genug – und dies gab Grund zur Annahme, dass ihre Liebe alles überwinden würde. Außerdem hatten sie keinerlei sprachlichen Verständigungsprobleme.

Miranda dachte daran, wie viele Jahre ihres Lebens John und Elisabeth für den internationalen Tourismus, für Hotel und das Restaurant gelebt hatten. Sie wusste, sie würde immer wieder nach Nairobi fliegen, um ihre Verbundenheit mit der Familie aufrechtzuerhalten. Sie musste nur mit Nick glücklich werden und die Fähigkeiten entwickeln, die das Leben an seiner Seite forderte – mit Mut und mit Optimismus, genau wie sie es in Nairobi bewältigt hatte.

Mira begleitete ihre Tochter auf der Abschiedsreise und sie genossen jede Minute. Es machte Miranda glücklich, der Stimme ihrer Mutter zuzuhören. Auf dem Rückweg, kurz vor ihrer letzten Station, bewunderten sie den Nachthimmel.

„Schau mal, Kind, die Sterne, wie sie leuchten! Seltsam – sie geben mir Frieden und Ruhe. Verstehen tue ich es nicht." Sie hielt inne. „Es sind die Unbekannten, die wir nicht lenken können. Wie das Leben. Zwei dieser Sterne stehen für euch. Mit denen werde ich immer in Verbindung bleiben. ER hat dein Leben verändert und deine Welt in neue Bahnen gelenkt."

„Ja", sagte Miranda, „Nick ist um die halbe Welt gereist und wir sind uns begegnet. Ich habe ihm hier meine Heimat gezeigt; er konnte erleben, wie man in diesem Land Ruhe und Frieden empfinden kann und ein paar Meilen anderswo die Menschen, besonders die Kinder, leiden. Wir beobachteten gemeinsam, wie Löwen brüllen und sie ihre Beute für sich und ihre Jungen erlegten. Als wir einmal mit meinem Subaru unter Bäumen vor der Mittagssonne Schutz suchten, hörten wir ein Geräusch, das den Boden erzittern ließ. Eine Herde Zebras und Gnus stürmten an uns vorbei. Aus dem Gestrüpp, umgeben von hohem Gras, schlichen sich aus ihrem Versteck einige Löwen. Tief gebückt wurden sie immer schneller und drängten einige der Tiere von der Herde ab. Gleich zwei stürzten sich auf ein in Not befindliches Zebra, rissen es mit ihren gewaltigen Zähnen nieder und töteten es. Die flüchtenden Tiere taten mir leid – es mussten Hunderte sein. Durch unsere Ferngläser konnten wir weiter alles gut beobachten.

Während einige Beutetiere durch einen kräftigen Biss den schnellen Tod finden, müssen andere Tiere qualvoll lange leiden. Die Natur ist grausam, sie kennt keine Gnade. Ich zeigte Nick ein junges Zebra, welches allein umherirrte. Seine Mutter war von den Löwen gerissen worden. Er sagte damals zu mir: Miranda, von Kindesbeinen an begleitet uns die Vergänglichkeit des Lebens. Unter der afrikanischen Sonne ist die Welt eine andere und in den meisten Kontinenten – ich bin in meinem Leben viel herumgekommen – herrschte jahrelang Bürgerkrieg. Seltsam, dass der Rest der Welt davor die Augen verschließt und von den Zusammenhängen keine Ahnung hat.

Ein Beispiel: Als die Portugiesen aus Mosambik abzogen, waren die Menschen unabhängig, aber gleichzeitig ohne politische Führung. Die Menschen waren auf sich allein gestellt und hilflos. Sie wussten nicht, wie man das Land regiert. Es gab keine Gesetze, die für Ordnung sorgten. Sie konnten ihre Energiebetriebe nicht betreiben und wurden zum Spielball zwischen den Großmächten Amerika und Russland. Aus dem kommunistischen Lager verbreitete man den Kommunismus – den fanden alle gut. Denn jetzt wurden alle gleichgestellt. Diese Staatsform gefiel den Menschen, und sie schlossen sich den Anführern der Marxisten an. Keiner wollte mehr zurückdenken an die Zeit des amerikanischen Kapitalismus. Denn es gab nichts Schlimmeres als von den korrupten Kapitalisten beherrscht zu werden. Heute sind die meisten keine Marxisten mehr. Westliche Hilfsgüter werden inzwischen aus humanitären Gründen verteilt. Was Afrika fehlt, ist eine Demokratie nach westlichem Muster. Jetzt frage ich dich: Meinst du wirklich, Amerika und Europa könnten dazu beitragen?"

Mira antwortete: „Es wäre mein Wunsch. Doch ..." An ihrem Blick erkannte Miranda, dass ihre Mutter nicht wirklich daran glaubte. Für eine Weile herrschte Schweigen zwischen ihnen. In der besinnlichen Abendstille hörte man in der Ferne das Trompeten einiger Elefanten. Es war so friedlich hier, kaum zu glauben, dass die Menschen keinen Frieden finden konnten.

In einer Demokratie würden die Menschen frei sein. Doch mit Freiheit muss ein Volk verstehen umzugehen. Es muss über genügend Bildung verfügen und es muss Politiker finden, die das Volk führen können. Das aber fehlt in den afrikanischen Kontinenten.

Mit ausländischer Hilfe könnten die von Leid geplagten Menschen lernen, ihre Bodenschätze zu nutzen. Kraftwerke bauen, Wasserkraft einsetzen und eine auf den modernsten Stand gebrachte Landwirtschaft betreiben. Mit ausländischen Investoren, Lehrern und Büchern würde sich das Tor zur Außenwelt öffnen. Es wäre ein Segen für Afrika. Wir brauchen die Investoren – und sie würden mit unvergesslichen Erlebnissen und Einblicken belohnt. Menschen, die Weltoffenheit in ihrem Gepäck haben. Manches Mal werden sie Geduld und Toleranz benötigen, um das für sie Fremde als das Besondere zu verstehen."

Mutter und Tochter schwiegen und schauten weiter in den Nachthimmel. „Sterne, Miranda, sind Sinnbild für so vieles. Der Glaube an ihre schicksalsbestimmende Kraft ist alt. Der Anblick des gestirnten Himmels lässt die Größe der Schöpfung ahnen und uns ehrfürchtig werden vor der Übermacht Gottes."

In der Ferne erklang das Trompeten eines Elefanten. Wie grausam war es doch, dass diese wunderbaren Tiere oft wegen ihrer Stoßzähne ihr Leben lassen mussten. Stoßzähne hatten einen hohen Handelswert. Ob legal oder illegal, es wurden Millionen Dollar damit verdient. In der Folge gab es in Afrika gewaltige Elefantenfriedhöfe. Auf der Suche nach den Leuten, die hinter der Wilderei stecken, waren die Behörden oft überfordert.

„Ich kenne das Schicksal der jungen Elefanten, die umherirren, weil ihre Mütter diesen Geschäftemachern zum Opfer fielen. Von Zeit zu Zeit zieht es mich zu den Jungelefanten, für die ein Waisenhaus in Nairobi errichtet wurde – ich habe Nick einmal diese Ecke im Park gezeigt, in dem es sich befindet. Einmal fuhr ich mit, als es einen Hinweis auf ein verwaistes Elefantenbaby gegeben hatte. Wo die Wilderer die Kadaver mehrerer Elefanten hinterlassen hatten, irrte es auf der Suche nach seiner Mutter umher. Ich werde diesen Anblick nie vergessen.

Für die großen Pflanzenfresser stellen die Nationalparks eine letzte Arche Noah dar, in der ihr Überleben gesichert scheint. Für Entwicklungsstaaten, wie unser Afrika, bieten die Nationalparks eine reich sprudelnde Devisenquelle. Die Touristenattraktionen bringen mehr Einnahmen, als die Erschließung der Landwirtschaft brächte. Doch in Zukunft muss darauf geachtet werden, dass der Zuschnitt und die Fläche den ökologischen Notwendigkeiten entsprechen. Schutzgebiete dürfen durch intensive Bewirtschaftung im Hinterland nicht verkleinert werden. Dies würde die Tragkraft der Reservate zu sehr schmälern. Es ist nicht von der Hand zu weisen, dass die diversen Tierarten nur überleben können, wenn der Lebensraum für jede Art erhalten bleibt. Verschiebungen im Artenspektrum bleiben nicht aus, wenn die unter Schutz gestellten Reservate zu klein sind.

Diese Gefahr trifft natürlich in erster Linie die Elefanten. Seit der Mensch die hemmungslose Jagd auf Elefanten einstellen musste, erreichten die Tiere eine große Bestandsdichte. Dadurch wurde das Futter knapp, was zur Folge hatte, dass die Elefanten mit ihrer gewaltigen Kraft selbst die Bäume umlegen, um an die Blätter zu kommen. Nun sind aber von dem Nahrungsangebot der Savanne auch die anderen Tiere abhängig, und so sind die Elefanten ein großes Problem. Man versuchte, durch gezielten Abschuss und Jagdtourismus in den Schutzgebieten die Zahl der Elefanten zu verringern. Dieser Versuch aber blieb ergebnislos. Erst als man sich entschloss, einige Herden ganz abzuschießen, wurde das gewünschte Ziel erreicht. Dieses Eingreifen war erforderlich, wenn man nicht die gesamte Tierwelt in Gefahr bringen wollte.

Für die Mehrzahl der Großtiere sind die Schutzgebiete nicht groß genug, während sich die Kleintierbestände problemlos selbständig regulieren. Der Mensch sollte sich darüber im Klaren sein, dass jede Tierart im Wechselspiel zwischen Organismus und Umwelt entstanden ist. Jede Tierart, die durch die Einwirkung des Menschen verloren geht, ist unwiederbringlich verloren. Gerade den Säugetieren gegenüber haben wir eine große Verpflichtung, ging doch aus ihren Wurzeln die Entwicklung zum Menschen hervor. Jedes Mal, wenn ich im Elefanten-Waisenhaus bin, sehe ich, dass die jungen Elefanten sich nicht fürchten. Sie haben Zutrauen zu ihren Pflegern. Man kann beobachten, wie die Tiere miteinander spielen und sich liebkosen. Sie brauchen die Berührungen, Wärme und Liebe, sonst verkümmern sie und gehen ein. Ach, könnte man nur einen Weg finden, den Wilderern das Handwerk zu legen! Die Mutter-Kind-Beziehung ist der Kern des Familienlebens der Säugetiere, und so ist es immerhin eine gute Tat, wenn Menschen bei Tierwaisen die Rolle der Mutter übernehmen."

Die Safari, die Mirandas vorläufiger Abschied von Afrika sein sollte, war zu Ende. Die beiden Heimkehrer wurden von Elisabeth empfangen.

„Ich habe mich schon gefragt, Elisabeth, was ich hier noch zu erledigen habe?"

„Nichts", sagte Elisabeth, strich sich eine Haarsträhne aus dem Gesicht und fuhr fort: „Du wirst mir fehlen." Sie blickten in die Weite, dorthin, wo die Erde in den Abendhimmel überging. John kam aus dem Garten, in jeder Hand eine Hibiskusblüte, gab sie Miranda und Mira und sagte: „Schön, dass ihr wieder da seid!" Peony meldete sich zu Wort und teilte mit, dass das Abendessen fertig sei. Er würde damit wieder einmal alle überraschen. John nahm Mira und Miranda an die Hand und führte sie ins Holiday Prines Hotel. Elisabeth folgte ihnen und schloss die Tür hinter sich.

*

Für Florian war es immer ein Vergnügen, mit seinem Sohn zu spielen. Er betrat das peinlich saubere und ordentlich aufgeräumte Kinderzimmer. An der gegenüberliegenden Wand des Kinderbettchens hing ein Bild von Ricarda. Auf dem Tischchen saß ein kleiner putziger Plüschbär, Floris Spieluhr. Er nahm die Spieluhr hoch und ließ die Melodie „Guten Abend, gute Nacht" erklingen. Ihm wurde bewusst, dass sein Sohn das schönste Zimmer in Evas Villa bewohnte. Flori und Eva waren unzertrennlich, sein Sohn lebte ein Leben wie im Paradies. Eva ließ den Kleinen niemals unbeaufsichtigt und nahm ihn auch zu allen Besorgungen mit.

Wo die beiden wohl waren? Es war alles so still und leer. Sein Blick fiel auf das Portrait von Ricarda. Er wurde sich wieder einmal seines Alleinseins bewusst. Er mochte Eva sehr, doch mit den Gedanken an Ricarda lebte er in der Vergangenheit. Sie waren glücklich und verliebt gewesen, und mit ihrer weichen Stimme hatte sie zu ihm gesagt: „Dir habe ich meine Unschuld und mein Herz geschenkt." Jetzt, nach mehr als einem Jahr, war er noch genauso bewegt wie damals, als sie zusammen waren. Er bewunderte noch immer das Portrait, das er gemalt hatte. Es war wunderschön.

Dann hörte er plötzlich ein Geräusch an der Tür. Er ging Eva entgegen. „Hallo Florian, schön, dich zu sehen!" Auf ihrem Arm trug sie Flori. Florian umarmte beide und sie gingen gemeinsam in

Floris Kinderzimmer. Eva setzte sich auf einen Drehstuhl, zog die schlanken Beine hoch und sah Vater und Sohn beim Spielen zu. Florian fand ihr Lächeln anziehend, ihre ebenmäßig schönen Zähne hatte er immer schon bewundert. Welch eine Erleichterung es war, Flori in so einem schönen Zimmer beim Spielen zuzusehen.

Sie hatten jegliches Zeitgefühl verloren. „Ich gehe jetzt in die Küche und koche uns eine Tasse Kaffee", sagte Eva. „Du kannst gleich nachkommen und Flori mitbringen." Beim Kaffee meinte Florian, er würde gerne auf einen anderen Drink übergehen. Er wollte einen Whisky, während Eva einen Sherry bevorzugte. Sie sah auf die Uhr und wunderte sich, wie schnell die Zeit verging, wenn man sich in angenehmer Gesellschaft befand. Florian konnte vom Kinderzimmer aus in den Hof sehen, der zum Garten führte und von hohen Hecken umgeben war. Vom Fenster sah man das Land ringsherum, welches in der Abendsonne des schönen Sommertages vor sich hin zu dösen schien. In der Ferne erstreckte sich eine Weidelandschaft, auf denen die Tiere grasten. Von einem in der Nähe gelegenen Spielplatz hörte man Kinderstimmen. Eine leichte Brise wehte Blumenduft heran, und aus der Ferne hörte man das gedämpfte Rattern der Landmaschinen und das gelegentliche Vorbeifahren eines Zuges.

Eva und Florian saßen vertraut im Kinderzimmer, während Flori inzwischen eingeschlafen war. Florian sah Eva an und sagte: „Ich würde gerne den Abend mit dir verbringen. Ist dir das recht?" Eva sah ihn leicht irritiert an. Sie hatte das Gefühl, es sei so etwas wie eine Herausforderung. Sie versuchte, ihre Verwirrung zu verbergen, indem sie eine Mandarine aus der Obstschale nahm und anfing, sie mit den Fingern zu schälen; das Obstmesser konnte sie in ihrer jetzigen Verfassung nicht finden. Florian nahm das Messer hinter der Obstschale hervor und nahm Eva die Mandarine aus der Hand. Er zog die Schale geschickt mit dem Messer ab und gab sie Eva zurück und fragte: „Und was sagst du zu meinem Vorschlag?"

Eva fühlte, wie die Verwirrung von ihr fiel und ein angenehmes Behagen sie in Besitz nahm. Sie saß dem Mann gegenüber, den sie immer schon gemocht hatte – seit er sie portraitiert hatte. Sie hatte ihn im Traum gesehen – damals, als sie krank war. Florian erinnerte sich, wie Carolin damals zu ihm gesagt hatte: „Zeig Eva doch, wie sehr du sie magst. Das wird ihr helfen, besser mit ihrer Krankheit klarzukommen." Und jetzt? Eva konnte nicht ahnen, dass er es war, der ihr das gegeben hatte, was sie wieder gesund und fröhlich machte.

Er selbst war auch glücklich. Er hatte Ricarda kennen- und liebengelernt. Doch dieses Glück war ihm nur für kurze Zeit Dauer vergönnt.

Sie setzten sie sich in der lauen Sommernacht auf eine Bank. Florian legte ihr den Arm auf die Schulter und berührte mit seinen Lippen die ihren.

„Oh Gott", dachte sie, „noch nie habe ich mich so glücklich gefühlt!" Er fasste sie an der Hand, zog sie an sich und drückte ihr einen Kuss auf die Stirn.

„Küss mich noch mal", sagte sie, „und halte mich fest in deinen Armen." Florian hätte nie gedacht, dass dieser Moment kommen würde. Wortlos lösten sie sich voneinander, während Florian verschiedene Lebensgeschichten und die Erinnerungen an Ricarda durch den Kopf schwirrten. Trotzdem fühlte er sich glücklich in Evas Nähe. Und er hoffte, dass niemals der Tag kommen würde, an dem es nicht mehr so sein würde.

Sie nahm ihn an der Hand und bedeutete ihm, ihr ins Haus zu folgen. Sie gingen zur Couch. Evas Herz schlug schnell und sie schloss die Augen. Seine Hand strich über ihr Haar, er berührte ihre Haut – und dann liebten sie sich. Sie schlang ihre Arme um seinen Hals und klammerte sich bei den lustvollen Bewegungen an ihn. Ihr war, als habe Florian unerschöpfliche Energie.

Eva zog sich an. Sie trat ans Fenster, schob die Gardinen zurück und öffnete es. Nun fielen die Mondstrahlen auf den Boden. „Der Kleine ist der Mittelpunkt unserer Familie. Er wird wie ich liebevolle Eltern und eine von Frieden erfüllte Kindheit und Jugend haben.", sagte sie zu Florian.

„Das hast du schön gesagt, Eva. Daran habe ich auch zu keiner Zeit gezweifelt. Wenn auch noch nicht offiziell, wir beide werden dem kleinen Florian gute Eltern sein – glaube ich."

*

Miranda hatte schon Tage damit verbracht, die Vorbereitungen zu treffen, die ihr für die Reise nach Deutschland wichtig erschienen. Große Neugier auf diesen Kontinent verspürte sie, und die Sehnsucht nach ihrem Nick zog ihr durchs Herz. „Ich habe mich nie gefragt, ob es richtig war, mich auf die Liebe zu einem Europäer einzulassen. Ja, ich könnte mit ihm in Afrika leben, in Deutschland, überall da, wo ich die Landessprache verstehe. Was ich aber nie aufgeben werde, ist die Verbundenheit zu meiner Familie – Elisabeth, John und meine Mutter.

Ich bin von der afrikanischen wie von der europäischen Kultur geprägt. Außerdem verfügen Nick und ich über umfassende sprachliche Verständigungsmöglichkeiten. Wir haben ja erlebt, wie wichtig es ist, Gedanken und Gefühle mit Hilfe der Sprache austauschen zu können. Der Gedanke an meinen Flug nach Frankfurt und der Gedanke, mit Nick zusammen zu sein, beflügelt mich von Stunde zu Stunde mehr. Ich weiß, er wird am Flughafen stehen und mich willkommen heißen."

Ihre Mutter und Elisabeth brachten sie zum Flughafen. Der Zeitpunkt des Abschieds war gekommen.

Die Maschine hob ab, Mutter und Adoptivmutter sahen dem startenden Flugzeug winkend nach, bis der immer kleiner werdende Punkt Flugrichtung Europa nicht mehr zu sehen war. Aus der Luft sah Miranda die ostafrikanischen Berge und das Hochland. Jetzt konnte sie sich besinnen: auf den Kontinent, auf den sie zuflog, und auf den Menschen, der auf sie wartete. Sie schaute aus dem Fenster. Ihr neues Zuhause, wenn es das zunächst auch nur für zwei Wochen sein würde, rückte näher.

Die Maschine landete, und in wenigen Minuten würde Miranda bei Nick sein. Mit ihrer schweren Reisetasche in der Hand verließ sie das Flugzeug. Sie hatte wieder festen Boden unter den Füßen. Voller Vorfreude auf das, was sie erwarten würde, betrat sie die Empfangshalle. Der erste Eindruck überwältigte sie. Überall viele Menschen verschiedener Nationen. Es herrschte reges Treiben, die Menschen waren alle gut gekleidet und sahen zufrieden aus. Alles, so schien es, lief in geregelten Bahnen. Man glaubte hier, überall auf der Welt wäre Frieden.

Dann sah sie Nick. Sie lief strahlend auf ihn zu, um ihn zu herzen. Beide waren überglücklich, sich in den Armen zu halten. Jetzt war sie endlich bei ihm. Miranda trug einen modischen Hosenanzug, der ihre Figur gut zur Geltung brachte. Denn jetzt war sie in Nicks Heimat. Außerdem hatte sie einen breitkrempigen Hut aufgesetzt, in dessen Schatten ihre Augen klar wie die Farben des Himmels glänzten. Ihre roten Lippen und ihre Wangen glühten in den Sonnenstrahlen, die durch das verglaste Dach kamen. „So viel Schönheit", dachte Nick und war überglücklich.

Beim Gang durch den Garten staunte sie über die vielen grünen Bäume und Pflanzen. Als sich der Himmel bewölkte, wurde es recht kühl. Nick beruhigte sie. „Wenn erst mal einige Tage vergangen sind, wirst du dich daran gewöhnen." Sie antwortete: „Ist schon in Ordnung. Ich habe warme Kleidung im Gepäck." An diesem Tag genoss sie in Nicks Armen die Geborgenheit – in einer unbekümmerten, fröhlichen Gelöstheit, die sie, wie es ihr schien, nicht mehr empfunden hatte, seit er mit ihr das letzte Mal in Nairobi zusammen war. Die Weichheit ihres Lächelns ließ erkennen, wie glücklich sie war.

Am folgenden Tag gab Alex in seinem Haus in Königswinter eine große Fete vor. Seine besonderen Gäste waren Miranda und Nick, mit ihnen wurden Erinnerungen wach. Er hatte sie in Afrika zu schätzen und zu achten gelernt; sie waren ihm ans Herz gewachsen.

Mit seinem Enkel Florian war er alles durchgegangen, jeder sollte sich wohlfühlen. Besonders auch Eva, von der er wusste, dass sie viel mitgemacht hatte. Auf den kleinen Flori freute er sich ganz besonders. „Mein Urenkel, er wird unser Mittelpunkt sein." Bedauerlich war, dass Carolins Freund Hendrik Müller, der inzwischen Dr. med. geworden war, sich mit seinem ehemaligen Chefarzt in Afrika aufhielt.

Alex und Florian wollten sich mit allen hier in dem großen Wohnraum, den sie zu einem behaglichen Gästeraum umfungiert hatten, zusammenfinden. Sie liebten den kleinen Ort Königswinter am Fuße des Drachenfels.

Nun waren alle gekommen, Flori lag in seinem Körbchen und schlief. Er bekam von alldem nichts mit. Eva hatte Miranda gleich ins Herz geschlossen. „Sie ist ja noch schöner als auf dem Bild, das auf Nicks Schreibtisch steht", dachte sie. Alle waren davon angetan, wie gut Miranda sich einlebte.

Sie lehnte sich an Alex, mit ihren schlanken Armen umarmte sie ihn. Man konnte glauben, er wäre ihr Vater. Als dann Flori aufwachte, holte sie ihn aus seinem Körbchen. „Seht, er öffnet seine Augen! Er sieht eine Welt der Frische, der Schönheit. Er sieht das Licht der Sonne." Der Kleine öffnete seine geballten Fäustchen, die sich zu offenen Händen erhoben, und seine großen Augen füllten sich mit den Wundern des Tages. So ging es auch Miranda. Sie sah zum Fenster hinaus und war angetan von dem einmaligen Ausblick ins Rheintal mit dem glitzernden Fluss und den romantischen grünen Hügeln ringsherum. Flori schlummerte friedlich in Mirandas Armen. Sie reichte den Kleinen an Eva weiter, die ihn liebevoll in sein Körbchen zurücklegte. Sie hatte die ganze Zeit versucht, mit Miranda ins Gespräch zu kommen. Eva erinnerte sich nämlich daran, dass bei all den Gesprächen, die sie mit Nick geführt hatte, er vor allem von Afrika und von Miranda gesprochen hatte – und sie erzählte das Miranda, die sich darüber natürlich freute. Sie saßen sich freundschaftlich gegenüber. Miranda sah sie mit ihrem warmen Augen an.

„Dich, liebe Eva, möchte ich aber auch beglückwünschen." Ihre Augen hebend, sah sie zu Florian hinüber. „Er tut dir gut. Ich sehe es dir an. – Sein Großvater hat uns oft von dir erzählt." Eva war stolz und nahm Miranda in ihre Arme. Sie fühlte jedes Mal, wenn Florian in ihrer Nähe war, ein ganz besonderes Gefühl von Wärme und Bereicherung. Sie wusste nicht, dass Florian ihr die Tränen mit seiner Spende fortgewischt hatte, die aus ihren Augen quollen, damals, als sie dem Tode nahe war. Er hatte mit ihr gelitten. Carolin, die Einzige, die davon wusste, fragte ihn einmal: „Hast du es ihr gesagt?" Er schien nicht zuzuhören, sein Blick glitt zurück. Nach einem Augenblick meinte er: „Noch nicht."

Der Kreis wurde enger. Alex und Nick gesellten sich hinzu. Miranda liebte Afrika. Für Außenstehende hatte allein der Name „Afrika" einen exotischen Klang. „Es ist das Land, wo die ältesten Gebeine und Überreste der Menschen gefunden wurden. Afrika ist die Wiege der Menschheit!

Das Los der Afrikaner war gnadenlos. Araber, Portugiesen und Amerikaner verschleppten die Bewohner des Landes über Tausende von Kilometern aus ihrer Heimat. Sie hatten keine Rechte, sie wurden Sklaven. Man nahm ihnen alles. Mit ihren Bodenschätzen wie

Gold und Diamanten bereicherten sich die Invasoren. Heute schreckten organisierte Wilderer nicht davor zurück, den einzigartigen Wildtierreichtum, der die Grundlage für den Tourismus ausmachte, zu zerstören. Dieser Zustand musste dringend gestoppt werden, doch außerhalb von Afrika gab es niemand, der sich dafür interessierte. Ein Verbot gegen den illegalen Elfenbeinhandels könnte so viel bewirken!"

Miranda fuhr fort: „Wegen Afrika habe ich auch ein zwiespältiges Verhältnis zum Papst. Bei all seinen Verdiensten, die ich nicht schmälern will, hat er die wirklichen Probleme des schwarzen Kontinents nicht bedacht. Ich meine, seine Kirche im Verhältnis zu den Frauen. Er reiste immer wieder zu den Ärmsten der Armen, trug aber mit seinem rigiden Eintreten gegen Pille und Kondome Mitschuld an der wachsenden Übervölkerung, am Elend und der Verbreitung von Aids. Er verehrte die Gottesmutter Maria, wies den Frauen in der Kirche aber nur eine Nebenrolle zu. Er berief verstärkt Traditionalisten zu Kardinälen, und so wurde der Kreis immer internationaler, aber auch immer konservativer. Ich wünsche mir einen Papst als Brückenbauer, nicht einen, der vor allem Glaubensschützer ist. Er sollte die Probleme der Geburtenkontrolle, Sexualmoral und die der Frauen im Blick haben. Was hilft es den Kindern, wenn sie geboren werden und anschließend verhungern! In den Entwicklungsländern hoffen die Kranken, die Alten, die Abgeschobenen, die Mühseligen und Beladenen auf den Beistand der Kirche und des Papstes. Hier sollte er ein Begleiter in ihrer Angst und in ihrer Hoffnung sein.

Karol Wojtyla war ein Mann des Widerspruchs: nach außen ein Kämpfer für die Menschenrechte, nach innen ein kompromissloser Konservativer. Ausgerechnet in seiner Amtszeit fand die aus dem politischen bekannte Reizvokabel „Reformstau" Eingang in die innerkirchliche Diskussion. Gemessen an europäischen Verhältnissen ist Afrika ein seelisch verhungerter und vergessener Kontinent.

Neben all diesen Schatten gibt es auch die Seiten des Lichts. Zwischen dem Kenia der Kolonialzeit und heute liegen Jahrzehnte, die Begeisterung für die außergewöhnliche Schönheit Ostafrikas ist indes geblieben. Jedem Touristen kann ich nur sagen: auf nach Kenia! Von vielen deutschen Flughäfen kann man bequem im Direktflug in nur acht Stunden das Land erreichen. Alles andere können euch Alex und Nick erzählen, die kennen sich dort bestens aus."

Für Eva war Miranda eine Bereicherung. Ihre Erzählung belebte sie, und sie sah mit ihren weichen Zügen, mit ihren leuchtenden Augen und den zart umrandeten Lidern in der Tat wundervoll aus.

„Hier gefällt es mir sehr gut, ich fühle mich glücklich und zufrieden. Bei den vielen interessanten Bekanntschaften wird es mir leicht fallen, mit Nick einen neuen Anfang zu machen. Die beruflichen Pläne verschiebe ich zunächst einmal. Wenn Frankfurt demnächst für immer mein Hauptwohnort ist, kann ich mir auf die Dauer aber nicht vorstellen, ein zurückgezogenes Leben zu führen."

„Das sollst du auch nicht. Es würde auch mich begeistern, wenn du deinen Plan, von dem du mir doch schon erzählt hast, umsetzen würdest. Ich habe auch schon darüber nachgedacht, ob du ein Restaurant oder Hotel betreiben könntest."

„Nun, ich habe nicht die Mittel, ohne beruflichen Partner ein weiteres Hotel zu führen. Aber interessiert bin ich schon sehr. In meiner Fantasie richte ich es so ein, dass es auch den Vorstellungen von Elisabeth und John entspricht. Vielleicht ein etwas afrikanischer Stil. Auf der Suche nach einem geeigneten Objekt könnte vielleicht Alex mir helfen?"

„Wenn du Alex darum bittest, macht er sich auf die Suche, denn er hat ein Gespür dafür, was zu dir passt. Zunächst aber musst du dich erst mal hier eingewöhnen."

„Ich werde es schaffen. Mit dir kann ich mich ja wunderbar austauschen, und unsere Ziele werden uns zusammenschweißen." Nick setzte sich zu ihr auf die Kaminbank und gemeinsam schauten sie in die knisternden Flammen. Verliebt sein und die Liebe zu erhalten ist eine Aufgabe ohne Ende. Sie fassten sich bei der Hand und ihr Blick verlor sich im Spiel der Flammen. Wie selten sind solche gemütlichen Stunden, und wie oft hatte sie von diesem wunderbaren Wiedersehen in Nicks Heimat geträumt. Sie hatte ihren Kopf an seine Schulter gelehnt, seine Worte, seine Stimme und seine Liebkosung belebten sie immer wieder aufs Neue.

Als Eva einmal versuchte, über seine frühe Jugend und seine Vergangenheit zu sprechen, reagierte Nick empfindlich, so, als berühre sie eine schmerzliche Wunde. Sie hatte gehört, dass er harte Arbeit, den Rausch und die Bitterkeit des Lebens kennengelernt hatte.

Miranda empfand eine grenzenlose Liebe, die auch während der Trennung nicht geschmälert worden war. Für einen Augenblick umklammerte sie ihn, legte ihre Wange an seine und flüsterte leise: „Du bist bei mir, das alleine zählt."

*

Dr. Ralf Grasmüller sah in Dr. Hendrik Müller einen fähigen Kollegen, dem er in der Klinik alle Möglichkeiten bot, sich zu qualifizieren. Zusätzlich absolvierte Hendrik eine Ausbildung in Tropenmedizin; dieses Wissen war in Afrika vonnöten.

„Vielleicht überkommt auch Sie einmal die Abenteuerlust. Ich bereise Afrika schon seit Jahren. Wir treffen uns mit Kollegen und Kolleginnen und machen uns dort nützlich, wo wir gebraucht werden. Es gibt ein Krankenhaus unweit von Nairobi, wo viele Menschen zu uns kommen, die noch in ihren Stammeskulturen leben. Wir sind inzwischen über die Grenzen hinaus bekannt, werden gern gesehen und unsere Hilfe, die Medizin des weißen Mannes, lehnen sie nicht ab. Vor allem versuchen wir die zu erreichen, die keine medizinische Versorgung haben. Diese Menschen kommen zu uns, aber auch wir suchen sie in ihren Hütten auf. Wir sind eine kleine Organisation und arbeiten während unseres Urlaubes mit unseren schwarzen Kollegen in dieser Klinik Hand in Hand. Für diese Arbeit werben wir freiwillige Ärzte, neben Chirurgen auch Zahn- und Augenärzte an, die bereit sind, einen Monat im Jahr ohne Bezahlung die Eingeborenen medizinisch zu versorgen."

Während Dr. Grasmüller die Arbeit schilderte, wurde Hendrik von zunehmender Begeisterung ergriffen, den von Tradition geprägten, von Armut geplagten Eingeborenen zu helfen. Er empfand diesen einen Monat Einsatz im schwarzen Kontinent nicht als großes Opfer, sondern vielmehr als großes Glück. „Wenn Sie das so sehen, mein lieber Hendrik, dann kommen Sie mit. Wir fliegen zusammen, ich führe Sie ein. Sie werden Menschen kennenlernen, die ohne Ihre Hilfe verloren sind."

Dr. Grasmüller blickte auf die Uhr und erhob sich. „Grüßen Sie mir Ihre Frau." Hendriks Gedanken flogen zu Carolin. Als er heimkam, wurde er liebevoll begrüßt. Hendrik erzählte ihr gleich von seinem möglichen Vorhaben, und sie erwiderte mit verschmitztem Lächeln: „Liebling, wir müssen uns schon ertragen, schließlich haben wir den Bund der Ehe geschlossen. Und der soll auch bis ans Lebensende halten."

Er legte seine Arme um sie und küsste sie auf den Mund. „Ich will dich glücklich sehen, Carolin. Wie schön du bist, wenn deine blauen Augen so leuchten."

Der Afrika-Plan schien Carolin sinnvoll. Dennoch ließ sie die Furcht des Alleinseins nicht los, es kam alles so überraschend. „Nur eine liebende Frau kann so zu ihrem Mann stehen", dachte sie. „Ich möchte noch schnell duschen", sagte sie und ging ins Badezimmer. Als sie ausgiebig geduscht hatte, kam sie in einen weichen Bademantel gehüllt wieder ins Zimmer und setzte sich zu Hendrik in den Sessel. Die Stimmung war gelöst und heiter, und sie wollten etwas trinken. Sie konnten sich zwischen französischem Champagner, Wein und Bier entscheiden – und einigten sich auf ein Bier. Ein warmes, heimeliges Gefühl umhüllte sie.

„Auf diesen Abend und auf unsere Zukunft", sagte Hendrik, als die Gläser aneinanderstießen. Carolin durfte nicht an den Abschied denken, und gerade, als sie ihn etwas fragen wollte, legten sich seine Lippen auf ihren Mund. Nun wollte sie weder fragen noch denken, sie wollte nur genießen und sich diesem beglückenden Zauber hingeben, der sie in einen wahren Taumel versetzte.

Hendrik schaltete den Fernseher ein. Schwarzer Rauch über der Sixtinischen Kapelle verkündete: Es gab noch keinen neuen Papst. Damit war im ersten Wahlgang kein neuer Papst gewählt worden. Kurzzeitig hatte es Jubel auf dem Petersplatz gegeben, weil der Rauch zunächst weiß zu sein schien. Hitzige Spekulationen über den Favoriten begleiteten den Auftakt der Wahl. Als einer der aussichtsreichsten Kandidaten galt der deutsche Kurienkardinal Joseph Ratzinger. In feierlicher Prozession zogen die Purpurträger aus zweiundfünfzig Ländern vom Apostolischen Palast in die Sixtinische Kapelle mit den prächtigen Fresken des italienischen Renaissance-Genies Michelangelo. Fernsehkameras aus aller Welt und die Augen vieler tausend Gläubiger in Rom richteten sich dann auf den Schornstein – mit der Wahl im vierten Wahlgang war es eines der kürzesten Konklaves der Geschichte. Joseph Ratzinger war das neue Oberhaupt der katholischen Weltkirche. Als erster deutscher Papst seit 480 Jahren nahm Joseph Ratzinger den Namen Benedikt XVI. an – Freude und Kritik in Deutschland. In Lateinamerika, wo knapp die Hälfte der 1,1 Milliarden Katholiken lebt, reagierten viele Gläubige enttäuscht. Mehrere lateinamerikanische Kardinäle hatten in den vergangenen Wochen ebenfalls als „Papabili" gegolten.

„Weißt du, Hendrik, wenn ich all diese hohen Würdenträger sehe, denke ich an eine Generalversammlung der Vereinten Nationen in New York im September 2003: Viele Länder sind durch ihre Regierungschefs vertreten. Mit ausgesuchter Höflichkeit heißt der Sitzungspräsident die einzelnen Redner willkommen. Und jeder Beitrag erntet den Dank des Präsidenten und höflichen Beifall der Versammlung. Die Reden sprechen die aktuellen Probleme an: Massenvernichtungswaffen, Terrorismus, regionale Konflikte, Seuchen, globale Erwärmung und die Armut der Entwicklungsländer. Viele Redner beklagen, dass bei all diesen Problemen die Taten und Gegenmaßnahmen bisher stets hinter den Versprechungen und Verträgen zurückgeblieben sind. Der Präsident des kleinen Staates Andorra beendet daher seine Rede mit dem Hinweis: Lasst uns versuchen, etwas Nützliches zu machen aus diesen langen Debatten und Reden, denen wir mit diplomatischer Höflichkeit applaudieren, oftmals ohne überhaupt zugehört zu haben. Es steht zu viel auf dem Spiel.

Und damit hat er recht. Wenn die Zukunft auf dem Spiel steht, gilt es zuzuhören und zu handeln. Aber es steht nicht nur die Zukunft der Welt, sondern auch die Zukunft jedes Einzelnen auf dem Spiel. Das Problem der Sünde steht zwischen Gott und uns. Wenn der neue Papst in seinem Alter von achtundsiebzig Jahren bei seinem wackeligen Aussehen ein so schweres Amt, wie es immer heißt, ausüben kann, dann fällt mir hierzu Papst Julius III. (1487–1555) ein. Der soll einem portugiesischen Mönch, der ihn bemitleidete, weil er mit der Herrschaft über die ganze Welt belastet sei, geantwortet haben: Wenn ihr wüsstet, mit wie wenig Aufwand von Verstand die Welt regiert wird, so würdet ihr euch wundern."

Dass Hendrik nach Afrika fahren würde, war für Carolin ein überwältigender Gedanke. Die Tage schmolzen dahin, beide genossen noch ihr glückliches Zusammensein. „Es ist ja nur für einen Monat", sagte Hendrik. „Ich betrachte es als eine große Chance, mit Dr. Grasmüller in Afrika unter den dortigen Bedingungen zu arbeiten."

Auf dem Flug nach Nairobi hatte er Zeit, über das vor ihm liegende Abenteuer nachzudenken. Dr. Grasmüller sagte zu ihm: „Hendrik, in diesem schwarzen Erdteil sind Sie mein engster Mitarbeiter." Mit einem Drink stießen sie an: „Auf eine erfolgreiche Reise – und auf das Du. Diese Anrede ist viel persönlicher." Bei all ihren Begegnungen hatten Ralf Grasmüller und Hendrik eine Zusammenarbeit gepflegt, wie Hendrik sie noch nicht kennengelernt hatte. Er blickte aus dem Fenster und sah die grüne Landschaft, die sie gerade überflogen. „Sieh die vielen kleinen Hütten da unten, ganz in der Nähe der schönen Anlagen, da leben unsere Patienten, die du noch kennenlernen wirst. Menschen, von denen viele ohne deine Hilfe verloren wären."

Nach ihrer Ankunft in Nairobi lernte Hendrik die kleine Klinik und Ralfs Kollegen kennen. Sie stellten sich als Ärzte ohne Grenzen vor. Nach dem Mittagessen zeigte ein älterer afrikanischer Kollege, der Pfleger Kikuyu, Hendrik seine neue, ohne jeglichen Komfort eingerichtete Unterkunft. „Morgen", erbot er sich, „werde ich Sie und Ralf zu Ihrem Arbeitsplatz begleiten. Es kommen immer wieder neue Ärzte aus vielen Ländern, die meisten für einen Monat. Es sind Ärzte aus Leidenschaft, die es sich zur Aufgabe gemacht haben, den Menschen in Afrika zu helfen. – Guten Tag", sagte er plötzlich auf Deutsch, „mein Name ist Kikuyu. Und als Kenianer begrüße ich dich auf das Herzlichste. Karibu."

Während der allmorgendlichen Besprechung in der Klinik bekam Kikuyu eine Nachricht. Der Bote sagte: „Im Dorf ruft eine Frau um Hilfe, die Schreie sind aus ihrer Hütte zu hören!"

Kikuyu sagte: „Komm, Hendrik, wir müssen sofort los." Mit Kikuyus Geländewagen fuhren sie durch fesselnde Landschaft und eine faszinierende, unberührte Natur. Vorbei an Luxushotels, in denen Touristen Urlaub machten, sich ausruhten und das süße Nichtstun genossen. Doch der Weg führte weiter, hin zu den Lehmhütten, dort, wo die Menschen noch lebten wie vor Jahrhunderten. Viele Frauen erkannten Kikuyus Auto und wiesen ihm den Weg. Er stoppte den Wagen, nahm seine Tasche und gemeinsam liefen sie zu der angegebenen Hütte. Die Begrüßung fiel kurz aus, sah er doch gleich, worum es ging. Auf einem Bett, einer Pritsche, wand sich eine Frau vor Schmerzen.

„Ach Yebo, keine Angst, wir helfen dir! Wie ich sehe, wird es allerhöchste Zeit. Dies ist Hendrik, ein Freund und Arzt, er wird dir bei der Entbindung helfen."

„Hübsch habt ihr es hier", sagte der. Kikuyu beruhigte die Gebärende und ihre anwesende Mutter und begann mit der Untersuchung.

Hendrik hatte geglaubt, ein Mann dürfe nicht zu den Frauen in die Hütte, doch hier und für Kikuyu galt das nicht. Alle im Dorf waren freundlich und froh, als sie sein Auto und ihn sahen. Sonst war es verboten, dass ein Mann eine Frau nackt bei der Entbindung zu sehen bekam. Hendrik hatte Yebo ein Medikament gegen die Schmerzen gegeben. Er merkte, dass sie ruhiger wurde und fasste ihre Hand. „Du brauchst keine Angst zu haben." Yebos Mutter Mmaabo hatte schon für heißes Wasser gesorgt.

„Hendrik, damit kannst du dir die Hände waschen – und hier sind Gummihandschuhe." Hendriks Gedanken überschlugen sich, er dachte an den kleinen Flori, bei dessen komplizierter Geburt er als als Helfer maßgeblich bei der Geburt beteiligt gewesen war.

Hendrik drückte Yebos Beine auseinander und schob seine Hand immer tiefer in ihren Unterleib. Er konnte sofort ertasten, dass das Kind sich in der Seitenlage befand. Er schob und drückte es so lange, bis es mit dem Kopf nach unten im Geburtskanal lag. Unter erneuten Wehen erschien das Köpfchen. Kikuyu hatte Yebo nur sehr wenig Betäubungsmittel injiziert, wodurch die Mitarbeit der werdenden Mutter gewährleistet war. Hendrik ermunterte sie: „Pressen, pressen. Gleich hast du es geschafft!" Und schon war der gesamte Kopf herausgerutscht, und Hendrik begann vorsichtig zu ziehen. Dann sah man auch schon die Brust des Kindes, und nach nicht mehr als 10 Minuten war das Kind geboren.

Yebo stieß einen erschöpften und zugleich erleichterten Seufzer aus. Hendrik durchtrennte die Nabelschnur, fasste das Baby an den Füßen und hielt den kleinen Kerl hoch. Der Kleine röchelte ein wenig und gab dann den erwarteten Schrei von sich. Hendrik reichte Yebo ihr Baby, die es stolz in ihre Arme schloss. Nach einem kurzen Augenblick gab sie den Kleinen an ihre Mutter weiter, die ihn sanft badete und in ein sauberes Tuch hüllte. Kikuyu legte einen Arm um Hendriks Schulter und sagte auf Deutsch: „Gut gemacht."

Hendrik errötete leicht und meinte: „Wenn ich immer solchen Lohn für meine Arbeit bekomme, dann möchte ich noch vielen Frauen bei der Entbindung helfen." Denn beide, Mutter und Kind, wären ohne ärztliche Hilfe verloren gewesen. Als wären die Strapazen der Geburt schon vergessen, drückte Yebo ihren Sohn an sich. Nun kam James, der Vater des Neugeborenen, vom Ziegenmelken zurück. Als er hörte, dass alles gut verlaufen war, war er voller Freude und Erleichterung. Er lächelte Kikuyu zu – man kannte sich hier. Dann beugte er sich glücklich zu Yebo und dem Baby herab.

Für Hendrik war alles neu. Er bekam mit, wie beide sich etwas zuflüsterten. James löste sich von seiner Frau, ging zur Wand, an der ein Schrank stand, und schob dort einen Vorhang zur Seite. Er holte aus einer Blechkanne zwei faustgroße Klumpen Ziegenbutter, die er an die Geburtshelfer weiterreichte. Voller Freude gab er ihnen die Hand und bedankte sich in seiner Sprache.

Viele Dorfbewohner hatten sich versammelt, und die ärztlichen Helfer verabschiedeten sich. Alle riefen ihre Namen und winkten ihnen nach, bis der Wagen nicht mehr zu sehen war.

Inzwischen war es Abend geworden. Kikuyu war gut gelaunt wie immer. „Auch wenn wir viel arbeiten, werden wir uns Zeit nehmen und ein wenig zusammensitzen. Wir können eine Flasche Wein trinken, ein wenig plaudern oder einfach nur den klaren Himmel bewundern und die Sterne zählen. – Weiß du, wie ich zu dieser Arbeit gekommen bin? Die Organisation Ärzte ohne Grenzen setzt Anzeigen in verschiedene Fachzeitschriften, und da habe ich mich beworben. Es geht mir nicht nur um das soziale Gewissen, ich möchte zudem meinem Leben einen Sinn geben."

Kikuyus Auto, ein Subaru Allrad, hatte einen für Kenia hohen Sicherheitsstandard. In seinen Arzttaschen hatte er alle notwendigen Geräte, die dem neuesten medizinischen Standard entsprachen. Alles war säuberlich an seinem Platz; so, wie er es bei seiner Arbeit voraussetzte. Kikuyu wählte einen anderen Rückweg. Es lag ihm daran, Hendrik das Land zu zeigen. „Du siehst hier Afrika pur, seinem Zauber kann sich wohl keiner entziehen."

Die Tage in Kenia vergingen im Nu. Hendrik hatte viel gesehen, erlebt und gelernt. Besonders Kikuyu fiel ihm immer wieder auf. Er hatte den richtigen Riecher, wenn es sich um komplizierte Diagnosen handelte.

„Seltsam", dachte er, „wo er doch nur ein Pfleger ist. Einmal hat er mir gesagt: Hendrik, ich habe schon viel gesehen, ich kenne das Land und seine Menschen, ihre Krankheiten und ihre Nöte. Du hast das Zeug zu einem guten Arzt, denn du hast Mitgefühl für die Patienten." Hendrik war damals aufgefallen, dass Kikuyu in medizinischen Belangen kein Amateur war. Bei fast allen komplizierten Diagnosen, Operationen oder auch wenn er mit auf Hausbesuch war, war er, in allem, was er tat, weder unsicher noch ungeschickt.

Seltsam, Kikuyu war ein Einzelgänger. Darüber hatte Hendrik oft nachgedacht. Sein Leben verlief in festen Bahnen. Er machte anderen Mut und mit ihnen Späße. Alles, was er anpackte, geschah mit sicherer Hand. Doch was war es, was ihn so einsam machte? Fühlte er sich als verlorene Seele? Er versorgte die Patienten mit all seinem

Können, dabei war es ihm gleich, ob sie in der obersten Gesellschaft oder in der einfachsten Lehmhütte ihr Zuhause hatten.

Mit eingeschaltetem Martinshorn und in schneller Fahrt kam ein Krankenwagen vorgefahren. Kikuyu leitete die Verletzte sofort in den Operationssaal. Alles musste sehr schnell gehen. Hendrik war der einzige anwesende Chirurg. Nur Tahatha, eine afrikanische praktische Ärztin, die sich gut mit der Vergabe von Narkosen auskannte, war auch noch im Hause. Alle anderen waren kurzfristig nicht zu erreichen. Der Notdienst bestand also nur aus Kikuyu, Hendrik und Tahatha. Die Patientin, eine junge Frau, hatte einem Zusammenprall mit einem entgegenkommenden Auto nicht mehr ausweichen können. Sie hatte schwerste Verletzungen.

„Oh Gott", sagte Tahatha, „das sieht böse aus." So energisch, wie ihn die beiden anderen nicht kannten, sagte Kikuyu: „Ich operiere." Hendrik traute seinen Ohren nicht. Ein inneres Gefühl aber sagte ihm: Er kann es besser als ich.

Die OP lief reibungslos. Bei der Untersuchung wurde festgestellt, dass die Schwerverletzte im vierten Monat schwanger war. Doch zum Glück war dem Ungeborenen nichts passiert. Der Frau allerdings musste die Milz entfernt werden. Hendrik sah auf die Uhr. Es waren bereits zwei Stunden vergangen. Der Zustand der Verletzten hatte sich stabilisiert. Die Werte waren normal, und Hendrik und Tahatha staunten erneut über die Fähigkeit von Kikuyu. Dieser packte alles mit der ruhigen Sicherheit eines Chirurgen an; ganz eindeutig verstand sich auf dieses Gebiet. Tahatha hatte keinesfalls übertrieben, als sie zu Hendrik sagte:

„Ich habe noch nie einen so guten afrikanischen Chirurgen gesehen."

Hendrik legte seine Hand auf ihre Schulter und ergänzte: „Und so einen guten Menschen."

Kikuyu sagte: „Nun ist aber Schluss mit den Lobreden. Bitte nähe du den Bauch zu. Wir alle haben gute Arbeit geleistet. Dafür danke ich euch. Bitte beendet ihr die Operation." Er betrachtete das junge Gesicht. Lachend genoss er seine gelungene Arbeit und das wunderschöne Antlitz dieser Frau. „Ich gehe jetzt und ziehe mich um."

In der Klinik war Ruhe eingekehrt. Für den Nachtdienst hatten sich zwei Schwestern und ein neuer Arzt eingefunden. „Komm, Hendrik", sagte Tahatha, „ich koche uns einen afrikanischen Kaffee. Wir setzen uns noch für einen Augenblick zu unserem Freund Kikuyu." Doch der Frühstücksraum war leer, die Kaffeemaschine schien unbenutzt. Kikuyu war nicht aufzufinden, sein Geländewagen war fort. „Tahatha, ich habe ein seltsames Gefühl. Ich muss zu ihm." Auch Tahatha war es ein wenig mulmig. Daher fuhren sie gemeinsam los. Oh Schreck. Die Tür war nicht ins Türschloss gefallen. Schellen und Anklopfen blieben ohne Antwort. Tahatha hielt sich an Hendrik fest. Sie hatte Angst. Als Hendrik die Tür öffnete, sahen sie Kikuyu auf dem Boden liegen, die Schnapsflasche noch in der Hand und nicht ansprechbar. „Hendrik, was sollen wir nur tun?"

„Ich werde bei ihm bleiben. Ich werde nie vergessen, was er tief im Busch als Arzt und als Mensch für die Menschen getan hat, die seine Hilfe brauchten."

Tahatha bekam eine Gänsehaut. Beide fragten sich, was ihn zu diesem Verhalten getrieben hatte. Und beiden tat er sehr leid.

Hendrik legte seine Hand auf Kukuyus Schulter und schüttelte ihn leicht. Sprechen konnte der am Boden Liegende nicht. „Fass mal bitte mit an, Tahatha, wir legen ihn auf die Couch." Sie zogen ihm Schuhe und Jacke aus und machten es ihm mit einem Kissen unter dem Kopf bequem. Dann verabschiedete sich Tahatha und bedankte sich bei Hendrik. Er versprach: „Ich komme morgen wieder in die Klinik, wenn hier alles wieder in Ordnung ist."

Kikuyu schlief die ganze Nacht durch. Gegen Morgen setzten die ersten Bewegungen ein und Kikuyu richtete sich auf. Er schien wieder klar zu sein. „Hendrik, mein Freund", seufzte er, „mach uns bitte einen starken Kaffee. Du wirst auch erst einmal kräftig frühstücken."

Schweigend saß Hendrik ihm gegenüber und wartete darauf, dass Kikuyu sprechen würde. Er hatte keine Ahnung, warum der Pfleger gestern nach der geglückten Operation so tief in die Flasche geguckt hatte. Aber er wusste: Es musste einen Grund dafür geben.

Kikuyu, nun wieder ganz klar, legte seine Hand auf Hendriks Arm und sagte: „Hör zu. Ich war immer ein Mann mit starken Nerven. In jungen Jahren gelang mir fast alles, was ich mir vorgenommen hatte. Ich habe in Kapstadt und Köln, wo du arbeitest, studiert." Seine warmen dunklen Augen hatten einen sehnsüchtigen Glanz bekommen, als er Köln erwähnte. „Hier habe ich auch mein Studium beendet und noch fünf Jahre in den Kliniken gearbeitet. Ich bin Afrikaner, genauer gesagt Kenianer. Ich liebe Afrika und die Menschen, die hier leben, und so war es für mich selbstverständlich, meinen Landsleuten ein Medizinmann zu sein. Doch das war oft eine schwere Aufgabe. In vielen Ländern Afrikas herrscht Krieg, Dürre, Wassermangel, Straflosigkeit und Menschenrechtsverletzungen – um nur einiges aufzuzählen. Die wenigsten Soldaten, die für die Menschenrechtsverletzungen verantwortlich sind, werden zur Rechenschaft gezogen. Das liegt zum einen daran, dass die Täter in abgelegenen Gebieten nur sehr selten, wenn überhaupt verhaftet werden. Kommt es dennoch zur Festnahme, so befassen sich die Gerichte nur mit großer Verzögerung mit inhaftierten Soldaten – eine Folge des unzureichend ausgebauten Justizsystems des Landes. Bis zum Verfahren werden Soldaten, die der Menschenrechtsverletzungen verdächtigt werden, meist auf Kaution freigelassen und leisten wieder Dienst in ihren Einheiten. Die jüngste Vergangenheit, seit der Unabhängigkeit Ugandas 1962, ist von Terror, Unrecht und Hunderttausenden von Toten gekennzeichnet. Dies gilt vor allem für die Regierungen unter

Idi Amin (1971–1979) und Milton Obote (1962–1971, 1980–1985). In einem Uganda-Länderkurzbericht heißt es: Die Armee richtete zahlreiche sogenannte Schutzdörfer ein. Dabei handelt es sich um riesige Lager für die Vertriebenen in der Region. Das größte derartige Camp beherbergt mehr als 30 000 Flüchtlinge und Vertriebene. Die Bevölkerung wird von Regierungssoldaten häufig gegen ihren Willen zum Verlassen dieser Dörfer gezwungen, indem diese die Siedlungen willkürlich unter Beschuss nehmen. In den Lagern gibt es meist kein sauberes Wasser und keine sanitären Anlagen, und die Versorgung mit Nahrungsmitteln ist ebenso unzureichend."

Hendrik unterbrach: „Mein Gott! Warum bloß lässt Gott dies zu?"

„Warum, das war auch immer meine Frage, wenn ich mit den Flüchtlingen und Vertriebenen all die Jahre hautnah zusammen war. Warum, warum. Ich habe den Glauben an Gott verloren, nicht den Glauben an die Menschen. Hendrik, du magst den vergessen, mit dem du gelacht hast, aber nie den, mit dem du geweint hast. Die schönen Seiten Afrikas sind für diese Menschen unerreichbar. Ihre Welt ist der nackte Kampf um das Überleben." Kikuyus Atem wurde tiefer, er dachte an viele seiner Stationen wie Uganda, Sudan, Tansania und viele mehr. Seine letzte Station war Kenia.

„Ich kann ihnen nicht mehr helfen. Jetzt ist es zu Ende ..." Hendrik nahm seine Hand und drückte sie fest. Er fühlte Mitleid. Kikuyu sah ihn an: „Ich habe nicht mehr lange zu leben. Meine Diagnose lautet Krebs. Lungenkrebs." Es gehörte zu Hendriks Erfahrung, dass Menschen in solch einer Lebenssituation oft Zuspruch im Alkohol suchten. „Es war die letzte Operation, die ich durchgeführt habe. Von jetzt an werde ich hier zurückgezogen leben."

Am nächsten Tag war eine Besprechung angesetzt, bei der sich Hendrik mit Ralf Grasmüller und Tahatha traf. Es ging um die Versorgung der Menschen in den Lehmhütten. Mütter, die, ausgemergelt und staubbedeckt, Angst um ihre kranken Kinder hatten. Hendrik berichtete Ralf von Kikuyu und dass dieser jetzt allen Lebensmut verloren hatte. Ralf war schockiert und sagte: „Welch ein Jammer! Bei meinem vorletzten Aufenthalt in Nairobi operierte er eine alte Frau wegen eines Darmverschlusses. Es war eine gefährliche und komplizierte OP. Ich war Zeuge, wie er das Skalpell führte: mit Ruhe und vor allem mit Erfolg. Er hat sich an Fälle gewagt, an die sich so mancher Kollege nicht getraut hätte. Bei unserer Ankunft habe ich ihn begrüßt, es war wie immer ein herzliches Wiedersehen. Diesmal jedoch sah er nachdenklich aus und von Krankheit gezeichnet. Hendrik, morgen gehen wir zwei zu ihm und werden ihn ein wenig aufmuntern. Ich werde uns ankündigen."

Kikuyu freute sich über den Besuch. Er sah sehr krank aus, war aber gefasst. Der Tisch war mit Keksen und Früchten gedeckt, Kaffeeduft lag in der Luft. „Ralf, es gibt manches, was getan werden muss. Ich hatte Zeit, die Lage zu überdenken."
„Dann lass uns darüber sprechen, Kikuyu."
„Ja, es geht um die Frauen und Mädchen in den Hütten. Sie brauchen Hilfe bei der Entbindung, wobei es noch besser wäre, wenn es erst gar nicht zu einer Schwangerschaft käme. Für Weiße ist es schwer, gegen diese Not anzukämpfen. Es ist nicht üblich, dass ein weißer Arzt Einlass findet. Für Tahatha hingegen ist es kein Problem, sie hat das Vertrauen der Menschen gewonnen. Alleine aber wird es ihr zu viel. Sie muss jemanden haben, es könnte auch ein Weißer sein, der ihr hilft. Wisst ihr, wie viele Menschen da auf euch warten? Es sind Kinder, schwangere Frauen, Afrikanerinnen – ihr müsst sie retten! Jemand muss es tun, um ihnen eine menschenwürdige Zukunft zu ermöglichen. Glaub mir, ihre Zeit ist kostbarer als meine."

Ralf hielt Kikuyus Hand umfasst. „Morgen werde ich mit Tahatha sprechen. Dein Tun werde ich fortsetzen, meine Aufgabe in

Köln kann Hendrik übernehmen. Ich habe alles für ihn vorbereitet." Kikuyu lächelte: „Davon bin ich überzeugt." Hendrik dagegen verschlug es die Sprache. Für den Augenblick hatte Kikuyu seine Not vergessen, er fühlte sich glücklich.

Tahatha und Ralf Grasmüller hatten den Tag gemeinsam mit Krankenbesuchen verbracht. Ralf bewunderte ihre Selbstständigkeit und ihre Art, mit den Menschen umzugehen. Auch ihn als Weißen nahm sie problemlos mit zu den Kranken in ihre Hütten. Tahatha trat zurückhaltend auf, nie biederte sie sich an. Ihre Figur war wohlproportioniert, ihr Gesicht auffallend schön. Sie war mit ihren achtundzwanzig Jahren, ihrer lässigen Haltung und der einfachen Kleidung eine moderne, beeindruckende und selbstbewusste junge Frau. Er kannte sie schon seit seinem ersten Aufenthalt in Afrika und hatte ihre Arbeit immer wieder bewundert.

Während einer Entbindung sagte Ralf: „Ich muss dir ein Kompliment machen. Wer hat dich diese Perfektion gelehrt?"

„Kikuyu", sagte Tahatha mit Dankbarkeit in der Stimme. „Morgen fahre ich zu ihm, ich habe meinen freien Nachmittag."

Der Anblick dieses einst so vitalen und robusten Afrikaners erschütterte sie. Mit schwacher Stimme sagte Kikuyu: „Schön, dass du gekommen bist." Er sah ihr junges Gesicht, die schönen großen Augen, die er immer bewundert hatte. Der Mut und das große Maß an Sicherheit hatten ihn verlassen. Sie nahm seine Hand und fühlte seinen unregelmäßigen und schwachen Puls. „Tahatha, schau aus dem Fenster. Die Berge, die der purpurrote Abendhimmel in den schönsten Farben malt." Die Stimmung der Abenddämmerung befiel sie mit Macht, war ihr doch klar, dass es mit Kikuyu zu Ende ging. Die Bewegungen der Hände und der Augen waren bereits außer Kontrolle.

Tahatha hatte einiges eingekauft und mitgebracht, um ihm eine Freude zu machen. Als er das sah, lächelte er schwach und tastete nach ihrer Hand. Flüsternd sagte er nach einer Weile: „Was meinst du, Tahatha, ob ich aus der mitgebrachten Flasche einen Schluck trinken könnte?"

„Aber sicher", erwiderte sie und schüttete ihm ein wenig Whisky ins Glas. Wusste sie doch, dass er den am liebsten trank. Liebevoll hielt sie seinen Kopf, damit er gut schlucken konnte. „Wir werden dich nicht alleine lassen. Jeden Tag kommt einer von uns vorbei. Das nächste Mal, wenn ich wiederkomme, bringe ich auch Hendrik mit."

„Danke, ich freue mich darauf. Bitte grüße ihn und Ralf Grasmüller von mir. Denn beide sind gute Ärzte, sie retten afrikanische Kinder und ermöglichen ihnen eine Zukunft. Sie wissen, wie viele Menschen hier sie brauchen und welche Herausforderungen sich ihnen stellen. Sie lassen sich nicht von der Macht des Geldes beeindrucken, wie es bei einigen in ihrer Heimat üblich ist. Ich weiß, wovon ich rede. Ich habe in ihrem Land studiert und gearbeitet."

„Kikuyu, du hast viel für die Menschen hier getan, du warst sehr erfolgreich und hast viele Freunde. Wir alle lieben dich."

„Jetzt aber bin ich sehr einsam", hatte er noch sagen wollen, schluckte es aber hinunter.

Tahatha war wie benommen, wenn sie daran dachte, alleine unterwegs ohne Kikuyu im Busch Dienst zu tun. Doch der Gedanke an Hendrik gab ihr das Gefühl, den Richtigen an ihrer Seite zu haben. Nach dem Frühstück begleitete er sie in den Busch. Es ging um mehrere hundert Kinder, die geimpft werden sollten. Einige von ihnen mussten auch noch behandelt werden.

Tahatha mochte Hendrik. Es machte ihr Freude, Seite an Seite mit ihm zu arbeiten. Auf den Fahrten mit ihrem zuverlässigen Geländewagen musste sie die Gelegenheit ergreifen, ihm die Schönheiten des Landes zu zeigen. Sie erzählte: „Es gibt unzählige Tierarten in Kenia. Es ist ein weites Land mit unberührter Natur. Hier kann man träumen, man sieht bei all dem Schatten, in dem die vielen Armen leben, auch das Licht, die überwältigende landschaftliche Vielfalt, die einem immer wieder Kraft zum Durchhalten gibt." Hendrik war beeindruckt. Tahatha legte ihren Arm um ihn und küsste ihn auf die Wange.

Plötzlich sahen sie im hohen Gras hinter einem kleinen Gebüsch eine Gazelle. Tahatha stoppte den Wagen und reichte Hendrik das Fernglas. „Das ist die gefährliche Phase im Leben der Gazellen: die Geburt. Das Junge muss in großer Eile zur Welt gebracht werden und gleich danach stark genug sein, der Mutter zu folgen. Die Sicherheit für das Muttertier und ihr Junges beginnt erst wieder nach der Rückkehr in die Herde. Vorher sind sie schutzlos den vielen feindlichen Tieren ausgesetzt. Sieh nur, schon ziehen sie zur Herde! Wackelig, aber immer stabiler auf den Beinen, folgt das Kleine der Mutter. In dieser kurzen Zeit hast du jetzt den gesamten Ablauf der Geburt beobachtet." Tahatha wählte die Route für die Weiterfahrt so, dass sie aus sicherer Entfernung für die Tiere eine Wasserstelle sehen konnten. Diese sind für die Existenz der großen Wildtierherden lebensnotwendig. Hendrik hatte noch nie so viele Zebras zusammengedrängt gesehen. Doch werden leider die Wasserstellen überlastet durch die Rinderherden. Das verschärft die Konkurrenz zwischen Wild- und Haustieren in den afrikanischen Steppen und Savannen.

„Komm, wir dampfen ab, sonst sind wir zu spät zurück. Wir wollen doch mit Dr. Grasmüller zusammen essen."

Tahatha kam plötzlich in den Sinn, wie es Kikuyu wohl gehen mochte. Die Angst um ihn drückte ihr die Kehle zu, als in diesem Augenblick ihr Handy klingelte. Eine Nachbarin von Kikuyu, die sie an der Stimme erkannte, war zu hören. Sie teilte mit, dass Kikuyu dringend Hilfe benötige.

Gemeinsam machten sie sich auf den Weg zu Kikuyu. Tahatha war froh, einen so gut aussehenden Mann an ihrer Seite zu haben. Hendrik lächelte über so viel Übertreibung. „Und dann will er unser

Afrika bald wieder verlassen, und zu allem Überfluss liebt er bereits eine andere Frau." Ihre Gedanken purzelten durcheinander. Wie gerne hätte sie mit ihren Lippen seine berührt und sich an ihn geschmiegt.

Tahatha klopfte an die Tür. „Kommt herein, die Tür steht offen." Kikuyu rang nach Luft. Sie sahen ihn hilflos vor sich liegen. Er bewegte seinen Körper unnatürlich.

„Meine Zeit ist vorbei. Ich kann nicht mehr mit euch gehen."

„Du hast viele Menschen vor dem sicheren Tod bewahrt", sagte Hendrik.

„Oh", stöhnte Kikuyu, „ich habe dann und wann sicherlich auch einmal etwas Nützliches getan. Aber das habt ihr euch ja auch zur Aufgabe gemacht. Ihr macht es mit Freude, werdet nicht müde dabei. Ich wünsche allen, die meine Arbeit fortsetzen, viel Mut, Humor und Idealismus verbunden, mit dem notwendigen Schwung ...."

Tahatha erklärte: „Hendrik, die Frau, die uns auf dem Handy angerufen hat, heißt Saguna. Sie lebt mit Kikuyu in seinem Haus und sorgt für ihn. Sie hat viel Zeit mit mir bei sterbenden Menschen verbracht." Doch diesmal tat es besonders weh. Es schmerzte sie tiefer als irgendein Schmerz, denn Kikuyu würde ihr, wenn Hendrik wieder abgereist wäre, sehr fehlen.

Eine Zeit lang schwieg Kikuyu, dann sagte er mit dem Hauch einer Stimme: „Ich habe zu viel gesehen. Die grausamen Anblicke des Elends, Naturkatastrophen, Landminen, Hungersnöte und alles, was mit Krieg zusammenhängt, haben mich einsam gemacht. Oft habe ich Gott angefleht, dem Elend ein Ende zu machen. Aber es wurde immer mehr. Ja, ich habe Zwiesprache mit ihm gehalten. Doch immer, wenn ich ihn brauchte, hatte er keine Zeit. Wenn ich dann daheim war und der Tag ging in Gedanken an mir vorbei, ließ es sich leichter überwinden, wenn ich einen Whisky trank. Der Alkoholkonsum wurde immer größer – ich konnte das Trinken nicht mehr lassen. Jetzt, mit siebzig Jahren, ist das der Preis, den ich zahle." Tahatha öffnete ihre Arzttasche, und wie bei allen Sterbenden nahm sie die Bibel zur Hand und fragte: „Kikuyu, soll ich dir aus der Bibel vorlesen?" Sie war Christin, wenn auch nur dem Taufschein nach.

„Tahatha, Liebe, ich weiß, du hast allen Sterbenden, wo auch immer, aus der Bibel vorgelesen. Meinst du wirklich, Gott will mich holen?" Er streckte seine Hand nach ihr aus und fuhr fort: „Ich erinnere mich daran, es ist schon lange her, wie du damals einem Kind im Todeskampf geholfen hast. Die Mutter kniete neben ihrem Kind, und du hast aus dem 55. Kap. Jesaja vorgelesen. Ich war tief beeindruckt; seither weiß ich, du bist voller Mitgefühl. Bitte lies mir auch diesen Spruch vor."

Tahatha schlug die Bibel auf und las mit ruhiger Stimme. „Denn meine Gedanken sind nicht eure Gedanken, und eure Wege sind nicht meine Wege." Sie klappte das Buch zu und sah ihn an. Er hatte seine Augen geschlossen. Er bewegte die Lippen und Tahatha vernahm die Worte: „Ob Gott mich noch haben will? Ach, wie dankbar ich dir bin, Tahatha, dass du mich auf all den Wegen in den Busch zu am Rande stehenden Menschen begleitet hast." Nach kurzer Pause fuhr er fort: „Was war das für ein armseliges Leben, besonders, wenn ich an die vielen Fälle denke, bei denen ich nicht helfen konnte. Ich habe es schließlich oft nicht mehr ertragen und mit ansehen können. Hier liegt auch der Schlüssel, warum ich ans Trinken gekommen bin. Nie habe ich mit jemandem darüber gesprochen, weil ich glaubte, irgendwann löst sich das Problem von alleine." Kikuyu sah Tahatha und Hendrik noch einmal an, so, als wolle er sich verabschieden. Sie sahen im Licht der untergehenden Abendsonne, dass sich Kikuyus Blick zu vernebeln begann. „Alles, was ich hinterlasse, bekommt meine treue Haushälterin Saguna. Es ist nicht wenig, sie kann davon gut bis an ihr Lebensende leben." Seine Stimme versagte. Er starrte seine Besucher an, schloss die Augen und schlief für immer ein.

In dem kleinen Krankenhaus in der Nähe von Nairobi herrschten Aufregung und Bestürzung, als Tahatha vom Tod Kikuyus berichtete. Ralf Grasmüller ging dieser Tod besonders nahe. Für alle, die Kikuyu gekannt hatten, war er ein großartiger Mensch gewesen. „Sehr anständig von euch, Tahatha und Hendrik, dass ihr ihn auf seinem letzten Weg, als er einsam war, begleitet habt. Von ihm, Hendrik, hast du vieles gelernt, was du in manch modernem Krankenhaus in den fortschrittlichen Ländern nicht lernen kannst." Die Worte von Ralf Grasmüller erfüllten Hendrik mit Stolz.

*

Tahatha war Hendrik zugetan und sorgte für ihn so, wie sie vorher für Kikuyu gesorgt hatte. Sie brachte ihm Kaffee und bat ihn, wenn der Tag anstrengend gewesen war, sich für eine Weile hinzulegen und auszuruhen. Unternahm irgend ein anderer der Mitarbeiter einen Annäherungsversuch, ließ sie ihn in ihrer liebenswürdigen Art unmissverständlich abblitzen. Sie arbeitete gern mit Hendrik zusammen und bot ihm mancherlei weibliche Dienste an, die er sich gelegentlich nicht ungern gefallen ließ.

Eines Tages richtete Tahatha die Heimfahrt so ein, dass sie Hendrik die eindrucksvollen Schönheiten des Landes wieder einmal zeigen konnte. Es war später Nachmittag. Eine Stunde Fahrt lag schon hinter ihnen. Hendrik war mit seinen Gedanken noch immer in den Hütten und bei deren Bewohnern, die er kennengelernt und mit Tahatha gemeinsam behandelt hatte. An einer offenen Lichtung hielten sie an. Herrliche Tropenluft und eine wunderbare Stimmung umgab sie. Den abgestellten Wagen im Blick, wanderten sie ins offene Land. Ein von Elefanten umgestürzter Baum, den sie kahl gefressen und nur den Stamm übrig gelassen hatten, diente ihnen als Sitzbank. Tahatha, die afrikanische Schönheit, erklärte und erzählte so imposant wie eine Reiseführerin und verzauberte mit ihrer Stimme den Augenblick. Im roten Licht der untergehenden Sonne legte sie ihren Arm auf Hendriks Schulter und sagte: „Das, Hendrik, ist Afrika. Meine Heimat."

Er berührte ihre Wange und gab zu: „Jetzt weiß ich, wie sich deine dunkle Haut anfühlt. Wie warm und wie weich!" Die Berührung machte sie schwach, sie schloss die Augen und ihr war, als setze ihr Herz aus. Sie umarmte ihn und gab ihm einen Kuss. Hendrik fühlte sich ermuntert, hauchte ihren Namen und begann, ihre Bluse aufzuknöpfen. In diesem Augenblick jedoch schlug Tahatha die Augen auf, knöpfte ihre Bluse wieder zu und sagte: „Bitte nicht. Du hast mir von deiner Carolin erzählt und mir ihr Bild gezeigt. Ich will nicht, dass du sie belügst, wenn du ihr von unserer Begegnung erzählst. Auch für mich ist es ein harter Kampf, wobei doch Sex mit Liebe nicht unbedingt in Zusammenhang steht und mich das Irua-Messer nicht beschnitten hat." Sie küsste ihn ein letztes Mal, fasste seine Hand und sagte: „Komm, wir fahren heim."

Die Landschaft im Licht des Abends schillerte in prächtigen Farben. Vorbei an Büschen und Kakteen, von einem Hügel kommend, zogen Zebras und Antilopen zu ihren Wasserstellen. „Welch schönes Land!", sagte Hendrik, während sie nebeneinander dahergingen.

Das letzte Stück des Weges war mühselig; das Sitzen im Wagen eine Wohltat. Sie sah ihn an. „Du siehst so blass aus, ist dir nicht gut?"

Er ließ sich zurück gegen die Sitzlehne sinken. Im Augenblick ging es ihm wirklich nicht besonders gut. „Mir fällt ein, Hendrik, du hast im Dorf bei Saguna von dem Salat gegessen. War die Ziegenmilch vielleicht sauer?"

„Nein, der Salat war in Ordnung und schmeckte ausgezeichnet", erwiderte Hendrik. Tahatha erklärte: „Vor ein paar Wochen gab es hier eine Salmonellenvergiftung. Das kommt besonders bei Salaten vor, weil man durch die saure Sahne nicht gleich schmeckt, wenn etwas verdorben ist. Mit diesen Bakterien ist nicht zu spaßen. Sie kommen hauptsächlich in Wasser und Milch vor, und auch Fliegen können sie übertragen. Saguna ist aber eine kluge Frau und hält alles sauber. Sie weiß, das die Hitze schädlich ist, wenn so viele Fliegen umherschwirren und manches Essen schnell verderben kann. Ich habe im Dorf alle aufgeklärt. Sie wissen, dass Salmonellen ganz gefährliche Keime sind, die Durchfall und Erbrechen hervorrufen und bei Kindern und älteren Leuten schlimme Folgen haben können."

„Tahatha, ich habe einen furchtbaren Druck im Kopf, es sind schreckliche Kopfschmerzen, sie werden immer schlimmer. In meinen Arztkoffer habe ich Aspirin und hinten im Wagen haben wir noch eine Flasche Wasser. Ich bin zu wackelig auf den Beinen. Halt an, Tahatha." Er schaffte es mit letzter Kraft, die Tür zu öffnen und erbrach sich. Tahatha hielt ihn fest, dann zog sie ihn zurück und verriegelte die Tür. „Du tust mir ja so leid, Hendrik." Er zitterte am ganzen Körper, Speichel tropfte ihm aus dem Mund und er verdrehte die Augen. Der Geländewagen schwankte auf dem holprigen Weg und hinterließ bei der hohen Geschwindigkeit eine große Staubwolke. Über ihr Handy hatte Tahatha in der Klinik angerufen und Dr. Grasmüller erreicht, der sich wartend bereithielt. Hendrik war sehr erschöpft, er stöhnte schwach und rutschte immer tiefer in den Haltegurt. Tahatha hielt den Wagen kurz an, nahm die Decke vom Rücksitz und legte sie ihm um, wobei er schon nicht mehr reagierte. Ihr war, als würde er sehr frieren. Sein Zittern hatte sich zunehmend verschlimmert. „Er darf nicht sterben, oh lieber Gott, hilf mir." Sie raste so schnell sie konnte und blickte dabei immer wieder angstvoll auf den Beifahrersitz.

Plötzlich kam ihr der Gedanke, dass Hendrik von einer typischen afrikanischen Krankheit befallen sein könnte; Zweifel daran gab es für sie schon nicht mehr. Sie setzte sich sofort mit Ralf Grasmüller in Verbindung, um ihm die Symptome zu schildern. Dieser stimmte der gestellten Diagnose zu; es handelte sich zweifelsfrei um Malaria. „Wir werden sehen, dass wir ihn wieder hinkriegen. Daheim in seiner

Heimat kennt man diese Krankheit kaum, und dort macht sie ihm wohl keine Schwierigkeiten mehr. Hier hätte er womöglich sein Leben lang damit zu kämpfen, denn diese Krankheit kann immer wieder ausbrechen. Zunächst aber muss er sich damit abfinden, einige Wochen das Bett zu hüten. Lange kann es noch nicht her sein, dass ihn der Moskito gestochen hat, er ist ja erst drei Wochen hier. Bei den dauernd hier lebenden Menschen kann der Stich dagegen schon lange zurückliegen. Es ist ein Glück, dass es hier keine Tsetsefliegen wie in Sambia gibt. Dort hätte er keine Überlebenschance. Wir geben ihm zunächst eine Infusion mit Salzlösung und die üblichen Medikamente. Er ist kräftig genug und wird die Strapazen der Malaria, die nun mal aus Fieber, Schüttelfrost und Halluzinationen bestehen, überleben."

Tahatha war stets an Hendriks Seite, doch er erkannte sie nicht und halluzinierte. Der Schweiß stand auf seiner Stirn, er hatte hohes Fieber und seine Augen hielt er geschlossen. Ralf Grasmüller sah oft bei ihm vorbei und bot Tahatha an, sie für eine gewisse Zeit abzulösen. „Danke, Ralf, du kannst dich zu uns setzen. Bring mir aber bitte einen starken Kaffee mit. Ich habe mir hier eine Liege zurechtgemacht, ich werde bei dem Kranken übernachten." Ralf nickte zustimmend. Sie hielt Hendriks Hand und wischte ihm mit einem kalten Tuch den Schweiß von der Stirn. Hendrik wurde unruhig. Aus dem Bett konnte er nicht fallen, es hatte seitliche Gitter. Vorsichtig machte Ralf die Tür auf, es war schon späte Nacht. Tahatha war eingeschlafen, und auch Hendrik verhielt sich nun ruhig. Ralf setzte sich, nahm einen zweiten Stuhl, legte die Füße hoch und machte es sich bequem.

Als Tahatha aufwachte, schlug Ralf vor, Hendrik jetzt eine Salzlösung mit Chinin zu verabreichen. Inzwischen waren zwei Tage vergangen und der Patient war über dem Berg. „Ralf, immer wenn ich Patienten so leiden sehe, werde ich nachdenklich. Du weißt, dass uns die pharmazeutische Forschung sehr vernachlässigt hat. Malaria ist eben eine vorwiegend afrikanische Krankheit. So gibt es, außer Chinin als stärkstem Mittel, seit Jahrzehnten kein besseres Medikament. Tausende von Soldaten und Zivilisten sind alleine im zweiten Weltkrieg im Dschungel an dieser schlimmen Krankheit gestorben. Die gängigsten Medikamente, die wir auch ausreichend zur Verfügung haben, sind Fansidar und Chloroquin. Der Erreger ist manchmal resistent. In den meisten Fällen aber schlagen die Mittel an. Das Chinin sparen wir auf, um für die schweren Erkrankungen bei den resistenten nicht hilflos dazustehen. Früher wurde Mefloquin eingesetzt, ein wirksames Medikament, doch gab es Nebenwirkungen wie Bluthochdruck und viele andere sehr ernstzunehmende Belastungen.

Während die Infusion mit der Chininlösung durch den Schlauch in Hendriks Arm floss, stellte Tahatha frohen Herzens fest, dass das Fieber deutlich gesunken war. Sie hatte auch das Gefühl, Hendrik kam langsam, wenn auch nur sehr schwach, wieder zu sich. Sie war der Meinung, dass er sie erkannte. Tatsächlich – erschöpft sah er sie an und lächelte, war aber zu schwach, ein Wort herauszubringen. Sie nahm seine Hand, um ihm das Gefühl der Nähe zu geben.

Sie flüsterte: „Wie geht es dir?" Mit geschwächter Stimme fragte er: „Wo bin ich?" Tahatha erklärte ihm die Situation und meinte: „Du hast uns wirklich Angst gemacht!"

Seit einer Woche lag er nun schon so krank im Bett. Mehrere Kilo hatte er abgenommen, sein Gesicht war von fahler Blässe. Tahatha hatte ihn gewaschen, ihm einen frischen Schlafanzug angezogen und sein Bett neu überzogen. Auf dem frisch aufgeschüttelten Kopfkissen, halb aufgerichtet, fühlte sich Hendrik schon ein wenig wohler. Ralf Grasmüller, der immer wieder mal vorbeischaute, meinte scherzhaft: „Das macht die Fürsorge deiner Tahatha – nicht, dass du ihretwegen wieder krank wirst, um so rührend versorgt zu werden!"

Tahatha sah zum Fenster hinaus in die Weiten. Die Schatten wurden länger, aber die Sonne war noch nicht hinter den Bergen verschwunden. Kinder sammelten noch Brennholz und trugen es heim. Sie war erleichtert, Hendrik auf dem Weg der Besserung zu sehen. Über ihre Zurückhaltung an jenem Tag war sie froh.

Hendrik konnte den Löffel noch nicht halten, um seine Suppe zu essen. Tahatha küsste ihn auf die Stirn und begann, ihn zu füttern. In diesem Moment vergaß er alles um sich herum. Sie tat mehr für ihn als alle anderen auf der Welt. Er konnte sich Tahatha bedingungslos anvertrauen.

Ralf griff nach Hendriks Handgelenk. Als der erwachte, gähnte er, streckte sich und versuchte aufzustehen. Er wollte sich die Beine vertreten, um langsam seine Muskeln wieder zu trainieren.

„Lieber Hendrik, Afrika war für dich ein Erlebnis. Du hast diese Menschen und unsere Arbeit kennengelernt. Du hast dir eine Malaria eingefangen, von der Tahatha dich geheilt und anschließend gepflegt hat. Für dich war es hart, aber wir sind alle stolz auf dich. Du gehörst zu uns, auch wenn du bald wieder in deine Heimat zurückfliegst."

„Ralf, es ist nicht die Arbeit, sondern das Klima und jetzt diese Malaria, die mich ans Bett gefesselt hat. Sag mir: Was hat dich nach Afrika geführt?" Ralf hielt einen Moment inne und erwiderte: „Ich war Chefarzt geworden, und unter meinen Mitarbeitern galt ich als launisch und schwierig. Einige meinten, ich fände immer wieder Gründe, um zu meckern. Auch im Privatleben steckte in meiner Seele immer ein Rebell. Auf Tagungen wohnte ich in den besten Hotels; alles verlief nach meinen Wünschen, doch ich war nie wirklich zufrieden. Die Matratzen waren zu hart, die Kissen zu weich, die Zimmer zu klein, das Essen zu fad, die Klimaanlage zu laut. Einfach schrecklich, es mit mir auszuhalten. Meine Mitarbeiter wie auch die Hotelmanager überschlugen sich, um es mir recht zu machen. Eines Tages fasste sich ein junger, tüchtiger afrikanischer Assistenzarzt im

Beisein einer Krankenschwester, die beide mein aufwendiges Leben kannten, ein Herz. Er erklärte mir mit klarer Stimme: „Verehrter Herr Dr. Grasmüller. Sie wissen nicht, wie gut Sie es haben. Entschuldigung, bitte. Aber Sie haben hier ein Leben wie im Himmel. Ich kenne kinderreiche Familien, die haben nur eine Hütte und kein Haus. Was Sie für ein Abendessen ausgeben, davon leben diese Familien einen ganzen Monat. Kommen Sie mit in mein Land, besuchen Sie uns." Diese Aussage hat mich nachdenklich gemacht, und seither sind viele Jahre vergangen. Ich meldete mich als freiwilliger Arzt hier in Afrika. Jedes Jahr für einen Monat. Hier traf ich diesen afrikanischen Arzt wieder, Dr. Kikuyu. Er zeigte mir die Familien mit ihren vielen Kindern, die in Hütten leben. Ich wurde Mitglied bei Ärzte ohne Grenzen. Wir wurden Freunde."

Am nächsten Morgen ging Hendriks Flug von Nairobi nach Frankfurt. Tahatha brachte ihn mit ihrem Subaru zum Flughafen. „Grüß Carolin von mir. Ich wünsche euch beiden viel Glück – gleich, wohin euch eure Wege führen werden!" Mit feuchten Augen sah sie dem Flugzeug nach, bis es im Himmel verschwunden war.

*

Hendrik war wieder zu Hause. Carolin und er saßen auf der sonnenbestrahlten Bank am Teich ihres Gartens. Die Hand auf ihre gelegt, wandte sich Hendrik ihr zu und sagte: „Zwischen Afrika und unserem Land liegen Welten. Das zeigt sich nicht nur, wenn Politiker einander begegnen. Bei Journalisten ist es nicht anders. Ihr Metier ist ein und dasselbe, in Methodenlehre und Praxis unterscheiden sie sich kaum und sie reden über die gleichen Probleme, wie man die Menschen von Hunger, Aids, Katastrophen, Überbevölkerung und so weiter befreien kann. Und doch liegen zwischen Theorie und Praxis

Welten. Jedes dieser Hilfsprogramme kann man nur unterstützen. Während die UN-Hilfsprogramme in Asien nun Erfolge zeigen, hat sich die Lage in Afrika leider verschlechtert. Ein Grund ist die epidemische Ausbreitung des Aids-Virus, eine menschliche wie wirtschaftliche Tragödie. Kürzlich las ich in einer Zeitung, dass in Afrika ganze Landstriche aussterben. Es trifft vor allem die jungen Menschen. Afrika hat schon viele Tragödien erlebt. Sei es die Dürre mit anschließendem Ernteausfall und nachfolgender Hungersnot – Aids ist schlimmer. Der Krieg im Irak und der Tsunami im Indischen Ozean haben die Welt erschüttert. Die täglich schleichende Katastrophe durch Hunger und Aids mit erheblich höheren Opferzahlen spielt sich dagegen fast unbemerkt von der Weltöffentlichkeit ab. Der Aids-Seuche fallen mittlerweile fast so viele Menschen zum Opfer wie den Krankheiten Malaria und Tuberkulose zusammen. Ein rascher Kompromiss der Industriestaaten über einen weit reichenden Schuldenerlass für die ärmsten Länder ist derweil zum Glück in Sicht. Doch hat der Schuldenerlass für die ärmsten Länder der Welt einen Schönheitsfehler: Die Gläubiger sind einer neuen Generation von afrikanischen Staatschefs auf den Leim gegangen. Diese geloben die Wahrung der Menschenrechte und preisen die Toleranz zwischen den Volksgruppen. Prinzipiell ist der eingeschlagene Weg des Schuldenerlasses ja richtig. So bekommen die ärmsten Staaten eine Chance für einen Neuanfang. Es wäre verhängnisvoll, wenn die Staatschefs Afrikas den neuen finanziellen Spielraum nutzen, um erneut aufzurüsten. Diese Befürchtung ist jedoch leider nicht aus der Luft gegriffen, wie nicht zuletzt das Beispiel Äthiopien zeigt. Der Krieg gegen Eritrea wurde noch aus der Staatskasse und mit Krediten bezahlt! Als danach die Felder verwüstet waren und eine verheerende Hungersnot ausbrach, da wurde laut nach internationaler Gemeinschaft gerufen. Das darf nicht wieder passieren. Der Schuldenerlass sollte ein Geschenk für die ärmsten Menschen sein. Sie können keinen Fortschritt erreichen, wenn diese Schulden über ihren Köpfen hängen. Aber noch viel wichtiger ist, dass sie ihre Produkte zu fairen Bedingungen verkaufen können. – Doch es gibt die, die helfen. Ich habe sie kennengelernt."

Carolin unterbrach Hendrik und fragte: „Du denkst an Tahatha?"

„Ja, aber auch an all die anderen", erwiderte Hendrik.

„Durch deine Briefe war ich immer auf dem Laufenden. In meinen Gedanken und Träumen sah ich euch im Gespräch auf dem Baumstamm sitzen, so, wie du es mir beschrieben hast. Du weißt, den Baustamm, den die Elefanten für euch beide zurechtgelegt haben."

Hendrik sah sie an und meinte: „Tahatha hat einen schweren Job. Kikuyus Ende hat ihr sehr zugesetzt. Ich erinnere mich noch an den Tag, als wir ihn besuchten. Die Tür stand offen und wir traten ein. Er roch nach Whisky und seine Augen waren rot unterlaufen. Wie immer lächelte er uns freundlich an. Saguna, seine Haushälterin und Lebensgefährtin, kümmerte sich aufopferungsvoll um ihn. Kikuyu lag auf einer Bank, Saguna hatte ein zweites Kissen unter seinen Kopf gelegt, damit er sich bequemer mit uns unterhalten konnte. Tahatha war sehr mitgenommen. Die Traurigkeit lastete auf ihr wie schwere Müdigkeit. Für Saguna war der Schmerz in den ersten Wochen nach der Beerdigung nur schwer zu ertragen. Kikuyus Tod gab ihr die Bestätigung, dass das Leben grausam sein kann, und erschütterte sie bis in die Grundfesten in ihrem Glauben an Gott. Tahatha hat ihr ein Beruhigungsmittel geben müssen. Sie war noch eine ganze Woche regelrecht durcheinander und schaffte es nur schwer, den Alltag zu meistern. Sie wollte von Tahatha wissen, warum der Tod Kikuyu und nicht sie ereilt hatte. Das Leben empfand sie als grausam, war doch der Mensch, den sie geliebt hatte, von ihr gegangen. Tahatha umarmte Saguna und machte ihr klar, dass alle, auch die Menschen in den Dörfern im Busch, Kikuyu geliebt hatten. Kikuyu war durch seine menschliche Art für sie alle ein Segen Gottes gewesen. Wir alle hingen schweigend unseren Erinnerungen nach.

Bei einem späteren Besuch fand Tahatha Saguna sehr geschwächt vor. Sie wirkte benommen und einsam und ging gestützt an Krücken. Tahatha hatte schnell begriffen, dass zu ihrer Pflege mehr als nur Medikamente gehören. Sie munterte Saguna auf, half ihr, sich fein anzuziehen und machte einen Termin bei einer Friseurin, die ins Haus kam und ihr die Haare frisierte. Allmählich ging es aufwärts mit ihr, sie begann wieder die Zeitung zu lesen und nahm immer mehr am täglichen Leben teil. Die Zeit heilt die Wunden – trotz allem wird Tahatha regelmäßig nach Saguna sehen, bis diese wieder vollends genesen ist. – Wohl dem, der Menschen wie Tahatha und Kikuyu begegnet. Sie werden mir in guter Erinnerung bleiben."

Nach einer Pause fuhr er fort. „Jetzt aber muss ich mich erst einmal von den Strapazen der Malaria und dem afrikanischen Klima erholen." Carolin nickte Hendrik zu, Glücksschauer überliefen sie. „Wir haben uns wieder! Uns wird sich nun ein neuer Pfad auftun – der Pfad in die Ehe. Was er uns wohl bringen mag?" Ihre Augen hatten bei diesen Worten geleuchtet; Eva hatte Hendrik bereits wissen lassen, er stehe wegen der Ausbildungsunterstützung nicht in ihrer Schuld. Damit nicht genug: Sie wollte Mira, die Mutter von Miranda, künftig mit einem Projekt zur Förderung der Slum-Kinder in Afrika unterstützen.

*

Maria lebte seit dem Tod ihrer Tochter Ricarda in einer Welt des Schweigens. Eva und Florian versuchten unterdessen mit Hingabe, sie nach und nach in ihre Familie mit einzubinden. Maria dachte an all die Jahre mit Ricarda. Die innige Verbundenheit, bevor sie erwachsen wurde, als Kind, als Baby an ihrer Brust, die Zeit, als sie von ganzem Herzen die Beziehung zwischen Mutter und Kind genoss. Sie fragte sich immer wieder, wie sie ohne Ricarda, den wichtigsten Teil ihres Lebens, weiterleben könne. Ihre Gedanken gingen zu dem Tag zurück, als der Leichnam ihres Mädchens aus der Klinik gebracht wurde – sie glaubte, auch sterben zu müssen. Ein junger Mann im weißen Kittel, der ihre Trauer erkannte, nahm sie zur Seite und stellte sich als Hendrik vor. Er hörte sich ihre Sorgen an. Sie konnte sich nicht vorstellen, dass sie sich von dem Schreck des Tsunami und dem Tod ihrer Tochter jemals wieder erholen könnte. Einfühlsam hatte er ihr gesagt: Den Schrecken, Maria, werden Sie irgendwann überwinden, die Trauer bleibt. Er nahm sie am Arm, führte sie auf die Neugeborenenstation und zeigte ihr den gesunden kleinen Jungen. Es war ihr Enkel – ihre Tochter Ricarda hatte ihn auf wunderbare Weise geboren. Wie dicht Tod und Leben oft beieinanderstanden! Sie hatte geglaubt, sie wäre mit ihrer Tochter gestorben, doch mit einem so süßen Enkel war sie neu zum Leben erwacht. Mit einem Mal glaubte sie, die Wunden der Trauer hätten sich ein wenig geschlossen. Mit Freudentränen in den Augen sah sie den Kleinen an und nahm ihn auf den Arm. Sie bewunderte seine großen blauen Augen und sie erinnerte sich an vergangene Zeiten. Sie dankte Hendrik – der glaubte für einen Moment, eine glückliche Großmutter zu sehen. Doch der Schreck und die Trauer hatten sie gleich wieder verstummen lassen. Wenn sie in den Spiegel schaute, kam sie sich fremd vor. Nur die Fähigkeiten zu denken und zu malen waren ihr erhalten geblieben.

Nun also malte sie, statt Dinge zu tun, die ihr früher Freude gemacht hatten. Eva und Hendrik mussten akzeptieren, dass das die Welt war, in der Maria sich wohlfühlte. In dieser Welt lebte sie. Eva und Hendrik mussten Geduld haben – noch befand Maria sich auf der Wartebank.

Sie hatte sich weit von ihrem früheren Leben entfernt, hatte Ricarda doch die Lücke gefüllt, die der Tod ihres Mannes hinterlassen hatte. Jetzt hatte sich das Leben noch tiefgreifender verändert. Das harmonische Zusammenleben mit ihrer Tochter in ihrem Haus fehlte ihr und das Alleinsein verlangte ihr viel Kraft und Selbständigkeit ab.

„Eva, ich bin besorgt und fragte mich, ob Maria ihre innere Ruhe wiederfinden wird. In ihren Träumen, so erzählte sie mir, kommt immer Ricarda auf sie zu. Dann streckt sie ihre Arme aus und sie reicht ihr den kleinen Flori. Ricarda umfasst ihn, drückt ihn an sich und liebkost ihn immer und immer wieder. Und jedes Mal lacht er und freut sich. Sie sagt ihm, dass er sie über alles liebt. Dann gehen die beiden davon. Maria, in ihren Träumen, blickt ihnen nach, über große Bäume hinweg. Viele bunte Vögel spielen mit Flori und fliegen um die Bäume, durch deren Äste die Sonne blinzelt. Sie blickt ihnen hinterher, sie winken einander zu. Im Nacken spürt sie eine Verspannung. Einen Augenblick schaut sie ihnen noch nach, dann sind beide in die endlose Weite entschwunden. Doch diese endlose Weite trennt sie nur für eine begrenzte Zeit. Das zu wissen oder auch nur zu hoffen spendet ihr Trost. Jetzt sieht sie sich immerzu die Bilder an, von denen sie eines erst neu gefunden hat. Beim Betrachten kommen ihr immer wieder die Tränen. Es zeigt den weiten Himmel und die Unendlichkeit, in die auch meine Gedanken manchmal wandern. Vielleicht deutet Maria damit an, dass sie ihr eigenes Ende nahen fühlt. Sie vermittelte mir die Botschaft, auch wenn ich nicht mit ihr sprechen konnte. Es erinnert sie an ihre Liebe zu Afrika, den Sonnenaufgang, den Sonnenuntergang mit der Spiegelung im Indischen Ozean. Es war für sie gleichbedeutend mit Tod und Auferstehung."

*

Mirandas Aufenthalt in Frankfurt lag schon länger zurück; nun war Nick nach Nairobi gekommen, um sie zu besuchen.

Miranda war auf dem Heimweg. Auf einem Hügel inmitten einer Savanne hielt sie an. Das weite Land, die Schönheit der Natur umgab sie. Es war Juli, und kurz nach der Regenperiode hatten sich große Flächen üppiger Blütenwolken entwickelt. Sie pflückte von den dunkelroten Beeren, die köstlich schmeckten. Es war ihr eine Freude, die Gaben der Natur zu nutzen – wie es die Menschen seit undenklichen Zeiten taten. Reglos und ohne Furcht betrachtete sie die wilden Tiere. Sie lagen im Schatten unter den dichten Blättern der vom Wind bizarr geformten Sträucher. Sie verhielt sich vorsichtig, um die Tiere nicht in Unruhe zu versetzen. Bei der geringsten Störung würden sie sofort in alle Himmelsrichtungen davonlaufen. Besonders die Elenantilope, die größte afrikanische Antilope. Ihre Sprünge sind spektakulär und ihr Fleisch wird von Löwen und Menschen seiner Qualität wegen sehr geschätzt. Es gehörte mit seinen zarten Filets zu den Spezialitäten von Peonys Kochkünsten. So manchen Gast hatte er damit schon verwöhnt.

Plötzlich erhoben sich immer mehr Tiere aus dem hohen Gras, eine große Herde Büffel mit ihren braunen Jungtieren, die unsicher und verängstigt schienen. Das Leittier gab ein Kommando, gab mit erschreckender Schnelligkeit die Richtung an und alle folgten im Gedonner ihrer Hufe. Der Anblick war faszinierend und wunderschön. Miranda wünschte sich, dass die verantwortlichen Gesetzgeber alles in ihrer Macht Stehende unternehmen würden, um diese harmonische Einzigartigkeit noch lange zu bewahren.

All diese Tiere im afrikanischen Busch und in den Savannen waren für sie nicht wegzudenken, würden für sie bald aber nicht mehr zu dem Leben gehören, das sie gewählt hatte. Aber auch in Nicks Heimat, die ihr ja bereits bekannt war, würde sie von einer reichen Natur umgeben sein. Deutschland – ihre zweite Heimat.

Sie ging zu ihrem Wagen, trank einen Schluck Tee und fuhr nach Hause. Sie fragte sich kurz, warum sie nicht in Nairobi bleiben konnte, mit all den ihr anvertrauten Aufgaben, für die sie die alleinige Verantwortung trug. Aber Nick ist der einzige Mann, den ich liebe, den ich je geliebt habe. Ich könnte keinen anderen lieben, da keiner so ist wie er." Miranda sagte es sich laut vor, damit es ihr wieder ganz klar war.

Es hatte Nick glücklich gemacht, als sie ihm stolz von ihrer Schwangerschaft berichtete. Von diesem Augenblick an war er werdender Vater. Es war seine Überzeugung, dass die Liebe zu einem Kind beständiger ist als alle anderen Formen der Liebe.

Miranda tanzte grazil nach afrikanischem einen Freudentanz.

Wie immer tauchte plötzlich Peony auf, der es so einzurichten wusste, dass es rein zufällig erschien. „Überraschung! Ich lade euch zum Essen ein", sagte er. Nick und Miranda freuten sich sehr über die Einladung. „Miranda", meinte Peony, „du lebst jetzt in zwei Welten. Hast du nicht das Gefühl, heimatlos zu sein?"

„Wenn du mich fragst, Peony, ich fühle mich immer da am wohlsten, wo ich gerade bin." Sie machte die Flasche auf, die auf dem Tisch stand. „Ich trinke keinen Alkohol mehr; ihr zwei aber, das weiß ich, trinkt gerne einen Whisky."

Peony grinste in sich hinein, er hatte die Bedeutung ihres Satzes verstanden. „Herzlichen Glückwunsch!", sagte er, „ich freue mich für euch und auf den künftigen Mittelpunkt der Familie." Nick füllte die Gläser. Es gefiel ihm, wenn Peony an seiner Seite war. „Nach diesem Drink muss ich gehen. Ich rufe euch, wenn das Essen serviert ist."

„Die Überraschung ist dir voll gelungen, Peony!" Die Vorspeise, ein in Blätterteig gebackenes Fischfilet mit Pilzen, war köstlich, und alles Drumherum trug die Handschrift des Chefkochs. Miranda strahlte über das ganze Gesicht. Dazu passend wurde ein deutscher Riesling vom Rhein gereicht. Das Hauptgericht, Schweinefilet mit magerem Speck umwickelt, knusprig gebacken, frischer Salat und

Salzkartoffeln. Dazu Krombacher Bier, das Peony aus gegebenem Anlass eingekauft hatte. Miranda schossen die Tränen in die Augen; auch Nick war sichtlich gerührt. „Wir werden dich sehr vermissen, Peony", sagte er. „Am besten, wir nehmen dich mit."

„Das geht nicht, Liebster. Peony ist meine rechte Hand, und wenn ich weg bin, meine linke dazu."

Peony lachte: „Macht euch keine Sorgen. Hier geht alles seinen gewohnten Gang. Wir sind nur acht Flugstunden voneinander entfernt und per E-Mail oder Fax jederzeit erreichbar."

„Ach, hier seid ihr!", ertönte Johns Stimme; Elisabeth folgte John. Beide strahlten.

„Herzlich willkommen", sagte Miranda, rückte zwei Stühle zurecht und bat darum, Platz zu nehmen. Miranda nahm Elisabeth in den Arm und küsste sie auf beide Wangen. Dann umarmte sie John und drückte ihn für einen Augenblick an sich. „Das ist ja eine Überraschung", meinte John. Beide hatten sich aus dem Hotelbetrieb mehr und mehr zurückgezogen. So war das Wiedersehen immer wieder eine große Freude. „Ich sehe, ihr habt einen Riesling vom Rhein getrunken und jetzt trinkt ihr Kölsch. Das ist typisch deutsch. Ein Bier, das in einer Bielsteiner Brauerei gebraut wird! Dabei weiß ich gar nicht, wo das liegt."

„Das erinnert mich an Alex. Da mache ich mit." Peony hatte seine Aufgabe erkannt und brachte zwei Gläser, servierte für beide Schinken, Käse und Wurst auf einem großen Holzbrett, dazu kräftiges Roggenbrot mit frischer Butter. „Heute ist alles deutsch", meinte Peony.

„Das gefällt mir", sagte John. Er ließ mit allen die Gläser klingen und sagte: „Prost. Mein lieber Alex, vielleicht klingelt es jetzt in deinen Ohren."

Wie manchmal, wenn er mit seinen Freunden in Nairobi zusammen war, fiel ihm der dunkele Schatten seiner Kindheit ein. In einem Supermarkt hatte Anna, die Haushälterin seiner Mutter, zu ihm gesagt: „Nick, warte hier. Ich komme gleich wieder." Sie drückte ihn und gab ihm einen Kuss, der nicht enden wollte. Er hatte sich nicht vom Fleck gerührt und sah ihr so lange nach, bis er sie nicht mehr sehen konnte. Viele viele Menschen gingen an ihm vorüber, doch sein Warten und Hoffen waren vergebens. Anna kam nicht wieder.

Ein Ladenmitarbeiter, der ihn schon länger beobachtet hatte, kam zu ihm und fragte ihn mit freundlicher Stimme: „Wo sind denn deine Mutter oder dein Vater?" Er antwortete: „Ich habe keinen Vater. Ich soll hier auf Anna warten. Bis jetzt ist sie noch nicht zurückgekommen." Der Ladenmitarbeiter nahm Nick bei der Hand und über den Lautsprecher wurde Anna aufgefordert, den Jungen im Ladenbüro abzuholen.

Doch es kam niemand, um ihn abzuholen. „Wie heißt du denn, kleiner Mann?" Nick antwortete: „Mein Name ist Nick. Meinen Nachnamen weiß ich nicht." Der Mitarbeiter wollte wissen: „Wie heißt denn deine Mutter?" Nick antwortete: „Die heißt Mutter und manchmal auch Mama." Alle Versuche, die Haushälterin im Supermarkt ausfindig zu machen, schlugen fehl. Auch die mittlerweile informierte Polizei stand vor einem Rätsel.

Angelika Mehmet, die junge Filialleiterin des Supermarktes, hatte Mitleid mit dem Kleinen. „Du kannst mit mir kommen, Nick. Du bleibst so lange bei mir, bis sich deine Mutter gemeldet hat."

Es waren bereits mehrere Tage vergangen. Schließlich gaben Polizei und das eingeschaltete Jugendamt die Suche nach der Mutter auf. Nick lebte zwar jetzt bei seinen neuen Pflegeeltern – bei Angelika und Otto Mehmet. Doch er fühlte sich allein. So hatte es angefangen – und das war alles, woran er sich erinnern konnte.

Mit den Jahren, je älter Nick wurde, und jetzt, wo er und Miranda ein Kind erwarteten, fragte er sich immer wieder: Wie nur kann eine Mutter ihr dreijähriges Kind aussetzen? Bei den Adoptiveltern musste er sich an die fremde Umgebung gewöhnen. Angelika Mehmet und ihr Mann Otto, ein Polizist, waren schon jahrelang verheiratet, hatten aber selber nie Kinder bekommen. Da beide berufstätig waren, hatten sie wenig Zeit, und auch sonst kümmerten sie sich wenig um ihn. Angelika war immer bemüht, die Flasche zu verstecken, denn Otto war Alkoholiker. Doch selbst im Rausch war er gutmütig, nur wenn er ihm dann tief in die Augen sah, hatte er das Gefühl, er sei ein Fremder.

Angelika besaß freundliche Züge, aber Wärme für sie empfand er nicht. Nur ihre Großzügigkeit bekam er zu spüren. Was er aber wirklich brauchte, konnte sie ihm nicht vermitteln. Ihr war es auch egal, wo, mit wem und wie er seine Freizeit verbrachte. Auch in schulischen Angelegenheiten zeigte sie kein Interesse. Sie bekam daher nicht mit, dass er auf der Straße und in den Hinterhöfen der Großstadt lebte. Das Leben in einer anderen Welt. Unter Kindern in ähnlichen Verhältnissen, die ohne häusliche Liebe aufwuchsen, zwischen Pennern und Nutten. Auf der Straße kannte einer den anderen, jeder half jedem.

In der Schule, später auf dem Gymnasium, war Nick ein Außenseiter. Er hatte sich für das Leben mit seinen Freunden, egal ob Junge oder Mädchen, auf der Straße und in den Hinterhöfen entschieden. Mit seinen Mitschülern, die fast alle der Oberschicht angehörten, konnte er ohnehin nicht mithalten. Das Lernen machte ihm keine Schwierigkeiten, nur wusste er mit den guten Noten nicht so recht etwas anzufangen. Dafür, dass er seinen Freunden bei den Schulaufgaben half oder sie von Fall zu Fall ganz erledigte, bekam er leckere Sachen geschenkt, die seine Freunde von ihren Raubzügen auf den Märkten oder aus den großen Läden mitbrachten.

Er erinnerte sich an einen letzten Schultag vor den großen Sommerferien. Der Klassenlehrer verteilte die Zeugnisse – seins bekam er aufgrund der guten Noten zuerst. Er nahm es achtlos entgegen, und ohne nachzusehen steckte er es in seine schon ziemlich in Mitleidenschaft gezogene Schultasche. Als der Unterricht zu Ende war, stürmten alle Schüler nach draußen. Ihn hielt der Lehrer zurück und fragte: „Nick, freust du dich nicht über dein Zeugnis?"

Er hatte die Antwort sofort parat: „Wenn Sie mich so fragen – nein." Der Lehrer konnte diese Antwort nicht verstehen. Nick erklärte: „Herr Dr. Schmitz, ich weiß, Sie haben zwei nette Kinder. Eine Familie, wie ich annehme, die in Harmonie zusammenlebt. Ihre Kinder haben heute sicherlich gute Zeugnisse bekommen. Da bin ich mir ziemlich sicher. Sie und Ihre Frau werden sich mit den Kindern freuen. Sollten sich die Erwartungen nicht erfüllt haben, so werden Ihre Kinder von Vater und Mutter getröstet. Ganz nach dem Sprichwort: Geteiltes Leid ist halbes Leid, geteilte Freude ist doppelte Freude. Ich aber habe keine Eltern, die mich trösten. Ich bin allein."

Der Lehrer hatte etwas fragen wollen; Nick kam ihm zuvor und fuhr fort: „Otto glaubt, er hätte es in seinem Leben nicht weit gebracht. Sollte er mein Zeugnis sehen, so würde er sehr unglücklich sein. Daher habe ich die Unterschriften der Eltern unter dem Zeugnis immer selber geschrieben. Ich weiß, dass das Unterschriftenfälschung ist." Der Lehrer hatte ihn nachdenklich angesehen und das Gespräch beendet.

Dr. Schmitz, der Klassenlehrer von Nick, dachte oft über ihn nach. Er war anders als seine Klassenkameraden. Ein Außenseiter. Sehr intelligent, aber verschlossen, so, als lebte er in einer anderen Welt. Dr. Schmitz und seine Frau Monika sprachen oft über ihn – er gab ihnen große Rätsel auf. Sie wussten, dass Nick oft auf sich alleine gestellt war.

In der Aula hatte ein Amtsrichter auf Einladung der Schule vor mehreren Klassen einen Vortrag über Jugendkriminalität gehalten. Die Schüler und Schülerinnen hatten die Gelegenheit, anschließend noch Fragen zu stellen. Nick trug eine geflickte Jacke; in seinem Gesicht lag feste Entschlossenheit, als er seinen Beitrag von sich gab. „Herr Richter, die Weltanschauung der Menschen entsteht durch ihr Schicksal, ihre Lebenslage, in die sie ohne eigenes Zutun gekommen sind. Eigentlich müssten kriminelle Jugendliche sich wegen ihrer Delikte wie Ladendiebstahl, Prostitution, Alkoholismus und Herumlungern für Abschaum halten und sich schämen. Leider ist das Gegenteil der Fall. Sie halten instinktiv zusammen, und in ihren Gruppen entsteht eine Einstellung, der zufolge ihre Tätigkeit achtenswert ist. Kein Mensch hat Einfluss darauf, ob er arm oder reich, farbig oder weiß, gesund oder behindert geboren wird. Auch nicht, von wem er gezeugt wurde. Meine Frage, Herr Richter: Der Mensch, der seinen Weg von hier aus geht – handelt der aus eigener Entscheidung oder ist es seine Bestimmung? In der Oberschicht läuft die Sache anders. In fast allen Ländern, wo die Menschen mit ihrem Reichtum prahlen, den sie durch Korruption und Raub am kleinen Mann erworben haben, bei Krieg führenden Feldherren, die mit Bombenangriffen, Morden, ihren Gefangenen und Siegen prahlen, bei den Machthabern, den Menschen der Rüstungsunternehmen, bei denen das meiste Geld umgesetzt und verdient, ja sogar beträchtlicher Wohlstand erwirtschaftet wird. In diesem Kreis sehen wir die wahre Verteilung von Gut und Böse, weil der Kreis größer ist und wir selber zu ihm gehören."

Nick hatte weit ausgeholt und stellte jetzt seine Frage: „Ein Richter bezieht sich bei seiner Rechtsprechung auf das Bürgerliche Gesetzbuch. Er ist dem Gesetz verpflichtet. Er muss also ein guter Bürger sein. Ist es ihm dann auch noch möglich, Mensch zu sein? Bekanntlich sitzt es sich auf zwei Stühlen nicht so gut."

Der Richter hatte Nick beobachtet und war von seinen Ausführungen beeindruckt. „Du hast recht, mein Junge. Es ist schwer, zwischen gut und klug bei dem einen oder zwischen dumm oder böse bei dem anderen zu unterscheiden. Trotzdem teilen viele die Menschen so ein. Deine Fragen möchte ich nicht als Richter, auch nicht als Bürger, sondern als Mensch beantworten: Ein Narr kann mehr fragen, als drei Weise antworten können."

Schlagfertig antwortete Nick: „Wie gut, dass es Narren gibt in der Welt, die den klugen Leuten bei ihrem Fortkommen helfen." Blödmann!, konnte Nick sich nicht verkneifen zu denken, weil er fühlte, wie der Erwachsene sich mit den Worten „mein Junge" zu ihm herabgelassen hatte.

Nick dachte oft an seine Kindheit. An den Tag, an dem Anna, die im Haushalt seiner Mutter beschäftigt war, ihn in einem Supermarkt aussetzte. Wie er erst später von Angelika erfuhr, nutzte sie diese Gelegenheit, um sich mit ihrem Freund aus dem Staub zu machen und so einer Ausweisung zu entgehen. Seine Eltern, so erfuhr er, waren auch nur Pflegeeltern und machten zur fraglichen Zeit Urlaub im Bayerischen Wald. Anna hatte den Haushalt bei Tanja und Egon Borgard lange geführt. Nick hatte weder zu Tanja noch zu Anna eine wirkliche Beziehung gehabt, er konnte sich an ihr Aussehen nicht mehr erinnern. Und so glaubte er, bis ihn Angelika später aufklärte, Tanja wäre seine erste Pflegemutter gewesen. Weiter zurück reichte seine Erinnerung nicht, dafür war er wohl noch zu klein gewesen. Nur eins war ihm für immer voll in Erinnerung geblieben – die Stimme, die zu ihm sagte: „Warte hier, ich komme gleich wieder."

Nach diesem Erinnerungsausflug in die Kinderjahre setzte er sich zufrieden wieder zu seinen Gästen. Vielleicht war es das, was er gelernt hatte: sich beliebig in seine Erinnerungen zu versetzen und sich in jeden beliebigen Typ zu verwandeln. Das war es möglicherweise, was ihm half, sich beruflich zu qualifizieren.

Nun hieß es Abschied nehmen. Der Flug mit Nick in ihre neue Heimat stand bevor. Zum Flughafen begleiteten Elisabeth und Mira das junge Paar, beide „Mütter" waren voller Zärtlichkeit, Zuneigung und Liebe.

Die Maschine rollte langsam und dann immer schneller über die Rollbahn. Zügig verlor sie den Boden unter den Rädern und hob ab. Noch lange und mit tränenverschleiertem Blick sahen sie dem Flieger nach, bis er als kleiner Punkt verschwunden und nicht mehr zu sehen war.

*

Inzwischen glaubten Eva und Florian gelernt zu haben, mit Maria, Ricardas Mutter, umzugehen. Sie hatte nach dem Schock des Tsunamis und dem Tod ihrer geliebten Tochter Schwierigkeiten mit ihrem Leben. Sie sprach nicht mit der klaren Stimme, die Florian von früher kannte, wenn sie ihm etwas mitzuteilen hatte. Er war froh, dass ihr in ihrer depressiven Verstimmung wenigstens die Fähigkeit zum Malen, Lesen und Denken erhalten geblieben war. In ihren Bildern, oder wenn sie schrieb, versuchte sie, das umzusetzen, was sie verloren hatte.

Sie hatte eine Rede zum Thema Altwerden geschrieben, die sie in einem Seniorenheim vortragen wollte. Sie zeigte Florian den Text und merkte, dass er ihm gefallen und ihn gleichzeitig bewegt hatte. Es lag ihr daran, den alten Menschen aufzuzeigen: Man musste die verschiedenen Stufen und Stadien des Alterns annehmen. Sie setzte sich zu Florian auf die Bank. Diesmal war sie lebhaft und gesprächig, so, wie ich sie immer gekannt hatte – elegant gekleidet für eine Frau von vierundsechzig Jahren. Eine Frau, die ihren Schicksalsschlag verarbeitet zu haben schien – sie machte einen glücklichen Eindruck. Sie bemühte sich, das zu leben, was sie in ihrem Vortrag als aktives

Witwendasein bezeichnete. Doch phasenweise fiel ihr das schwer, und Florian merkte, sie konnte einfach nicht aus ihrer Einsamkeit heraus.

Florian hatte seinen freien Tag. Er sah Flori mit Kindern aus der Nachbarschaft im Garten beim Spielen zu. Der Wind war schwach und die Sonne schien hell vom wolkenlosen Himmel.

Eva hatte Maria gegenüber Schuldgefühle. Sie meinte, sie und Florian hätten nicht genug für sie gesorgt. Maria lebte weiterhin alleine in ihrem großen Haus. Zu weit weg, Eva hätte sie lieber bei sich in ihrem Haus. Doch Maria war auch besorgt um ihre Selbständigkeit und Unabhängigkeit.

Auch Florian fühlte sich hilflos und wusste sich keinen Rat angesichts des Schweigens von Maria. Sie war doch glücklich, sie konnte sich alles leisten in ihrem Haus. Jetzt aber machte ihm ihre Einsamkeit Probleme, und er war besorgt angesichts ihrer Lustlosigkeit. Oft wurde er von Unruhe ergriffen. War das übertriebene Vorsicht oder war Maria suizidgefährdet? Blöd von mir, dachte er und verdrängte diesen dunklen Gedanken. Maria sprach nie über sich selbst, und so konnte man sich nie eine Vorstellung davon machen, was sie fühlte.

Sie sprach oft mit tränenerstickter Stimme. Zu ihm jedoch hatte sie Vertrauen. Er überlegte angestrengt, wie er sie auf andere Gedanken bringen könnte. Er neigte immer mehr dazu, sie davon zu überzeugen, doch einen Arzt aufzusuchen. Obwohl sie der Typ Mensch war, der niemanden an sich heranließ, stimmte sie in seinem Vorschlag schließlich zu.

Florian fuhr zum Haus von Carolin und Hendrik. Er drückte auf die Klingel und Hendrik öffnete die Tür. „Hallo Hendrik, ich fürchte, ich muss dich bitten, mit mir zu kommen. Meine Schwiegermutter fühlt sich nicht gut. Ich mache mir große Sorgen um sie."

Hendrik erwiderte: „Komm doch herein." Sie gingen ins Wohnzimmer, wo Carolin es sich auf dem Sofa gemütlich gemacht hatte und sich einen Film im Fernsehen ansah. Darin ging es um Polen, mit Reportagen über die Masurische Seenplatte. Erfreut sprang sie auf, umarmte Florian und gab ihm einen freundschaftlichen Kuss auf die Wange. Hendrik hatte seine Arzttasche noch in Carolins Golf. Sie fuhren sofort los.

Marias Haus war von Laubbäumen umgeben. Der Garten machte einen gepflegten Eindruck. Die Terrassentür war weit geöffnet. Die Gardinen bewegten sich im leichten Wind hin und her. Florian lehnte die Tür an, er kannte sich in Marias Haus aus.

„Ich bin es", rief er. Maria antwortete: „Schön, Florian, komm herein. Hier im Atelier bin ich."

Als Maria Hendrik sah, lächelte sie. „Oh, der Herr Doktor! Danke, dass Ihr gekommen seid." Sie zog einen Stuhl heran und bat den Besucher, sich zu setzen. Hendrik griff nach ihrer Hand und drückte sie kräftig. Er blickte ihr in die Augen und fragte: „Wie kann ich dir helfen, Maria?"

Sie sprach sich ihren Kummer von der Seele: „Hendrik, mein Leben hat sich verändert. Es war der unvorstellbare Tsunami – ein Weltuntergang. Ich sehe die fieberhaften Rettungsaktionen. Menschen, über die sie Tücher gelegt haben, von denen man nicht wusste, leben sie noch oder leben sie nicht mehr. Frauen, Männer, Kinder – alle waren verletzt – versuchten, sich in Sicherheit zu bringen. Die Wassermassen, die eine Landschaft in eine Schlammwüste verwandelt hatten ..." Sie hielt kurz inne und fuhr fort: „Ricarda ist tot."

Nun wurde sie von tiefem Schluchzen geschüttelt. Sie zeigte auf Ricardas Selbstbildnis, das diese vor nicht allzu langer Zeit gemalt hatte. Mit ihrem Blick streichelte sie das Haar, tätschelte das Gesicht und küsste die Wange ihrer Tochter. Ihre Gedanken waren bei der Toten. In diesem Augenblick erinnerte sich auch Hendrik in schwer erträglicher Deutlichkeit an Ricarda.

Maria war dankbar. Es tat ihr gut, zu wissen, dass Florian sich um sie sorgte. Er setzte sich zur ihr, jeden Tag, meistens am Abend. Oft sprach er kein Wort. Doch damit lockte er sie aus ihrem Schweigen heraus. Als sie ihn fragte, ob er seine Stimme zu Hause gelassen hätte, antwortete er: „Schweigen kann auch eine Form der Meditation sein." Und schon hatte sie ein Thema, über das zu reden ihr Spaß machte. Sie lenkte das Gespräch dann auf eines ihrer Lieblingsthemen, etwa das Malen, wovon sie wirklich einiges verstand. „Ja, die Bilder, aber auch die Fotografien, waren ein Teil von Ricardas Welt und auch ihre Lieblingsbeschäftigung. Wenn sie am Strand war, malte sie beinahe ohne Unterlass. Sie liebte das Wasser, den Himmel, die unendliche Weite. Sah sie in der Natur ein Motiv für ein Foto oder Bild, so freute sie sich laut: Lieber Gott, ist das schön! Es war, als speicherte sie in den Bildern ihre Erinnerungen. Sie blickte manchmal stundenlang nicht von ihren Bildern auf. Darin lebte sie. Ricarda gab mir zu verstehen, sie sehe die Welt mit den Augen eines Fotografen oder Malers. Und diese Erkenntnis und Begeisterung löste sie auch bei mir aus."

Florian schaute auf die Uhr. „Ich komme morgen wieder." Maria brachte ihn wie immer zur Tür. „Grüß mir Eva und drück Flori von mir. Und danke für deinen Besuch. Genießt alle den schönen Abend", sagte sie mit ehrlichem Lächeln.

Florian fragte sich, ob Maria nicht schon immer so gewesen sei: Sie wollte mit ihren Problemen absolut allein fertig werden. Doch Dr. Hendrik Müller hielt es schon für notwendig, ihr von Zeit zu Zeit einen Besuch abzustatten. Maria mochte ihn, er hatte ihr volles Vertrauen. Sie erinnerte sich gut daran, wie er sich damals, noch als Pfleger, rührend um Flori gekümmert hatte.

„Und ich komme gerne her", sagte Hendrik, „die Ruhe tut mir gut. Bei uns in der Klinik geht es doch immer hektisch zu." Für Hendrik gab es keine Zweifel daran, wie krank Maria wirklich war.

Maria versuchte auch gar nicht, ihn zu täuschen. Ihm war klar – sie war labil und litt an einer starken Depression. Doch sie folgte seinen Anweisungen. Er war sich sicher, ihr helfen zu können. In Hendriks Nähe fühlte sich Maria geborgen. „Du hast dir schon viel Mühe mit mir gemacht. Danke, dass du gekommen bist."

Er gab ihr ein Mittel, das zur Beruhigung beitragen sollte. „Ich wünsche dir eine gute Nacht. Bis morgen", sagte er und zog die Tür hinter sich ins Schloss.

„Er ist ein hilfsbereiter Mensch. Möge Gott ihn beschützen", flüsterte Maria. Sie ging zu Bett und schlief schnell ein.

Carolin wusste, dass Hendrik noch einen Besuch bei Maria eingeplant hatte. Es konnte also spät werden. Sie hatte sich ein Buch aus dem Regel genommen. Sie fand es sehr interessant und begann, sich eingehend mit dem Inhalt zu beschäftigen. Nach einer Weile hörte sie das Garagentor. Endlich war Hendrik daheim. „Wie war es bei Maria?", fragte Carolin.

„Ich weiß es noch nicht. Wenn ein Mensch im Leben glücklich war, dann war es Maria. Sie liebte ihren verstorbenen Mann und sie liebte ihre verstorbene Tochter. Jetzt fühlt sie sich nicht mehr stark genug, mit dem Teil, der ihr geblieben ist, weiterzuleben. Damit meinte sie, dass sie die innere Verbundenheit zu Ricarda verloren hatte. Sie war so gut zu ihr, wenn sie etwas bedrückte, fand sie die Worte, die sie gerade brauchte. Maria war eine starke Frau. Sie hatte die Welt verstehen gelernt. Sie hatte um Ricarda einen Schutzwall der Liebe gebaut, in den sie auch Florian mit eingeschlossen hatte. Sie hat mir das mit ihren Worten so erklärt, als wären es meine eigenen. Sie lebt nun eine neuen Abschnitt ihres Lebens, und ich bin besorgt, wo es enden wird."

Nach kurzer Pause wandte er sich erneut an Carolin und fragte: „Du hast die Zeit mit Lesen verbracht? Was liest du denn Schönes?"

Carolin lachte ihn an und meinte: „Der Titel heißt Auferstehung. Ich lese gerne Bücher von russischen Schriftstellern, wie zum Beispiel Dostojewski oder aber besonders von Leo Tolstoi." Hendrik erwiderte: „Das ist eine gute Wahl. Ich habe das Buch Auferstehung von Leo Tolstoi schon zwei Mal gelesen. Einmal, als ich noch Schüler war, und dann als Erwachsener. Immer, wenn ich ein Buch nach mehreren Jahren noch einmal lese, verstehe ich es mit reiferem Verstand anders. Es kommt mir fast so vor, als hätte ich zwei verschiedene Bücher gelesen. Tolstoi greift die Schwächen der Menschen unerbittlich an, kritisiert schonungslos Staat, Militär, Gericht und Kirche. Bücher öffnen ein Fenster zum Wissen. – Maria sagte, ich habe die Welt durch Lesen verstehen gelernt."

Marias Einsamkeit war es, die Hendrik Sorgen machte. Es wäre Maria geholfen, wenn sie sich in Florians junge Familie eingliedern würde. Doch das hatte sie, trotz aller Bemühungen der jungen Leute, bisher nicht zugelassen. Carolin wollte von Hendrik wissen: „Denkst du denn, Maria könnte sich etwas antun?"

„Weißt du, Carolin, bei Patienten, die in eine immer tiefere Depression verfallen, halten sich die Triebe der Selbsterhaltung und die der Selbstvernichtung die Waage. Trotzdem gibt es etwas, dass mich hoffen lässt. Jedes Mal, wenn ich bei ihr bin und wir von Flori sprechen, hört sie mit viel Interesse zu und wird belebter. Das ist der Grund, der mich hoffen lässt. Wenn sie allerdings alleine ist, plagen mich Ängste, dass das positive Denken durch ihre Depression gelähmt wird."

Maria stand vor einem der Bilder, die Ricarda gemalt hatte. Sie sah den Himmel, das Blau, die Wolken, die Schönheit der Natur, die Ricarda in ihren Bildern festhielt, und die Gott als Geschenk für die Menschen bereithielt. „Ich möchte meiner großen Sehnsucht nachgeben und in ihrer Nähe sein", sagte sie leise.

„Wenn sie so spricht, hört es sich an, als wäre sie am Tiefpunkt angelangt. Wir müssen das sehr ernst nehmen. Es wird Zeit, dass sie Menschen findet, mit denen sie reden kann und die ihr zuhören."

Carolin fragte: „Du meinst, Maria wäre in Florians Familie besser aufgehoben?"

„Ja, auf jeden Fall. Das Problem ist nur – zwingen kann ich sie nicht." Hendrik war bekümmert.

„Aber es muss doch eine Möglichkeit geben, sie zu überreden!" Je länger Carolin darüber nachdachte, desto klarer wurde ihr, dass Maria sich bei Eva und Florian in guten Händen befinden würde. In ihrem eigenen Haus musste sie sich ja alleingelassen fühlen. Und sie wünschte sich so sehr für Maria, dass sie wieder richtig glücklich wäre.

„Ihr Wille ist nicht nach vorne gerichtet. Sie ist allein, so lebt sie wie im Traum, ohne Kraft."

„Meinst du nicht, sie wäre in einer Klinik besser aufgehoben? Dort wäre sie unter ständiger Kontrolle", wollte Carolin von Hendrik wissen.

„Aber das ist es ja gerade, was sie nicht will. Ich bin mit ihr in den Garten gegangen. Sie wies mich auf die schönen Beete und die Blumen im Licht der Sonne hin. Ich hoffte, dass das sie erheitern würde. Wir setzten uns auf ihre Lieblingsbank und sahen den Goldfischen im Teich zu. Ich drückte ihren Arm und fragte sie, ob es ihr etwas besser ginge. Sie sah mich an, nickte und schaute dann mit gleichgültigem Gesicht den schwimmenden Goldfischen zu."

Carolin meinte: „Ja, Hendrik, da bleibt also nur noch Flori, der ihr die Lebensfreude zurückgeben könnte." Voller Entschlossenheit erwiderte Hendrik: „Man muss es versuchen. Maria ist unzufrieden. Die ganz einfachen Dinge in ihrem Leben findet sie nicht mehr wichtig. Erst wenn sie beginnt, das Notwendigste zu tun – ihre Arbeit mit Freude verrichtet, an ihrem Garten gefallen findet, wie früher den vorbeiziehenden Wolken am Himmel nachsieht, Musik hört, die

Sonne und die Regentropfen als Leben empfindet – erst dann ist sie über den Berg. Das kann alles plötzlich eintreten, aber bis dahin vegetiert sie nur. Die Flut, das Wasser, hat ihr zu viel genommen. Es hat ihr den Boden unter den Füßen weggezogen. Als sie von Ricardas Schwangerschaft erfuhr, war sie überwältigt von Glück. Doch dann traf sie das schmerzlichste Ereignis, der Tod ihrer Tochter. Sie musste loslassen, was ihr einmal vertraut war."

Eva fasste Mut und suchte das Gespräch mit Maria. „So kann es nicht weitergehen. Du hast einen bequemen Standpunkt gewählt, auf den du dich zurückgezogen hast."

Maria wollte wissen: „Eva, wie meinst du das?"

„Ganz einfach. Du lebst so, als hättest du keinen Willen mehr. Aber du kannst dich nicht einfach hängen lassen und von einem Tief zum nächsten taumeln. Das passt einfach nicht zu dir. Siehst du denn nicht – auch wir sind um dich besorgt. Auch wir brauchen deine Zuwendung und das Gefühl, von dir gemocht zu werden." Maria blickte auf; sie hatte Evas Worten nachdenklich zugehört und keinen Augenblick an ihrer Richtigkeit gezweifelt. Das Wort Zuwendung ging ihr sehr nahe. Auch sie hatte immer mit Ricarda gesprochen, um ihr das Gefühl zu geben, gemocht zu werden.

„Maria, ich kann dir wohl nichts Richtiges schenken, aber ich möchte uns allen eine Freude machen. Florian und ich haben eine Idee. Wir möchten mit dir zusammen Floris ersten Geburtstag auf der Nordseeinsel Sylt verbringen. Sylt ist die Perle unter den nordfriesischen Inseln und voller Abwechslung. Wir werden gemeinsam wandern, im Sand liegen und uns von der Sonne verwöhnen lassen. Das Flair wird dich an südliche Urlaubsländer erinnern – nur ist alles eine Spur ursprünglicher." Eva hatte Maria bei diesen Worten bittend angesehen und freute sich sehr, als sie ein Lächeln im Gesicht von Maria entdeckte. „Ich danke dir, Eva. Sylt war schon immer die Insel meiner heimlichen Träume."

Das Gespräch mit Eva ging Maria nicht aus dem Kopf. Eva hatte ihr liebevoll einen schönen Urlaub vorgeschlagen und von einer fühlbaren Verbundenheit gesprochen. Eigentlich hatte sie sich auch nie von ihr und Hendrik zurückziehen wollen. Im Gegenteil, sie hatte Eva bewundert; sie erinnerte sie an Ricarda. An sie zu denken tat so weh, und je mehr sie versuchte, die Gedanken zu verdrängen, desto weniger gelang es ihr.

„Eva, wir müssen öfter zusammenkommen. Ich danke dir. Du bist Flori eine liebe Mutter. Aufopferungsvoll kümmerst du dich um ihn. Er ist aber auch ein zauberhafter Junge." Maria fasste nach Evas Hand und fuhr fort: „Ich freue mich auf Sylt. Wir werden die Sonne genießen und mit dem Wind wandern." Eva sah Maria an; sie glaubte in ihrem Gesicht eine große Zufriedenheit zu erkennen. Eva glaubte jetzt, dass man nun ein Heilmittel gefunden hätte. Für den Moment schien es wohl zu wirken. Jeder Versuch war ihr recht – und sei es nur für den Ansatz eines Fortschrittes.

Auf dem Weg nach Hause legte Eva einen Zwischenstopp bei Carolin ein. Wie immer war es nicht einfach, von ihr wieder fortzukommen. Carolins erste Frage lautete denn auch prompt: „Hast du auch viel Zeit mitgebracht?" Nach der Begrüßung setzten sie sich in die gute Stube, wo Eva mit Hendrik vorliebnehmen musste, während Carolin den Kaffee aufsetzte. Eva war froh, dass sie Hendrik traf. Sie hatte vor, ihn nach seiner Meinung zu Maria zu fragen. Sie erzählte ihm, dass sie Floris Geburtstag mit Maria auf Sylt verbringen wollten und sie einen überraschend positiven Eindruck von ihr gewonnen hatte, der hoffen ließ, dass Maria sich auf dem Weg der Besserung befand.

Carolin hatte einen Teil des Gespräches mit angehört. Sie servierte den Kaffee und stellte fest: „Das hört sich gut an! Hoffentlich gelingt es Maria, ihre innere Kraft wiederzufinden. Wie siehst du das?", wollte sie von Hendrik wissen. Auch Eva sah Hendrik an und wartete gespannt auf die Antwort.

„Mir fällt da eine Geschichte ein, die mir Tahatha, eine junge afrikanische und gleichzeitig tüchtige Kollegin, einmal erzählte. Zu ihren Patienten gehörten zwei Wildhüter, Nachbarn, die in einem Dorf nicht weit voneinander entfernt wohnten. Auf einer ihrer täglichen Routinefahrten wurden sie von einem Unwetter überrascht und hatten ein Unfall. Ein umstürzender Baum war auf ihren Geländewagen gefallen und hatte beide Insassen schwer verletzt. Ihre Beine waren kompliziert gebrochen. Nach ihrer Entlassung aus dem Krankenhaus übernahm Tahatha die medizinische und therapeutische Behandlung. Beide Patienten hatten sich zum Ziel gesetzt, den anderen zu besuchen. Doch die Beine trugen sie nicht. Sobald sich einer auf den Weg zum anderen machte, verließen ihn nach zehn Schritten seine Kräfte. Die Willenskraft verwandelte sich in Enttäuschung. Doch am nächsten Tag probierten sie es aufs Neue. Diesmal war Tahatha ihre Geh-Hilfe. In sie hatten sie großes Vertrauen. Sie machten fast doppelt so viele Schritte, die aber nur halb so lang waren wie die am Vortag. Am nächsten Tag versuchten sie es erneut. Auch jetzt waren die Schritte nur halb so groß wie am Tag zuvor. Beide versuchten es immer wieder – und stellten bedrückt fest, dass Hoffnung und Enttäuschung Nachbarn sind." Nach kurzer Pause fuhr Hendrik fort. „Eva, ich finde großartig, wie du dich um Maria bemühst. Auch ich tue alles, was in meiner Macht steht. Ich gebe die Hoffnung nicht auf. Nur geht es bei Maria nicht so recht vorwärts. Daher vergleiche ich ihren Zustand mit dem der beiden afrikanischen Wildhüter. Es geschieht alles so langsam, dass man sich fragt, ob überhaupt etwas geschieht."

„Meinst du, Hendrik, die Wildhüter kamen jemals an ihrem Ziel an?" Hendrik war sich nicht sicher. „Man weiß es nicht. Ich kann nie wissen, wenn ich die Straße überqueren will, ob ich auch auf der anderen Seite ankomme. – Sie nehmen es sich ja vor, wie auch Maria, aber jeder einzelne Schritt braucht viel Kraft. Und so scheint das gesamte Vorhaben nicht zu gelingen."

Sie wollte wissen: „Du meinst, jeden Moment droht ihr guter Vorsatz zu scheitern?"

Hendrik erwiderte: „Wir wollen alle hoffen, dass Maria auf Sylt auf andere Gedanken kommt. Ich wüsste auch keine bessere Therapie."

Eva meinte: „Sie hat zu dir großes Vertrauen und du kannst sicher sein, ich werde mich um sie kümmern, wann immer sie mich braucht."

Hendrik erwiderte: „Jetzt aber wünsche ich euch erst einmal gute Erholung auf Sylt."

Eva bedankte sich und fuhr dann fort: „Mal eine andere Frage: Jedes Mal, wenn ich mit Alex oder mit Nick zusammen bin, kommt das Gespräch auf Afrika. Sag mal, bist du jetzt auch ein wenig Afrikaner?"

Hendrik lächelte und stellte die Gegenfrage: „Scheint dir das so? Carolin hat es mich auch schon gefragt. Richtig ist – ich glaube schon – dass wir alle, die dort gewesen sind, mit diesem Teil von Ostafrika, Nairobi, und besonders mit den Menschen, die dort leben und mit denen wir zusammen waren, eng verbunden sind. Ich allerdings kann das Klima dort schlecht vertragen und habe ja außerdem Malaria bekommen. Es stimmt: Viele Menschen dort benötigen unsere Hilfe. Die Regierungen der Geberländer haben schon oft große Versprechungen gemacht; danach haben sie sie nicht eingehalten. Offenbar ist man der Meinung, dass es in den afrikanischen Ländern schon irgendwie gutgehen wird." Eva sah auf die Uhr. Wie schnell die Zeit wieder mal vergangen war! Es wurde Zeit, sich zu Flori heimkam. „Warte", sagte Carolin, „ich gehe noch mit zu deinem Wagen." Es war ein schöner warmer Abend, der Widerschein des blauen Himmels und der Glanz der Sonne lagen noch auf dem Rhein. Sie atmeten tief durch. Zufrieden legte Eva die Arme um Carolin und versprach: „Ich komme wieder, wenn wir von Sylt zurück sind." Sie setzte sich in den Wagen und fuhr davon.

Noch am selben Abend hatte Maria angerufen. „Ich bin dabei und bereite alles für die Fahrt nach Sylt vor. Ich habe den Koffer schon fast fertig gepackt." Langsam, so schien es, gelang es Maria wieder, ein zufriedenes Leben zu führen – auch wenn es nie wieder so sein würde wie früher. Eva freute sich, dass ihr Zusammenleben offenbar fester wurde.

Das Wochenende auf Sylt, das Eva gut organisiert hatte, hätte besser nicht gelingen können. Sie wohnten in einem wunderschönen Haus mit Blick auf das Meer – ursprünglich und wild. Der Mittelpunkt für alle war Flori. Morgens, wenn Maria die Treppe herunterkam, kümmerte sie sich liebevoll um ihn. Und das tat sie dann den ganzen Tag. Lange Strecken trug sie Flori auf dem Arm, half ihm beim Suchen von Muscheln und beim Spielen im Sand. Sie sah sich wieder im Licht, fühlte sich umgeben von Harmonie. Eine Ahnung sagte ihr, manches würde wieder so sein, wie es einmal war. Auch wenn es im Inneren Leid gab, mit dem man nicht fertig wurde. Man versuchte zu verdrängen, aber das war nicht dasselbe, wie damit fertig zu werden. Man kann das Leid nicht verdrängen, aber es geht einem auf jeden Fall besser, wenn man nicht immer wieder hervorhebt, was irgendwann einmal das Herz traurig gemacht hat.

Flori liebte seine Oma. Jedes Mal, wenn sie zur Tür hereinkam, stürzte er ihr entgegen. Sie beschäftigte sich mit dem Kleinen und es machte ihr nichts aus, wenn beim Frühstück der Kaffee kalt wurde. „Schade, dass wir morgen wieder abreisen! Daheim kommst du mich mit deiner Mutter aber oft besuchen, ja?", sagte sie und drückte die kleine Hand fest.

Eva und Hendrik hätten im Traum nicht gedacht, dass die Verzweiflung, der Maria noch vor kurzer Zeit ausgeliefert gewesen war, gewichen war. Sollte es die Abwechslung sein? Das Meer, der Strand, die kraftvolle Brandung, die Weite – Bilder, wie sie und auch Ricarda sie gemalt hatten?

*

Alex schenkte einen seiner guten Weine ein und setzte sich im Kaminzimmer Eva und Florian gegenüber an den Tisch. „Erzählt mir von eurem Kurzurlaub. Wie war es auf Sylt, am großen weiten Meer?" Besonders freue er sich über Evas Bericht, dass sich Maria gut erholt hatte. „Wenn ich sehe, wie sie an Flori hängt, mit ihm durchs Zimmer oder durch den Garten geht, kann ich erkennen, dass sie etwas tut, das ihr Freude macht. Man darf die Hoffnung nicht aufgeben", sagte Alex, denn er wusste, worin ihr Schmerz bestand. Er erinnerte sich an den tragischen Unfall, als sein Sohn Karl und seine Schwiegertochter Marlene vor vierzehn Jahren, als Florian gerade mal zehn Jahre alt war, ums Leben kamen. „Nach so einem Schock glaubt man, es geht nicht weiter. Der kleine Florian machte damals den Eindruck, er wäre wie ein kleiner Vogel aus dem Nest gefallen. Er hat geweint und geweint. Laut schluchzend umfasste er mich immer wieder. Erst allmählich wurde er ruhiger, hörte auf zu weinen und zu zittern. Und erstaunlicherweise fand ich in dem zehnjährigen Florian Halt, den Halt, den wiederum ich ihm geben konnte. Und so ist es bis heute geblieben. Doch zu allem Unglück kam im selben Jahr noch ein zweiter Schock hinzu. Florian brach beim Schlittschuhlaufen auf dem See durchs dünne Eis und wurde in einer spektakulären Rettungsaktion von einer jungen Dame gerettet, mit Erfolg wiederbelebt und bis zum Eintreffen des Krankenwagens unter den Augen vieler Zuschauer versorgt. Die Retterin wurde aber nie wieder gesehen, ihren Namen hat keiner erfahren. Sie musste ein Engel sein.

Inzwischen sind vierzehn Jahre vergangen. Heute ist Florian vierundzwanzig Jahre alt. Nachts, wenn ich nicht schlafen kann, starre ich in die Dunkelheit, und die Bilder laufen und drängen sich in mein Gedächtnis."

„Ob nicht jeder Mensch im Leben einmal Hilfe braucht?", fragte Eva. „Wäre zu mir nicht ein Engel gekommen, als ich in meiner Not alleine war, so gäbe es mich nicht mehr."

Alex und Florian zwinkerten sich zu. „Ich erinnere mich noch sehr gut. Es ist seltsam – mir kam die Zeit vor der Operation unendlich lang vor und die danach so kurz, als wäre das erst vor ein paar Wochen gewesen." Florian sah, wie glücklich sie bei diesen Worten war, er konnte es in ihrem Gesicht lesen. Er stupste mit dem Finger ihre Nase und Eva legte ihre Hand auf seine Schulter und küsste ihn flüchtig auf die Wange. Beide fühlten, dass sie unzertrennlicher waren denn je.

„Aber jetzt setzen wir uns erst mal gemütlich hier an den Tisch." Ein Partyservice hatte bereits eingedeckt. „Da läuft einem ja das Wasser im Mund zusammen!", sagte Eva. „Ich hatte mir schon so etwas gedacht. Hier wird man immer überrascht."

„Ja, Kinder, ich esse für mein Leben gern, besonders, wenn ich nette Gäste habe. Es ist keine Zeit, um trüben Tagen nachzuhängen."

Miranda war mit Nick schon mehrmals bei Alex gewesen. Sie meinte: „Ähnlich wie dir, liebe Eva, läuft auch mir das Wasser im Mund zusammen." Deutsches Essen war für sie aber nichts Neues. In ihrer Heimat wurde, seit der Tourismus immer mehr zunahm, auch die europäische Küche eingeführt.

„Ich bin überzeugt, Miranda wird hier viele Freunde finden. Nur hat sie wenig Zeit, es bleibt noch viel zu regeln, bis sich bei ihr in Nairobi alles eingespielt hat. Nick sagte mir, wenn sie dorthin fliegt oder hierher kommt, hat sie das Gefühl, sie ist unterwegs von Heimat zu Heimat. In ihren Geschäften hat sie mehr als durchschnittlichen Erfolg. Auch Nick versteht es, seine Aufgaben anzupacken", sagte Eva. „Die zwei passen zusammen."

Alex schenkte den Wein ein. „Lasst uns auf die beiden anstoßen. Zum Wohl." Mit Nick und Miranda fühlte er sich mehr als freundschaftlich verbunden. Das war natürlich auch der Freundschaft mit Elisabeth zu verdanken.

Elisabeth hatte einmal zu Alex gesagt: „Miranda hat mir mehr gegeben als ich ihr je hätte wiedergeben können. Hier haben sich zwei Menschen gefunden, die Freude daran haben, von dem Eigenen zu teilen, abzugeben, um Bedürftigen zu helfen. Ihre Devise lautet: Güte ist, wenn man leise tut, wovon andere laut reden. Zudem sind alle beide attraktive und charmante Frauen, wobei Miranda die Blicke der Gäste im Restaurant auf sich zieht. Meine Freundschaft zu der Familie John Smith trägt auch besonders dazu bei, dass es mich so oft nach Nairobi zieht. Ich habe miterlebt, wie sich zwischen Miranda und Nick gleich, als sie sich kennenlernten, eine intensive Beziehung entwickelte. Ganz nach der Vorstellung, wie Elisabeth es sich immer gewünscht hatte. Elisabeth hat ein gutes Herz. Und sie weiß auch, dass eine Trennung, wie sie sie jetzt erleben muss, der Lauf der Natur ist."

*

Als Eva die Küche betrat, saß Florian Zeitung lesend am Frühstückstisch. Flori stürzte ihr, mehr krabbelnd als gehend, entgegen. „Du bist ein zauberhafter Kerl", meinte sie gut gelaunt und drückt ihn dabei. Sie fasste in seine lockigen, hellblonden Haare, während Flori sie mit seinen großen, blauen, glänzenden Augen ansah. Sie küsste ihn auf die Stirn und setzte ihn zum Frühstück in den Hochstuhl. Ein warmer Sonnenstrahl kam durchs Fenster und fiel auf die mit Blumen gefüllte Vase. „Flori und ich wollen gleich ein bisschen rausgehen. Du kommst heute ja erst später zurück", meinte sie zu Florian. Das Wetter wurde zusehends besser und der Blick durchs Fenster in den Garten zeigte ein Paradies.

Kurz darauf ging Eva mit Flori in den Garten, um zusammen mit seinem kleinen Freund, einem Nachbarjungen, im Sandkasten zu spielen. Es war ein schöner Vormittag, keine Wolke am Himmel, die Sonne meinte es heute wieder gut mit ihnen. Florian sah auf dem Tisch Evas Handy liegen, das sie dort liegen gelassen hatte. Auf dem Weg zu ihr klingelte es auch schon. Er reichte Eva das Handy und sagte: „Ein Gespräch für dich."

Florian sah Eva zusammenzucken. Besorgt sah er sie an. Er merkte, dass etwas Schlimmes passiert sein musste.

Es war ein Anruf aus dem Krankenhaus – es ging um Maria. „Sie wird sich wohl nichts angetan haben?" Davor hatten sie sich früher gefürchtet, aber Maria war doch seit längerer Zeit stabil?

„Was soll ich tun? Hilf mir, Florian", bat sie und begann zu weinen, „komm, wir rufen Carolin an, sie kann uns sagen, wo Hendrik ist. Er muss auch sofort dorthin fahren. Ich bringe Flori schnell zu meiner Mutter." Sybille nahm den Jungen und versprach, sich um ihn zu kümmern.

„Was ist los?", wollte sie wissen.

„Ich erkläre dir alles später, ich rufe dich an."

„Sei vorsichtig und fahr langsam!", rief sie hinter ihr her. Florian stand mit dem Wagen schon vor der Tür. Als Eva einstieg, war sie sehr blass.

„Fahr los, wir haben jetzt keine Zeit, darüber nachzudenken." Sie bewegte sich wie in Trance. Sie wollte nicht glauben, was sie im Geheimen dachte, und versuchte, eine aufkommende Panik zu beherrschen. Direkt vor Marias Hauseingang hielt Florian den Wagen. Als er die Wohnungstür öffnete, blieb Eva stehen und versuchte sich vorzustellen, was auf sie zukommen würde.

Eine Nachbarin kam herangeeilt und erzählte: „Ich bin mit meinem Hund hier am Haus vorbeigegangen, und da sah ich, dass Maria reglos im Hauseingang auf der Treppe lag. Alarmierte Rettungssanitäter trugen sie durch die weit offen stehende Tür und legten sie, es ist wohl ihr Wohnzimmer, auf eine Couch."

Evas Handy klingelte erneut. Florian nahm das Gespräch entgegen. „Hallo Florian", sagte Hendrik, „Maria wurde hier in die Klinik eingeliefert. Sie befindet sich zur Zeit auf der Unfallstation – ich bin bereits auf dem Weg zu ihr."

„Oh, du lieber Gott", sagte Eva und sah auf das blutgetränkte Kissen am Kopfende der Couch. Evas Verstand weigerte sich zu begreifen, was vorgefallen sein musste. „Sie darf nicht sterben!", dieser Gedanke schoss ihr durch den Kopf.

Hendrik sagte: „Kommt hierher, wir sehen uns dann." In der Klinik angekommen, mussten Eva und Florian nicht lange warten, da sahen sie Hendrik den Flur entlang kommen.

„Ich komme gerade von ihr."

„Wo ist sie, was ist passiert und wie geht es ihr?", wollte Eva wissen.

Hendrik erwiderte mit gedämpfter Stimme: „Kommt bitte mit in mein Büro."

Als sie Platz genommen hatten, sagte er: „Es tut mir sehr leid. Maria ist verstorben." Evas Schrei erfüllte den Raum und hallte noch zur Tür hinaus, als ein Kollege von Hendrik sie öffnete und hinzukam. Eva empfand tiefe Trauer, ja Enttäuschung.

Hendrik legte seinen Arm um sie. Ihm fielen die Worte ein, mit denen Tahatha versucht hatte, Hinterbliebenen beizustehen: „Kein Mensch hat die Macht über den Wind, keiner kann den Wind zurückhalten; und niemand hat die Macht über den Tag des Todes."

Befangen fragte Eva: „Hendrik, wo liegt Maria? Ich möchte sie noch einmal sehen."

„Sie liegt noch in ihrem Bett." Gemeinsam gingen sie hinüber zur Unfallstation.

Eva trat scheu an das Bett und sah Maria an. Sie wäre bald fünfundsechzig Jahre alt geworden. Ihr glattes, nun wie schlafendes Gesicht mit der hübsch geformten Nase und dem vollen krausen Haar erinnerte sie an Ricarda. „Noch gestern waren wir zusammen und sie war guter Dinge. Warum musste das geschehen?"

Eva klammerte sich an die Hoffnung , dass es kein Suizid war. Obwohl sie wusste, dass kein Mensch es verhindern kann, wenn der Todeswillige es unbedingt will. Hendrik konnte ihr aber mit einer aufmunternden und beruhigenden Geste versichern: „Eva, es war ein Unfall; nicht das, was wir beide zuerst gedacht haben. Sie ist so unglücklich auf den Hinterkopf gefallen, dass niemand ihr mehr helfen konnte." Sie sah ihn an, und es sah aus, als sei ihr nun – bei allem Schmerz – etwas leichter.

Die Trauerfeier in der Kirche hielt ein alter Pfarrer, der seinen Kollegen, der sich in Urlaub befand, vertrat. Seine markante, ja väterliche Stimme hatte in dem großen Kirchenschiff einen angenehmen Klang. Zu den Angehörigen und der Gemeinde sagte er: „Wer an Gott glaubt, der kennt den Grund aller Dinge." Nach der Aussegnung, bevor die Trauernden dem Sarg folgten, lud er alle Anwesenden, so war es Florians Wunsch, zum Kaffeetrinken ins Hotel Zur Post nahe des Friedhofes ein.

Es war ein milder, sonniger Nachmittag, der Himmel war wolkenlos. Die Sonne spiegelte sich auf dem Sarg aus Zedernholz und ließ den daraufliegenden Blumenschmuck leuchten. Für Eva war es ein ergreifender Augenblick, als die Träger den Sarg in die Erde senkten. „Sie wird mir fehlen" sagte sie mit leiser Stimme. Sie ließ einen Blumenstrauß, den sie in ihrem Garten selbst gepflückt hatte, auf den Sarg fallen. Hendrik warf eine Handvoll Erde hinterher.

Eine viertel Stunde später trafen sich die Trauergäste im Hotel Zur Post in einem großen Saal. Auf den Tischen stand Kuchen und Gebäck. Frische Blumen gaben einen festlichen Rahmen. Alex hatte dies gerne organisiert – da Florian ihn darum gebeten hatte.

Alle hatten Platz genommen, die Maria nah verbunden gewesen waren. Zwei Stühle waren noch frei. „Da kommen sie ja, Alex und Nick. Beide braun gebrannt." Frau Kleinfeld stieß ihren Mann Hubertus an, er solle sich mal umsehen. „Man könnte glauben, es handele sich um Vater und Sohn."

Im selben Augenblick ließ Marion Henning vor Schreck ihre Kaffeetasse fallen. Sie konnte nicht glauben, was sie sah. „Hallo Martin", sagte sie zu Nick.

Der stutzte und meinte: „Sie müssen mich verwechseln. Mein Name ist Nick Mehmet."

„Aber nein doch. Du musst Martin sein! Dr. Martin Schulz. Ich brauche mich auch nicht zu zwicken, denn ich träume nicht."

Carolin fragte: „Marion, was redest du denn da?"

Doch Marion reagierte nicht; sie blickte Nick unentwegt an. „Marion, was ist los", wollte Carolin wissen und fasste sie am Arm. Inzwischen blickten alle auf Marion. Dann fragte sie: „Martin, wie alt bist du?"

Er antwortete: „Ich verstehe Sie zwar nicht, aber ich will es Ihnen gerne sagen. Ich bin vierundzwanzig Jahre alt."

Marion meinte: „Martin, ich träume doch nicht!"

Jetzt wurde es Nick zu bunt. „Warum nennen Sie mich dauernd Martin? Ich sagte es bereits; mein Name ist Nick Mehmet!"

Marion seufzte und meinte: „Vor vierundzwanzig Jahren verunglückte der Verlobte meiner Arbeitskollegin Ellen Arnhold. Er hatte einen Autounfall und war auf der Stelle tot. Ellen wurde dabei nur leicht verletzt, erlitt aber einen schweren Schock. Es hat Jahre gedauert, bis sie sich davon erholt hat. Ihren Mann hat sie nie vergessen können. Noch heute pflegt sie regelmäßig sein Grab. Er war ein ausgesprochen netter Mensch, alle hatten ihn gern."

„Aber sieh mal, Marion, das war vor vierundzwanzig Jahren! Nick ist aber heute erst vierundzwanzig. Wenn er damals schon Arzt gewesen wäre, dann müsste er heute ja ein alter Mann sein."

„Das ist es ja, was ich nicht verstehe. Aber die Augen, die Stimme, das Gesicht ..." Nick wurde sanfter, spürte er doch, dass Marion sich in eine Idee verrannt hatte. Dann sah Marion, dass Frau Kleinfelds Kleid einen großen Kaffeefleck hatte.

„Oh, bitte entschuldigen Sie, Frau Kleinfeld, es tut mir sehr leid!" Sie trank einen Schluck, sah Carolin an und sagte: „Ich denke an das einsame gepflegte Grab unter der Birke."

*

Die ganze Nacht hatte Marion kein Auge zugetan. Auch jetzt saß sie reglos am Tisch. Als sie in den Spiegel schaute, konnte sie auch sehen, dass sie sich nicht wohlfühlte. Nick würde es bestimmt nicht anders ergehen. Plötzlich wurde sie aus ihrem Abwesendsein geweckt. Das Telefon klingelte, am anderen Ende der Leitung war Carolin.

„Hallo Marion, alles in Ordnung?"

Benommen bejahte diese die Frage und begann dann zu erzählen, was ihr eingefallen war. „Carolin, ich habe gestern nicht geträumt. Was ich dir jetzt erzähle, hört sich unglaublich an. Aber es lässt mich nicht los." Carolin drückte auf die Lautsprechertaste, so dass Hendrik das Gespräch mithören konnte.

„Carolin, ich habe nachgerechnet. Dr. Martin Schulz ist neunzehnhunderteinundsiebzig bei einem Autounfall tödlich verunglückt. Mit in seinem Auto saßen Ellen und ich. Sie wollten einkaufen und Vorbereitungen für ihre Hochzeit treffen. Ellen wurde leicht verletzt, ich blieb unverletzt. Sie hatten es ziemlich eilig mit dem Bund der Ehe – Ellen war hochschwanger. Wenige Tage nach dem Unfall gebar sie einen gesunden Jungen. Doch das Schicksal war gegen sie – am nächsten Tag war er verstorben. Ellen erlitt einen erneuten Schock, sie konnte sich nicht erholen. Der Kleine hatte den Namen seines Vaters tragen sollen: Martin."

„Oh Gott, das ist ja schrecklich. Aber bitte – was hat das mit Nick zu tun?"

„Hör zu, Carolin. Ich weiß es noch ganz genauso, als wäre es gestern gewesen. An dem Tag damals wurden zwei Babys, beide männlich, geboren. Am nächsten Tag starb Martin, der andere Säugling wurde zur Adoption freigegeben." Für einen Augenblick hielt sie inne, dann fuhr sie fort: „Ich weiß, was ich sage. Ich habe den Verdacht, dass die beiden Säuglinge vertauscht worden sind."

Carolin umklammerte den Telefonhörer. Für einen Augenblick verstummte Marion, das Sprechen fiel ihr schwer. „Bist du noch da? Hat Hendrik mitgehört? Kannst du ihn mir geben?"

Carolin gab den Hörer an Hendrik weiter. Der fragte Marion nun: „Wenn ich dich richtig verstehe, möchtest du medizinische Sicherheit haben – eine DNA-Analyse -, um alle Zweifel ganz sicher auszuschließen. Wie aber wird Nick darauf reagieren?"

Sie antwortete: „Ich weiß es nicht. Aber er hätte die glücklichste und liebste Mutter der ganzen Welt!"

„Marion, was wir für einen Mutterschaftstest brauchen, sind Proben von Ellen und von Nick – Körpersekret, Blut, Haare oder Gewebeteile. Heute kann die DNA von Trinkgläsern, Zigaretten, Zahnbürsten, Kaugummis, Taschentüchern und so weiter ermittelt werden. Alle diese Dinge haben wir aber nicht."

„Noch nicht, Hendrik. Aber das lass meine Sorge sein. Du würdest für mich aber den Mutterschaftstest durchführen lassen?"

„Für dich tu ich alles, Marion", erwiderte Hendrik.

Hendrik überlegte kurz, dann sagte er zu seiner Frau: „Marions Einsatz findet meine volle Unterstützung. Bis heute hat sie den Tag, an dem man ihrer Freundin Ellen den Tod ihres Sohnes mitteilte, noch in lebhafter Erinnerung. Der arme Nick. Seine längst vergangene Kindheit, seine Jugend, die unwiderruflich dahin ist, kann ihm keiner zurückgeben. Unvorstellbar, wenn es wirklich so ist, wie Marion sagt."

Carolin wollte wissen: „Und was passiert jetzt?"

„Ich warte auf das Probematerial. Dann geht alles seinen Gang. Ich glaube, was Marion sagt. Sie will den Sohn von Martin mit seiner Mutter zusammenführen, und ich werde ihr dabei helfen. Sie werden das höchste Gut bekommen, das einem Menschen zugänglich ist. Marion nennt ihn, wie du ja gehört hast, Martin. Mir fällt dazu die Geschichte vom verlorenen Schaf ein (Matthäus 18): „Wenn ein Mensch hundert Schafe hätte und eines unter ihnen sich verirrte, lässt du nicht die neunundneunzig auf den Bergen, gehst hin und suchst das verirrte? Und so er es findet, freut er sich darüber mehr denn über die neunundneunzig, die sich nicht verirrt haben." – So auch Nick. Das Schicksal hat ihn um seine Kindheit und seine Jugend beraubt. Hat der Mutter alles genommen. Seine Adoptiveltern kümmerten sich nicht um ihn und wollten es auch nicht. So wurden die Großstadtstraßen und die Hinterhöfe von Frankfurt sein Zuhause. Wer ihn kennt, der kann das nicht glauben. Marion sagte zu mir: Zu seinen Eigenschaften gehörte seine freundliche und einfühlsame Stimme. Das ist es, was ihr die absolute Sicherheit gibt."

Carolin bat Marion, sie möge ihr den Hörer geben, sie habe Nick einiges zu sagen.

„Hallo Carolin", sagte er. Glücklicherweise gelang es ihm, seine Stimme einigermaßen gelassen klingen zu lassen. In Wahrheit war er aufgeregter als zuvor.

„Sag mal, Nick, dein Verhalten Marion gegenüber fand ich etwas seltsam. Kann es sein, dass sie von deiner Herkunft weiß, der du nachgehen solltest? Sie streckt ihre Hand nach dir aus und möchte, dass du ihr deine reichst."

Jetzt wurde seine Stimme doch gereizt. „Ich habe keine Mutter, keinen Vater und keine Pflegeeltern – und somit auch kein Elternhaus. Ich lebte hauptsächlich auf der Straße. Ich hatte nichts. Wer könnte schon meine Mutter sein? Eine Hure? Eine, die vielleicht meinen Vater selbst nicht kennt? Nein, eine Mutter, die ihr Kind zur Adoption freigibt, ist keine Mutter. Nein, Carolin", und jetzt wurde seine Stimme noch heftiger, „sag dieser Marion, sie soll sich über anderes Gedanken machen. Ich möchte meine Mutter, wenn es denn eine gibt, nicht kennenlernen." Er hatte Carolin nicht zu Wort kommen lassen. Er knallte den Hörer zurück aufs Telefon.

Doch dann tat es ihm leid. Er griff zum Telefon und wählte Carolin an. „Hallo Carolin, entschuldige bitte. Ich war etwas daneben, ich wollte nicht unhöflich sein." Nick hörte dann aber eine andere Stimme. „Du sprichst mit Hendrik. Mein lieber Nick – du brauchst dich nicht zu entschuldigen. Rede nur, ich weiß, oft geht es dann besser. Ich höre."

„Danke, Hendrik. Eine Mutter, die ihr Kind zur Adoption freigibt, soll ich dir sagen, wie sie es vermisst? Steck einen Finger ins Wasser und sieh nach, was für ein Loch es hinterlässt. So groß ist die Lücke, die das Kind hinterlässt. – Als ich in jungen Jahren anfing, mich für meine Mutter zu schämen, da hatte sie für mich ihre Mutterrolle ausgespielt. Ich habe meine Mutter nicht verloren, ich habe nie eine besessen. Ähnlich ist es mit meinem Status. Ich passte in keine Kategorie. Akzeptiert wurde ich von Freunden, die mich von der Arbeit her kannten, und die ich zum Teil in Afrika, in Nairobi, kennengelernt habe. Einer davon ist Alex.

Die kindliche Sehnsucht stellt hohe Erwartungen an die Pflegeeltern. Ein Kind möchte auf den Schultern, und seien es die eines Pflegevaters, sich getragen fühlen. Und von der Mutter zu Bett gebracht und zugedeckt werden. Doch die Ehe meiner Pflegeeltern hatte große Risse. Ich stand unter einem Druck, den sich ein Außenstehender nicht vorstellen kann. Du bist von Armut und Krankheit bedroht. Du bist umgeben von Menschen, die selber keinen Halt haben. Obdachlose, Alkoholiker, Penner und Nutten. Darunter habe ich treue Seelen getroffen, die mir halfen und von ihrem Wenigen abgaben. Aber auch ihnen war das Hemd näher als der Rock. Viele litten unter Depressionen und Ängsten. Den Jugendlichen fehlte eine elterliche Bezugsperson. Sie schlossen sich oft radikalen Jugendgruppen an."

Nick war immer er selbst gewesen. Eine Ausnahme. Er hatte aus seiner Intelligenz und seinem Ehrgeiz das gemacht, was er heute war. Und nie vergessen, dass arme Menschen auch Menschen sind.

*

Nick und Miranda hatten ihre neue Eigentumswohnung modern herrichten lassen. Nick hatte es sich in einem Sessel gemütlich gemacht und sah Miranda beim Bügeln zu. Beide fühlten sich wohl und waren zufrieden. Sicher würde es noch viele Wochen dauern, bis sie die Wohnung komplett eingerichtet hatten. Noch war Miranda dabei, ihre Socken auszupacken und so wieder einzuräumen, wie sie es sich vorgestellt hatte.

Das Faxgerät war immer einsatzbereit, denn die Verbindung nach Nairobi durfte niemals abreißen.

„Du wirst es schon schaffen", sagte Nick, „ich weiß das." Er griff nach seinem Glas. „Auf unsere neue Wohnung. Möchtest du auch etwas trinken?"

Miranda lehnte dankend ab, sie wollte zuerst die angefallene Arbeit erledigen. Sie stellte den Fernseher ein, um sich die Abendnachrichten anzusehen. In dem lauten Stimmengewirr, sie musste den

Ton erst noch leiser stellen, hätten sie das Klingeln der Türglocke fast überhört.

Nick öffnete die Tür. „Je später der Abend, desto so schöner die Gäste." Mit diesen Worten begrüßte er Carolin und ihre Freundin Marion Henning, die er vor ein paar Tagen kennengelernt hatte. „Ich freue mich über den unerwarteten Besuch", sagte Miranda.

„Wir haben nicht viel Zeit mitgebracht. Wir wollten nur auf einen Sprung hereinschauen und guten Tag sagen", erwiderte Carolin.

„Das ist aber nett. Kommt, setzt euch." Miranda zeigte auf Nicks Bierglas und sagte: „Zusehen macht durstig. Was kann ich euch anbieten?" Sie einigten sich, weil sie mit dem Auto da waren, auf eine Tasse Kaffee.

„Ich soll alle hier von Feldmanns grüßen. Sie hoffen, dass du dich gut einlebst."

Miranda lächelte. „Ich fühle mich hier wohl. Alle sind nett zu mir, die Atmosphäre könnte nicht besser sein. Kann ich euch etwas zu essen machen?" fragte sie.

„Danke, wir können nicht länger bleiben. Du hast zu tun, aber später gerne mal. Und wenn du irgend etwas brauchst, oder wenn wir helfen können, sag uns bitte Bescheid."

„Das ist nett, wirklich." Sie lächelte und füllte den Kaffee nach. Nick hob sein Glas, um auf die Damen zu trinken. Prost!

Als beide gegangen waren, kam Nick der Gedanke, ob Marion vielleicht etwas über seine Adoption herausgefunden haben könnte. Warum wohl kam sie mit Marion hierher?

„Ehrlich gesagt, ich frage mich immer wieder, wie sie dazu kam, mich mit Martin anzusprechen."

„Sie wird dich einfach verwechselt haben", meinte Miranda.

„Oder ob sie die Frau, die meine Mutter wäre – also die, die mich zur Adoption freigegeben hat – kennt? Hoffentlich erfahre ich das nie. Mit den Adoptionspapieren konfrontiert zu werden, in denen die Einwilligung meiner Mutter steht, wäre für mich der Horror." Mirandas Blick ließ Nick innehalten.

„Nick, ich bin nicht sicher, aber ich glaube, es liegt in der Natur jedes Menschen, dass er irgendwann wissen will, woher er kommt." Für einen Augenblick sah er sie schweigend an. Miranda merkte, dass sie seine abweisende Haltung durchbrochen hatte. Bedächtig nickte er ihr zu.

„Lass uns ein wenig den Abend genießen und spazieren gehen." Der warme Sommerwind roch nach Gras und Blumen. Nick nahm einen tiefen Zug von seiner Zigarette und blies Miranda scherzhaft den Rauch ins Gesicht. „So gefällst du mir schon viel besser. Eben noch kamst du mir so langweilig vor, dass mir schon die Füße einschlafen wollten."

„Gehen wir noch was essen?" fragte Nick.

Miranda war nicht begeistert. „Das geht nicht. Ich hätte mich dann vorher umziehen müssen. Diesen Hosenanzug habe ich bei der Arbeit angehabt. Ein neues Make-up müsste ich auch noch auftragen."

Lachend meinte Nick: „Unsinn. Du gefällst mir, wie du bist." Miranda hakte sich bei Nick unter. In einem netten Restaurant fanden sie einen freien Tisch.

„Nick, lass uns nur etwas trinken. Ich habe zu Hause schon eine Kleinigkeit vorbereitet." Nick stimmte dem Vorschlag begeistert zu.

Nach einem kleinen Drink im Lokal waren sie wieder heimgekommen. Miranda knipste die Lampe auf ihrem Schreibtisch an. Das Faxgerät signalisierte ein angekommenes Schreiben. Der kurze Text lautete: „Hier alles in Ordnung. In Liebe Elisabeth, Nairobi."

Elisabeth ging es darum, dass Miranda sich erst mal in Ruhe ihre Wohnung einrichtete. Mit den Erweiterungen für den Tourismus in Nairobi sollte sie sich noch etwas mehr Zeit lassen. Allerdings forderte der geplante Umbau des Hotel Holiday Prines mehr Arbeit als je zuvor. Sie musste sorgfältig prüfen, welche Arbeiten am dringendsten waren und in welche Einrichtungen sie ihr Geld stecken sollte. Auch ihre Angestellten hatten Anspruch auf mehr Lohn, wenn der Umsatz gehalten oder sogar gesteigert werden sollte. Sie musste die unterschiedlichsten Angebote gegeneinander abwägen und erst dann die notwendigen Entscheidungen treffen. Natürlich fragte sie bei all diesen Maßnahmen Alex um Rat. Aber sie liebte diese Herausforderung. Hinzu kam ihre Schwangerschaft. Tagsüber blieb kaum Zeit, sich auf die Mutterrolle vorzubereiten. Fiel ihr der Gedanke beim Einschlafen ein, dann raubte die Freude darüber ihr fast den Schlaf.

Als sie einmal Eva traf, hatte sie den kleinen Flori fest gedrückt. Sie sah, dass er immer mehr in das Alter kam, wo er sorgfältig geführt werden wollte – geführt, geliebt und getröstet. Und Miranda fühlte, wie wundervoll es sein konnte, ein Kind zu erwarten und Mutter zu sein. Florian kümmert sich hingebungsvoll um seine Familie und damit waren alle glücklich. „Eva", sagte Miranda, „ich sehe euch so gerne zu!"

Seit mehr als zwei Monaten war Miranda nicht mehr in Nairobi gewesen. Sie hatte sich schnell und gut in Frankfurt eingelebt. Es gelang ihr ausgezeichnet, den Haushalt zu führen. Es blitzte nur so vor Sauberkeit – genau so, wie sie es von Elisabeth gewöhnt war. Nick wusste, dass viele seiner Bekannten ihn um sein Los beneiden. Andrea, ein junges Mädchen, das sie von der Arbeitsagentur geschickt bekommen hatten, half täglich im Haushalt. Das junge Mädchen war sehr fleißig und schon bald eine Meisterin in der Haushaltsführung. Schnell hatte Miranda erkannt, dass Andrea auf dem Weg war, eine gute Köchin zu werden. Sie verschönte auch die Wohnung, indem sie mit Mirandas Einwilligung Vasen kaufte und sie mit geschmackvollen Schnittblumen aufstellte. Auf den Wohnzimmertisch, der kunstvoll aus einer runden bruchrauen Schieferplatte gefertigt war, stellte sie einen schlichten Zinnkerzenständer und steckte eine wachsfarbene schlanke Kerze hinein. Andreas Geschicklichkeit bereitete Miranda viel Freude. Die deutsche Sprache bereitete ihr keine Mühe mehr. Nur die baldige Ankunft ihres Kind ließ manchmal alles andere in den Hintergrund treten. Sie fühlte sich wohl, und so war sie heiter und fröhlich.

*

„So", sagte sich Marion, „einem Mutterschaftstest dürfte nun nichts mehr im Wege stehen." Sie hatte das notwendige Probematerial von Ellen und Nick für die DNA-Untersuchung getrennt in je ein Glasröhrchen gelegt und mit dem entsprechenden Namen versehen. Mit diesen Identitätsmerkmalen wollte sie Mutter und Sohn zusammenbringen.

Als Marion Hendrik die Glasröhrchen überreichte, fragte sie ihn: „Reicht das so?"

Er nickte. Er teilte ihre Vermutung – und die Art und Weise, wie sie sich das Probematerial besorgt hatte, ließ ihn schmunzeln. (Sie war bei beiden Parteien auf einen kurzen Besuch hereingeschneit.)

„Hendrik, ich habe darüber nachgedacht, wie es gewesen sein könnte. Als Ellen ihren Sohn Martin entbunden hatte, hieß es zwei Tage später, ihr Kind sei gestorben. Nun hatte eine alleinstehende junge Frau ihr am selben Tag geborenes Kind zur Adoption freigegeben. Ich kannte diese Frau nicht. Ich habe zurückgerechnet. Der Pfarrer der Kirchengemeinde, dachte ich mir, könnte vielleicht von diesem Fall wissen und sich erinnern. Da sich für diesen Fall noch niemand interessiert hatte, musste er in seinen Unterlagen lange suchen. Er war ein netter, alter und hilfsbereiter Mann. Er bemühte sich sehr, mir zu helfen. Ich merkte, dass es ihn selber neugierig machte. Der Geistliche wirkte in seinem Äußeren sanft und wohlwollend und hörte meinen Erzählungen genau zu. Er fragte mich nach dem Geburtsjahr der Jungen. Das war neunzehnhunderteinundachtzig. Er schaute in einem dicken Kirchenbuch nach und blätterte die Seiten bis zum entsprechenden Jahr zurück. Er hielt inne und deutete auf den 1. August 1981. An diesem Tag wurde hier ein zwei Tage alter Säugling an Pflegeeltern übergeben, die selber keine Kinder kriegen konnten. Der Name des Säuglings lautete Nick. Aus den Unterlagen ging hervor, dass von Seiten des Jugendamtes nach sorgfältiger Prüfung kein Grund bestand, die sozialen Verhältnisse und den Ruf der künftigen Pflegeeltern anzuzweifeln.

Dem Geistlichen tat es sehr leid, dass er mir nicht noch mehr Auskünfte geben durfte. Er berief sich auf das Datenschutzgesetz. Im gleichen Augenblick jedoch griff er nach einem Brief, der an die Akte angeheftet war. Er stand auf und ging einen Schritt zurück, so dass ich nichts lesen konnte. Dann legte er den Brief wieder zurück und bedeckte ihn mit seiner Hand. Er deutete mir gegenüber an, dass seltsame Bedingungen an eine Einsicht dieses Briefes geknüpft wären, die es ihm vom Gesetz her nicht einfach machen würden. Wir sahen uns an. Dann sagte er zu mir: Ich lasse Sie für einen Augenblick allein und koche uns einen Kaffee. Ich bin gleich wieder da. Der sympathische, freundliche Mann zog die Tür hinter sich ins Schloss. Aufgeregt wie ein Spitzel kramte ich meine Digitalkamera aus meiner Umhängetasche und fotografierte alle wichtigen Unterlagen. Ich fühlte mich vollkommen sicher und las den Brief. Ein Schock durchfuhr meine Glieder – es handelte sich um ein Testament.

Der Text lautete: Mein letzter Wille. Lieber Nick! Noch bist du in meinem Bauch. In wenigen Tagen wirst du als gesunder Junge das Licht der Welt erblicken. Das Schicksal aber hat entschieden, dass du mich, deine Mutter, die dich über alles liebt, nie zu Gesicht bekommen wirst. Sei nicht traurig, wenn du erfährst, dass ich dich fortgeben musste. Ich hatte keine andere Wahl. Ich habe unheilbaren Krebs und bin alleinstehend. Ich habe keine Angehörigen; und viel Zeit bleibt mir auch nicht mehr. Ich werde dich immer lieben. Möge Gott dich beschützen und dir gute Eltern geben, bei denen du gut aufgehoben bist und die dich lieben. Meine Segenswünsche sollen dich auf all deinen Wegen begleiten. Gott segne dich." Unterschrieben von Annemaria Becker, Köln, 01.08.1981.

Marion fühlte, wie ihr die Tränen die Wange hinunterliefen. Die Tür ging auf, Pastor Feld kam mit einem Tablett zurück, auf dem sich zwei Tassen Kaffee und Gebäck befanden. Beide ließen sich den Kaffee schmecken. Der Pastor setzte sich Marion gegenüber an den Schreibtisch und sah sie freundlich an. „Und was passiert jetzt?", wollte er wissen. Marion erklärte: „Herr Pastor, hier liegt ein ganz gravierender Irrtum vor. Ich bin sicher, diesen Irrtum dank Ihrer Hilfe aufklären zu können."

„Ich verstehe Sie nicht, Marion. Ich darf Sie doch so nennen? – Sind Sie von der Polizei?"

Marion lachte, verneinte und erwiderte: „Damals, an jenem Tag, als Nick geboren wurde, hat auch eine Arbeitskollegin von mir, Ellen Arnhold, ein Baby entbunden. Wir waren beide in dieser Kölner Klinik beschäftigt. Ich weiß genau, es wurden an jenem Tag nur zwei Kinder geboren. Der Säugling meiner Kollegin, er sollte den Namen Martin bekommen, war kerngesund. Die Geburt war ohne jegliche Komplikationen verlaufen. Doch nach zwei Tagen starb Martin. Nick, das andere Baby, das am gleichen Tag geboren wurde, wurde zur Adoption freigegeben. Heute bin ich mir absolut sicher, dass die beiden Babys damals vertauscht worden sind. Ich werde auch beweisen, dass damals Nick gestorben ist, und dass Martin, der Junge meiner Kollegin, lebt."

Der Pastor fragte: „Warum sind Sie sich da so sicher?"

„Herr Pastor, ich kannte seinen Vater, Martin Schulz. Er war der Verlobte von Ellen. Kurz vor Martins Geburt ist er bei einem Verkehrsunfall ums Leben gekommen. Ellen und ich saßen mit im Wagen. Vor wenigen Tagen, auf einer Trauerfeier, sah ich diesen Nick, der in Wahrheit Martin ist. Als ich ihn sah, erschrak ich zutiefst. Er stand mir direkt gegenüber, und ich begrüßte ihn mit „Hallo Martin!". Ich sah in ihm seinen Vater, genau so, wie er damals war. Die Stimme, das freundliche Lächeln, das angenehme Zugehen auf Menschen – kurz gesagt, seine ganze Art.

Von seiner Mutter aber will er nichts wissen. Er behauptet, keine Mutter zu haben, da eine Mutter, die ihr Kind fortgibt, keine Mutter sei. Er hatte eine harte Jugend. Seine Pflegeeltern, der Vater ein Polizist und dem Alkohol zugeneigt, konnten nicht damit umgehen, dass ihr Sohn sehr intelligent war. Seine guten Schulnoten störten den Adoptivvater. Die Mutter war wenig zu Hause, und so landete er auf der Straße. Doch er hatte einen starken Willen und wollte dieses Leben hinter sich lassen. Er schaffte es letztendlich. Er begann eine Ausbildung in einer Bank, sammelte internationale Erfahrung, arbeitete in Ostafrika, schloss sich einer Hilfsorganisation an und half den Bedürftigen in den Elendsvierteln. Zu schrecklich sind für ihn die Gegensätze zwischen den glücklichen Kindern und den Kindern, die hinter dem Zaun in direkter Nachbarschaft leben."

Der Geistliche legte andeutungsweise seine große Hand auf die von Marion, warf ihr einen gütigen Blick zu und sagte: „Wenn Sie mich brauchen, bin ich gerne für Sie da. Es würde auch mich glücklich machen, Mutter und Sohn vereint zu sehen." Marion atmete tief durch und bedankte sich für alles.

Das Gespräch hatte Marion sehr aufgewühlt. Zu Hause sah sie sich das fotografierte Testament an und druckte es über ihren Computer aus. Es war gestochen scharf, und sie las es sich ein zweites Mal durch. „Ich kann es nicht fassen", dachte sie. „Jetzt fehlt mir nur noch die DNA-Analyse. Dann können alle Zweifel endgültig ausgeräumt werden."

Marion sah der Auskunft von Dr. Hendrik Müller mit großer Erwartung entgegen. Es machte sie glücklich, dass er so hilfsbereit war, obwohl er Arzt und sie „nur" eine Krankenschwester war.

Als wenn sie es geahnt hatte, klingelte in diesem Moment das Telefon. „Hallo Marion, hier Hendrik am Apparat."

„Ja?"

„Halt dich fest, Marion. Es besteht absolut kein Zweifel daran – Ellen ist wirklich die biologische Mutter von Nick. All deine Vermutungen haben sich bestätigt. Zur Zeit wissen nur wir drei – Du, Carolin und ich – davon. Komm doch bitte morgen hierher. Dann reden wir über alles weitere." Marion bedankte sich überschwänglich. Von dem Moment an, als sie Martin gesehen hatte, hatte sie nur ein Interesse: ihn mit seiner Mutter zusammenzubringen.

Gleich nach dem Telefonat informierte Marion Pfarrer Feld über die Ergebnisse der DNA-Analyse. Gleichzeitig hatte sie das Bedürfnis, sich nochmals bei ihm für seine Hilfe zu bedanken. „Pfarrer Feld, Sie führen zwei Menschen zusammen. Ich habe Sie richtig eingeschätzt. Sie haben darin eine glücklichere Hand bewiesen als mancher Hirte. Nochmals vielen Dank für alles!"

Am nächsten Morgen wachte Marion sehr früh auf. Obwohl sie sich in der Nacht nach Ruhe und Schlaf gesehnt hatte, hatten die Gedanken an Ellen und Nick sie wach gehalten. Sie quälte sich aus dem Bett und setzte die Kaffeemaschine in Gang – sie hatte schließlich noch vor, Carolin und Hendrik aufzusuchen.

Als sie die Auffahrt zum Haus erreichte, winkte Hendrik ihr schon zu. Er stand in der Tür und hatte schon auf sie gewartet. Marion legte die Unterlagen, die sie sich besorgt hatte, auf den Tisch. Es handelte sich um die Adoptionspapiere und das herzzerreißende Testament. Dazu ein Foto von Martin Schulz, das sie unauffällig in Ellens Wohnung abfotografiert hatte. Auf diesem Bild waren Vater und Sohn kaum zu unterscheiden.

Hendrik und Carolin verschlug es beim Anblick der Unterlagen die Sprache – vor allem die Ähnlichkeit von Martin auf dem Foto und Nick, den sie ja kannten, war gravierend. Hendrik fand seine Sprache zuerst wieder, überreichte Marion das Ergebnis der DNA-Analyse und fragte: „Wie geht es jetzt weiter? Wie bringen wir es Ellen und Nick bei?"

Diese Frage hatte auch Marion schon so sehr beschäftigt, dass alles Übrige in den Hintergrund trat. Sie wünschte sich so sehr, dass Nick und Ellen sich in die Arme fielen! Aber war es nicht auch möglich, dass in der Zwischenzeit zu viel geschehen war? Sie versuchte, diesen Gedanken weit von sich zu schieben.

Nach einer Weile sagte Marion zu Carolin und Hendrik: „Ich werde Ellen anrufen und fragen, ob sie Zeit für mich hat; wir haben uns lange nicht gesehen. Ich möchte keine Zeit mehr verstreichen lassen und ihr mit all dem, was ich schwarz auf weiß zusammengetragen habe, belegen, dass ihr Sohn, den sie damals gesund in ihren Armen hielt – dass dieser Sohn damals nicht gestorben ist, sondern auf der Entbindungsstation vertauscht wurde und heute noch lebt. Ich werde ihr sagen, dass ich ihn auf einer Trauerfeier gesehen und kennengelernt habe. Er ist vom Aussehen – ja sogar von der Stimme her – seinem verstorbenen Vater zum Verwechseln ähnlich."

Hendrik bot sich an. „Ich fahre mit dir, Marion. Vielleicht ist es besser, wenn ein Arzt anwesend ist. Du bist zwar Krankenschwester und ich könnte dir ein Beruhigungsmittel mitgeben – aber besser ist, wir sind zu zweit bei Ellen." Marion bedankte sich für das Hilfsangebot; sie hatte den gleichen Gedanken gehabt.

Ellen freute sich, die Stimme von Marion nach so langer Zeit zu hören. Als Marion fragte, ob sie und ihre Begleitung vorbeikommen dürften, sagte Ellen spontan zu.

Marion hatte während des Telefonates die Lautsprechertaste gedrückt. Ellens Stimme hörte sich für Hendrik sehr sympathisch an.

Carolin bot ihren Wagen für die Fahrt an, bestand aber darauf, Marion nicht ans Steuer zu lassen. In ihrer Aufregung würde sie sich nicht genug auf den Straßenverkehr konzentrieren können.

Das Wiedersehen von Ellen und Marion war überwältigend und die Freude auf beiden Seiten gleich groß. Ellen hatte eine bezaubernde Art, sich für die überreichten Blumen zu bedanken. „Kommt doch rein in die gute Stube. Ich habe auch eine Kleinigkeit vorbereitet."

Ellen stellte die gläserne Blumenvase auf das Sideboard. Darüber, an der Wand, hing ein Bild von ihrem verstorbenen Verlobten Martin. Hendrik kannte dieses Bild bereits, es war das, welches Marion bei ihrer Suche nach dem notwendigen Probematerial heimlich fotografiert hatte. Ellen merkte, dass Hendrik sich das Bild besah. Tatsächlich, dachte er, dies könnte auch Nick sein.

„Verstehen Sie etwas von Malerei, Herr Müller?", fragte Ellen.

Hendrik antwortete: „Es gefällt mir sehr gut. Wer ist der Mann auf dem Foto?"

„Das war mein Verlobter. Ein Bekannter von uns hat das Bild von einer kleinen Fotografie abgemalt. Es ist ein Pastellgemälde."

„Ja", sagte Hendrik, „es wirkt sehr natürlich – und mit dem dunklen Rahmen, dem Goldstreifen und dem Passepartout ist alles passend aufeinander abgestimmt."

Ellen setzte sich zu ihnen an den Tisch und reichte jedem einen Teller mit Obsttorte, während Marion derweil den Kaffee einschüttete. Nachdem alle reichlich versorgt waren, begann Ellen zu erzählen: „Als ich damals Martin und den Kleinen verlor, war ich von einer tiefen Mutlosigkeit erfüllt. Die Tage waren endlos lang. In der Nacht, wenn ich bei offenem Fenster die Sterne sah, war mir, als höre ich in der Ferne eine Stimme. Ich glaubte, jemand rufe mir zu. Ich wäre so gerne bei ihnen gewesen. Mit Blick zum Himmel lauschte ich hellwach in die Dunkelheit und erinnerte mich an die guten Zeiten. – Die göttliche Gnade herabzuflehen auf den Kleinen und auf

Martin, dass sie nicht verloren sind, sondern weiterleben, solange die Liebe größer ist als Glaube und Hoffnung – wie es geschrieben steht."

Marion ließ nun keine weitere Zeit verstreichen; sie schenkte Ellen reinen Wein ein über das in Erfahrung Gebrachte. Ellen hörte angespannt zu, ohne Marion auch nur einmal zu unterbrechen. Ihr war, als stürze der Himmel über ihr ein. Ihr Herz schlug bis zum Hals, ihre Augen füllten sich mit Tränen. „Martin!", schrie sie auf. Sie erkannte ihre eigene Stimme nicht. Alles, was sie von der Entbindung noch in der Erinnerung hatte, war der zart wimmernde Schrei und die faltige Haut des Neugeborenen.

Marion stand auf und nahm Ellen in die Arme. „Ellen, du hast einen Sohn. Du wirst auf das kleine Wesen verzichten können. Heute ist dein Sohn ein erwachsener Mann. Dein Martin."

Hendrik legte seinen Arm um Ellens Schulter: „Ellen", sagte er, „der Großvater meines Freundes Florian ist mit Ihrem Sohn Nick – so kann ich mit Fug und Recht sagen – eng befreundet. Die zwei haben sich in Kenia, in Nairobi, kennengelernt. Ich hörte, wie Florian einmal von Nick erzählte, der sei ein Junge, der durch die Welt geht und seinen Frohsinn pfeift."

Ellen war überwältigt von Freude und Glück und befand sich in einer Welt, die keine Ähnlichkeit hatte mit der, die sie vorher gekannt hatte. Sie weinte vor Freude und sagte: „Marion, ich danke dir. Auch Ihnen, Hendrik, danke ich von ganzem Herzen!"

Marion hatte einen kompletten Satz Fotokopien zurückgelassen. Es ließ Carolin keine Ruhe. Kurz entschlossen rief sie Nick an. „Hallo Nick, schön, deine Stimme zu hören. Ich habe mit dir etwas Wichtiges zu besprechen. Ist es möglich, dass ich zu dir komme?"

„Kein Problem. Aber wie wäre es, wenn ich zu dir komme? Miranda hat einen Termin bei Alex. Das kann lange dauern."

„Wunderbar. Ich werde auf dich warten", meinte Carolin.

Als Nick daheim bei Familie Rogers ankam, hatte Carolin ihn herzlich empfangen. „Du siehst gut aus", meinte Nick. „Das ist hier ja ein ganz romantischer Winkel. Alles blüht so schön – und dieser leise Wind. Richtig schön wohnst du hier!" Er folgte Carolin ins Wohnzimmer. Unterdessen versuchte Carolin, ihre Aufregung in den Griff zu kriegen. Ihr war klar, dass sie Nick nun verwirren würde.

„Mach es dir bequem", sagte sie und wollte das Gespräch ohne Umschweife auf den Punkt bringen. Nick hatte auch schon eine Vorahnung, dass es wohl um diesen Martin ging, mit dem Marion ihn bei Marias Trauerfeier verwechselt hatte. Und irgendwie ließ er es geschehen, hörte zu und fragte dann gerade heraus: „Carolin, kennt Marion meine Adoptivmutter?"

Carolin stutzte einen Moment und meinte: „Ich habe dich um dieses Treffen gebeten, um mit dir darüber zu sprechen. Um deine Frage genau zu beantworten: Marion kannte die Mutter, die ihr Kind fortgegeben hat, und auch deine richtige Mutter und deinen tödlich verunglückten Vater. – Als Marion dich zum ersten Mal gesehen hat, brauchte ihr keiner zu sagen, wer du bist. Wahrhaftig und mit absoluter Sicherheit glaubte sie, deinen Vater vor sich zu haben. Vor vierundzwanzig Jahren hatte dein Vater einen Verkehrsunfall und war auf der Stelle tot. Deine Mutter, Ellen Arnhold, und Marion waren mit im Auto. Deine Mutter wurde leicht verletzt und Marion blieb unverletzt. Deine Mutter war zum Zeitpunkt des Unfalles hochschwanger; kurze Zeit später wurdest du – und eben gleichzeitig ein weiteres Baby – im Krankenhaus geboren. Nach zwei Tagen starb einer der Säuglinge, der andere wurde von seiner Mutter, die krebskrank war und nicht mehr lange zu leben hatte, zur Adoption freigegeben. Dein Schicksal und das deiner Mutter war: Man hatte die Neugeborenen vertauscht. Hier, Nick, alle notwendigen Belege hat Marion zusammengetragen."

Nick nahm die Unterlagen entgegen und schaute hinein. Die Unterlagen ließen keinen Zweifel zu. Als Nick das kurz gefasste Testament las, sagte er: „Marion muss ein Engel sein. Meine Mutter und ich haben ihr so viel zu verdanken!"

„Nick," sagte Carolin, „Marion und Hendrik sind in diesem Moment bei deiner Mutter." Für einen Augenblick war Nick sprachlos. Dann sagte er: „Carolin, gib mir die Telefonnummer, bestell mir ein Taxi – und gib mir bitte einen Cognac."

Das Telefon klingelte und Ellen nahm den Hörer ab. Sie erschrak, als sie nur ein Wort vernahm: „Mutter." Nick hörte ihren Atem und sie glaubte eine vertraute Stimme zu hören, als er fortfuhr: „Ich bin gleich bei dir."

Ellen glitt der Hörer aus der Hand. Hendrik fing sie schnell auf und legte sie auf die Couch. „Du musst tief Luft holen", wies er Ellen an. Diese nickte, sie fühlte sich gut aufgehoben in den Händen eines Arztes. Glauben konnte sie das alles noch nicht. In ihrem Ohr klang noch das Wort Mutter nach, von einer längst verloren geglaubten Stimme gesprochen. Allmählich aber entspannte sie sich.

Hendrik schaute Ellen an und sagte dann: „Wir gehen jetzt und lassen dich alleine. Nick wird gleich hier sein, und da wollen wir nicht stören." Ellen nickte, antworten konnte sie nicht. Mit einem Blick auf Marion sagte sie leise: „Ich danke dir!" Dann fühlte sie sich auf einmal wie befreit und überglücklich. Sie brachte ihre Besucher zur Tür und ließ sie für Nick offen stehen.

Nick und Ellen waren die glücklichsten Menschen. Sie gaben sich Halt. Es schien, als müssten beide die vergangene Zeit nachholen.

Miranda nahm Ellen in den Arm. „Ich finde, du bist wunderbar. Ich freue mich so, dass wir jetzt zusammengehören und dass es immer so bleibt. Alle, die Nick kennen, freuen sich mit ihm. Besonders Alex, sein bester Freund."

„Ich finde, das muss gefeiert werden", sagte der. „Es ist wirklich wie im Traum. Nick und Ellen haben das bekommen, was sie all die Jahre vermissen mussten. – Und sie ist wirklich eine nette Frau, diese Ellen."

*

„Also, was schlägst du vor?" Alex legte seine Hand auf Florians Schulter. „Das muss gefeiert werden." Er lehnte sich in seinen Sessel zurück und schaute in die Flammen des Kamins, wo die Holzscheite brannten. Auf dem Fußboden hatte Flori seine Spielkiste ausgepackt. Alex sah ihm zu, wie er einen bunten Ball zu Florian rollte, und der ihn dann wieder zurückschubste. Das Kinderlachen hallte durch den ganzen Raum. Alex streckte seine Arme nach ihm aus und drückte ihn an sich.

„Florian, der Kleine hat uns vom Thema abgebracht. Wir waren bei Ellen, Nick – und Miranda. Wie läuft es bei den dreien?"

Florian erwiderte: „Nun, Ellen ist Hals über Kopf von ihrem recht einfachen, geregelten Leben in die hektische Welt von Nick und Miranda gesprungen. Hin und wieder möchte Miranda, dass Ellen sie auf dem Flug nach Nairobi begleitet. Sie möchte Ellen ihre Welt zeigen und den Ort, wo sie und Nick sich gefunden haben. Sie möchte auch, dass sie ihre Mutter kennenlernt und alle anderen, die sie mögen und die sie ins Herz geschlossen hat."

Alex sagte: „Ja. Ellen wird sich dort wohlfühlen. Ich kenne die Gastfreundlichkeit dieser Menschen." Ellen ist jetzt achtundvierzig Jahre, sieht gut aus und ist schlank – keine Spur einer gewissen Üppigkeit.

„Was meinst du, Florian, brauchen die drei uns bald? Wie sollen wir das feiern? Wir könnten ja auch zu ihnen fahren." Doch der Gedanke, sie einzuladen – der Gedanke gefiel Florian besser.

„Großvater, du bist ein ausgezeichneter Gastgeber. Wir werden sie hierher einladen – nach Königswinter. Eva wird sich wie ein Kind freuen, wenn alle mal wieder zusammen sind."

Alex begann sich zunehmend für die Idee zu erwärmen. „Gut, ich werde es organisieren. Florian, sag Eva einen Gruß. Sie möchte doch bitte alle informieren und einladen – alle, die uns lieb sind. Mit Königswinter – davon können wir ausgehen – haben wir eine gute Wahl getroffen. Diese Stadt hat eine der schönsten Rheinpromenaden. Ein Highlight wäre natürlich auch eine Schiffsfahrt. Zuerst werden wir uns in unserem Garten versammeln. Hier gibt es Platz genug für alle. Und der Ausblick auf den Rhein – das ist ein Blick, der die Seele erwärmt! – Wie ich gehört habe, will Miranda für einige Tage nach Nairobi. Ellen fliegt mit, das gibt uns Zeit, alles Notwendige vorzubereiten."

Am Flughafen in Nairobi wurden sie von Elisabeth abgeholt. „Darf ich vorstellen – das ist Ellen, Nicks Mutter aus Köln", verkündete Miranda, während sie neugierig auf die Reaktion von Elisabeth wartete. Sie lächelten sich an. „Ich habe gehofft, dass du uns besuchen kommst." Dann umarmten sich Elisabeth und Ellen.

Das wenige, leichte Gepäck war schnell im Auto verstaut, wollten sie doch nur ein paar Tage bleiben. Miranda fuhr den Subaru, Ellen und Elisabeth hatten auf den Rücksitzen Platz genommen. So konnten sie sich besser unterhalten.

Die Fahrt ging durch eine ruhige und gepflegte Gegend. Vorbei an wunderschönen Hotelanlagen inmitten von weitläufigen Palmengärten. Dann sagte Miranda schon: „Wir sind da", und hielt den Wagen direkt vor dem Eingang an. Sogleich kam ein Hausmädchen herbeigelaufen, begrüßte Miranda und streckte dann die Hand aus, um Ellen von ihrem Sitz aufzuhelfen.

„Wie gefällt es dir hier, Ellen? Du bist uns herzlich willkommen."

Ellen hatte nicht damit gerechnet, hier ein so komfortables Restaurant vorzufinden. „Dann musst du erst mal unser Hotel Holiday Prines sehen! Komm herein, du musst dir alles ansehen." Die Begrüßung durch die vielen Angestellten nahm kein Ende. „Das ist Peony Donald, Koch, Chef und Mädchen für alles."

Peony wirkte sehr gepflegt und kam Ellen sehr männlich und gleichzeitig charmant vor. „Schön, dich kennenzulernen", sagte er in einem Englisch, das Ellen gut verstehen konnte. Sie folgte den anderen. Sie gingen aus der Eingangshalle durch einen großen holzgeschnitzten Türbogen hinüber in ein Gesellschaftszimmer. Hier hatte Peony alles für Mirandas Besuch vorbereitet. Aus der nahe liegenden Küche konnte man einen köstlichen Duft wahrnehmen.

„Ich habe mir gleich gedacht, dass Sie Deutsche sind", sagte Peony.

Ellen lachte . „Ist das so offensichtlich?"

„Ja, eigentlich schon. Wir haben häufig deutsche Gäste."

Miranda sagte zu Ellen: „Morgen fahre ich ins Dorf, um meine Mutter abzuholen, die zweimal monatlich für einen Tag und über Nacht bleibt. Sie ist bei ihren Freunden und hat mit Elisabeth vereinbart, dass ich sie abhole. Wenn es dir recht ist, nehme ich dich gerne mit." Mit natürlicher Selbstverständlichkeit willigte Ellen ein.

Diesmal nahm der Weg eine andere Richtung – nicht entlang gepflegter Anlagen. Als sie in der Ferne das kleine Dorf sahen, hielt Miranda den Wagen an. Sie stiegen gemeinsam aus, um sich einen Moment die Füße zu vertreten. Miranda hatte Ellen einen von ihren einfachen Tropenanzügen geliehen. Hier draußen kam es auf den Zweck an und nicht auf die Mode. Sie gingen einen kleinen Hügel hinauf, die hohen Sträucher spendeten etwas Schatten. Von hier hatte man einen weiten Blick. Miranda setzte sich auf die Erde und zog die Knie bis zum Kinn hoch. An ihrer Seite saß Ellen, die ihren Arm auf

Mirandas Schulter legte – so schauten sie hinab auf die kleinen Hütten. Dort herrschte Betrieb, vor allem der vielen Kinder wegen.

„Das ist der andere Teil Afrikas. Die meisten, denen es gut geht, reizt dieser Teil des Landes nicht. Nick war oft mit meiner Mutter hier, und alle fühlten, dass er mit dem Herzen bei der Sache war. Mutter weiß, dass ich komme, aber sie ahnt nicht, dass du bei mir bist. Elisabeth hat sie gestern hierher gebracht. Sie verteilt Sachen, die diese Menschen zum besseren Leben gut gebrauchen können. Mira, meine Mutter, gehört zum Team des Restaurants. – Nicht weit von hier leben die wilden Tiere – die Bewohner der Natur. Die Wilderer aus den Dörfern richten nicht so viel Schaden an, aber die Jagd als Sport liegt mir schwer im Magen – und es wird immer schlimmer. Diese Menschen meinen, auf das Gleichgewicht in der Natur keine Rücksicht nehmen zu müssen. Sie zerstören ihre Ausgewogenheit der Natur, vielleicht sogar in nicht mehr zu reparierender Weise. So bleiben nur noch die Wildschutzgebiete, die zu Nationalparks ausgewiesen sind, als eine letzte Arche Noah, in der man auf das Überleben der Tiere hoffen kann."

Im Dorf wurde Mirandas Subaru so umringt, dass sie kaum aussteigen konnten. Die vielen Kinder kannten Miranda und freuten sich auf die Süßigkeiten. Am Dorfbrunnen, aus dem kühles Trinkwasser floss, stand Mira mit den anderen Frauen,. Mutter und Tochter gingen aufeinander zu und umarmten sich innig. Und dann stand Ellen Mira gegenüber.

„Das ist Ellen Arnhold, die Mutter von Nick." Mira blieb der Mund offen stehen, obwohl sie informiert war. Miras Freundin Khadija, bei der sie immer wohnte, wenn sie dem Dorf einen Besuch abstattete, sagte: „Kommt herein. Ich koche uns Kaffee. Hier bei uns ist alles sehr einfach, aber wir sind schon glücklich, wenn wir Frieden haben. Weißt du, Ellen, da oben ist jemand, der uns zwar nicht gibt, was wir uns wünschen, aber er gibt uns, was wir brauchen."

Alle gaben sich große Mühe, mit Ellen Freundschaft zu schließen. Sie war überwältigt. Sie fühlte, es tat gut, mit diesen Menschen zu sprechen.

In dieser Frauenrunde beim Kaffee erzählte dann Mira aus vergangenen Zeiten. „Es gab immer wieder freiwillige Helfer, die ihre Zeit, ja ganze Nächte, geopfert haben. Nick war einer von ihnen." Mira küsste Ellen auf die Wange. „Pass gut auf deinen Jungen auf!"

Ellen nickte und antwortete: „Liebe Mira, liebe Khadija! Ich freue mich so, in dieser Runde zu sein! Dieses Beisammensitzen und diese Harmonie werde ich für immer in mir bewahren. Und wenn es nach mir geht, möchte ich es nicht dem Zufall überlassen, dass wir uns wiedersehen. Ich freue mich schon jetzt darauf!"

Mira deutete an, dass sie aufbrechen sollten. Draußen strahlte die Sonne von einen wolkenlosen Himmel. Khadija wirkte betrübt. Jedes Mal, wenn Mira sie verlassen hatte, fühlte sie sich ganz allein und ihre Sehnsucht auf den nächsten Besuch war groß.

Es war schon später Nachmittag. Mira fuhr, Miranda und Ellen saßen auf dem Rücksitz. Von hier aus ließ sich alles gut übersehen. Miranda konnte gut erklären – wie ein Reiseführer.

Ellen war noch in Gedanken bei den gemeinsamen Erlebnissen im Dorf und der herzlichen Gastfreundschaft. Ihr ging noch im Kopf herum, wie Khadija geflüstert hatte: „Ich kann Mira und Nick gar nicht genug danken für das Licht, das sie in unseren Schatten getragen haben."

Die Fahrt nach Hause wählte Mira so, dass Ellen sich ein Bild von der unberührten Natur machen konnte. Der Regen hatte wieder einmal das Weideland zum Leben erweckt. Mira hielt den Wagen an. „Seht, da drüben grast eine große Herde Gnus."

Seitlich von ihnen im Osten ging die Sichel des Mondes auf. Einige Vögel zogen darunter hinweg. Das Steppengras und die breiten

Kronen der weit auseinander stehenden Bäume erstrahlten in malerisch goldenem Licht. Der Abend legte Schweigen und Schatten über das Land. Ellen dachte an ihren Sohn, der Miranda hier in diesem fremden, großartigen Land begegnet war.

Als der Wagen erneut hielt, sagte Mira: „So, wir sind daheim." John stand vor dem niedrigen weißen Vorbau des Restaurants und hieß sie alle willkommen. Er erkundigte sich nach dem Verlauf der Fahrt. Mira erklärte: „Wie immer. Weißt du, ich wollte mich nicht zu sehr vom Abschiednehmen rühren lassen."

John erwiderte ihren Blick und nahm ihr die Reisetasche ab. Dann drehte er sich um und hakte sich bei Ellen ein. Sie lachte, weil John nach Whisky roch. Vermutlich hatte er sich einen Schluck genehmigt. Sein langes graues Haar war lichter geworden. Sein Dreitagebart gab ihm ein verwegenes Aussehen. Ganz der John, wie ihn Nick beschrieben hatte. „John, du siehst richtig gut aus", scherzte Miranda. „Na wie schön, dass du mir gerne Komplimente machst", und gab ihr einen Klaps. Sie stand vor ihm und reichte ihm den Autoschlüssel.

Große Begeisterung empfand Ellen bei dem Anblick des Gästezimmers, das Miranda ihr zugewiesen hatte. Die geschmackvolle Einrichtung – im typisch afrikanischen Safaristil – mit den antiken Möbeln war fantastisch. Auf dem Tisch frische Blumen und eine aus Tropenholz geschnitzte Schale mit Früchten. Die Sicht vom Balkon bot den Anblick eines gepflegten tropischen Gartens mit Palmen und einem kleinen Meerwasser-Pool.

„Hier, in diesem Zimmer, hat Nick mehr als ein Jahr gewohnt. Damals, als er in der Bank in Nairobi beschäftigt war." Als Miranda das zu Ellen sagte, wurde es ihr warm ums Herz. Doch bei all dieser Pracht gingen ihr die Familien, die im Dorf in Lehmhütten wohnten, nicht aus dem Kopf.

Elisabeth klopfte an die Tür. „Ellen, komm, lass uns zusammen zu Abend essen." Der köstliche Duft von Gewürzen umfing Ellen. Es gab Wild, das ein Jäger vor ein paar Tagen angeliefert hatte.

Elisabeth hatte für alles gesorgt. „So war sie schon immer", sagte John und legte seine Hand auf Elisabeths Arm.

„Es soll Ellen bei uns gefallen. Sie ist immerhin die Schwiegermutter von Miranda und die Mutter von Nick. Folglich wird sie immer zu uns gehören!"

„Ihr seit alle so nett! Immer, wenn ich im Bett liege und nicht schlafen kann, denke ich an Nicks Kindheit. Wie muss ich ihm gefehlt haben. Wie oft hatte er sich mit seinen kleinen Kinderhänden auf der Erde abstützen müssen, bis er selbst gehen konnte. Gerade in dieser Zeit braucht ein Kleinkind die sorgende Hand der Mutter."

John sah Ellen nachdenklich an und sagte: „Glaube mir, Ellen, der da oben war bei ihm. Und als Nick selber gehen konnte, gab ihm jeder Tag mehr Kraft. Tief in seinem Inneren war er immer glücklich. Er wolle immer frei sein und er ist es immer gewesen. Er ging der Sonne entgegen – auch wenn es regnete. Er kam nach Afrika, aber ist kein Abenteurer. Seine Hände haben die Fähigkeit, sich freigebig zu öffnen, wo es nötig ist."

Ellen konnte all ihr Glück nicht begreifen. Sie sah mit Nicks Augen aus dem Zimmerfenster. Dann fielen ihr die Worte von Miranda ein: „Ich bin immer stolz auf Nick gewesen. Er gab mir allen Grund dazu. Du musst es so sehen, Ellen, beruflich arbeiten wir in zwei Ländern und wir leben gut davon. Sicher schmerzt es, wenn man sein Land verlässt. Dafür bezahle ich auch. Aber die Bindung der Liebe ist größer. Genau gesehen verlasse ich meine Heimat ja nicht, sie wird nur größer."

Ellen lächelte. „Ich bin stolz auf dich, Miranda."

Der Ansturm der Touristen bescherte Miranda und Elisabeth viel Arbeit. John nutzte die Gelegenheit und lud Ellen ein, das Land mit dem Geländewagen zu durchstreifen. Er wählte eine der beliebtesten Touren, die er oft mit Alex unternommen hatte. Nach längerer Fahrt stellte er das Auto unter einem Baum ab. Auf dem Feld sahen sie die Menschen in der heißen Sonne arbeiten.

„Es ist die Ernte, die ihnen immer wieder Sorge bereitet", erklärte John seinem Besuch. „Die Afrikaner sind ein anspruchsloses Volk – sie verlangen nicht viel. Aber sie brauchen starke Gewerkschaften, die ihnen die Möglichkeiten garantieren, frei Kaffeepflanzen anzubauen und zu einem gerechten Preis zu vermarkten. Und das Wichtigste sind die Menschenrechte und die Aufhebung der Rassenschranken."

Er griff in die Kühlbox und füllte zwei Becher mit Limonade. „Steig ein. Wir müssen weiterfahren." Ellens Interesse an der Geschichte des Landes war groß. Doch John mochte es nicht, über die Vergangenheit nachzudenken. Drüben, in dieser Richtung in den Aberdares, dem Dschungelgebirge, hatten die kriegerischen Aufstandsbewegungen getobt. Anfang der fünfziger Jahre versammelten sich die schwarzen Mau-Mau zu Überfällen auf weiße Farmer.

Nachdem wieder Ruhe eingetreten war, wurde das Gebiet zum Nationalpark erklärt. Heute steht auf der Landkarte eingezeichnet: Aberdare National Park. Ein Sammelpunkt für Touristen aus allen Teilen der Welt. Von ihren Kleinbussen aus stören, bestaunen und fotografieren sie die Tiere, die irgendwo im Schatten nach Ruhe suchen. –

„Jetzt müssen wir abbiegen, damit wir rechtzeitig am Flughafen sind. Es wird nur eine Kurz-Safari, aber es ist reizvoll und faszinierend, den schwarzen Kontinent als Gast zu erleben. Wir fliegen mit der Cessna von Nairobi nach Mombasa. Eine Safari ganz besonderer Art – davon kannst du Alex erzählen. Er kennt diesen Park!"

Der Blick aus dem Fenster während des Fluges zeigte die beeindruckenden Landschaften Ostafrikas. In Mombasa empfing beide ein junger deutschsprachiger Reiseführer, Pongo, ein Bekannter von John. Er führte sie zu seinem Allrad-Geländewagen. John hatte eine Pirschfahrt vereinbart, bei der Pongo sie in eines der bekanntesten Wildreservate Afrikas einführte – den Mombasa-Mount Kenya Nationalpark. Pongo hatte sich alle Mühe gegeben, der Tag war großartig. Zum Abschluss der Safari verbrachten sie noch eine kurze Zeit in einem unter Schweizer Leitung geführten Hotel. Von hier aus brachte Pongo sie im Hotelbus zum nur zwölf Kilometer entfernten Flughafen.

Der Tag war ein Erlebnis, aber auch sehr anstrengend. Eine Strecke betrug schließlich ungefähr fünfhundert Kilometer, und die beiden mussten noch vor Sonnenuntergang in Nairobi landen.

„John", sagte Ellen, „ich sehe noch Pongos Hand in meiner – schwarz in weiß."

„Da unten, Ellen, das sind blühende Kaffeefelder." Sie genoss den Anblick – die Romantik der Wildnis hatte es ihr angetan.

„Aber nicht immer ist die Wildnis verlockend." In diesem Augenblick überflogen sie Zelte und strohgedeckte Lehmhütten. „Du warst mit Miranda bei den Leuten. Du hast gesehen, wie sie wohnen. Wenn du dich länger bei den Menschen in ihren einfachen Dörfern aufhältst, ist es mit der Romantik schnell vorbei."

Als sie wieder in Nairobi waren, kam Miranda auf Ellen und John zugelaufen. „Miranda, es war wunderschön!"

„Das freut mich, Ellen!"

„Die Sicht aus der Cessna, die Welt von oben. Ein Spiel von Licht und Schatten, von Stille und Leben, von Überraschungen und Wildnis, ein höchst beeindruckender Artenreichtum. Ich wurde mit einmaligen Natur- und Tiererlebnissen belohnt!"

Das Abendessen war ausgezeichnet. Ellen wollte Miranda noch von dem wunderbaren Abenteuer erzählen. „Besonders dankbar bin ich John, der sich so viel Mühe gegeben hat. Seine fünfundsiebzig Jahre merkt man ihm wirklich nicht an." Ellen erwähnte die Rückständigkeit der Dörfer, die sie beim Überfliegen aus dem Fenster der Cessna gesehen hatte."

„Diese Rückständigkeit ist das Produkt des Kolonialismus. Bis in die fünfziger Jahre des vorigen Jahrhunderts wollten die ausbeutenden Länder ihre Werte in diesem Kontinent zu etablieren. Dadurch wurde die afrikanische Lebensart für die Menschen nahezu vernichtet.

Ich kann dir die Sorgen, die Afrika noch heute heimsuchen, aufzählen. Mit dem Ende des kalten Krieges traten die Nachlässigkeit und die Gleichgültigkeit der reichen Länder zutage. Keines von ihnen wollte die voraussehbaren Probleme erkennen. Afrika steht ganz unten im Wirtschafts-, Erziehungs- und Gesundheitswesen – aber ganz oben in der Kriminalität. Der schwarze Kontinent wurde regelrecht ausverkauft. Unser Land wurde vom Kolonialismus erlöst, aber es wird noch lange dauern, bis ein menschlich annehmbarer Standard erreicht ist.

Doch es gibt auch Hoffnung", sagte Miranda. „Afrika befand sich vor sechzig Jahren dort, wo heute moderne Hotels und gepflegte Anlagen die Touristen aus der ganzen Welt beherbergen, noch im Mittelalter. Inzwischen fahren viele Afrikaner Autos, lernen Englisch. Die Frauen beherrschen die Geburtenkontrolle und arbeiten in Büros. Unsere Aufgabe muss es sein, die Menschen aus den Hütten der Armenviertel, die zum Teil heute noch das Alphabet nicht kennen, einzubinden. Nur so wird es uns gelingen, der ausufernden Kriminalität ein Ende zu setzen. Hinzu kommt der Kampf gegen die Aids-Seuche; dem Sex-Tourismus muss ein absolutes Ende gesetzt werden. Sollte uns das nicht gelingen, wäre ein Rückgang der Wirtschaft und des Fremdenverkehrs zu befürchten.

Damals, in den zwanziger Jahren – so schreiben die Geschichtsbücher – kamen adelige Engländer aus der Oberschicht, unter ihnen viele schwarze Schafe, nach Kenia. Hier machten sie sich breit. Kauften Land – viel Land – und machten auf Kosten der Eingeborenen gute Geschäfte. In den exklusiven Clubs von Nairobi feierten sie ihre Feste, wobei ein Skandal den anderen ablöste. Mit teuren Wein- und Champagnerflaschen wurde gekegelt oder Polo gespielt. Viele Herrscher in Kenia waren durch Korruption und Vetternwirtschaft belastet. Einer aber, Jomo Kenyatta, hat sein Land von 1962 bis zu seinem Tod im August 1978 zwar als unumschränkter Herrscher regiert; doch im Vergleich zu manch anderem afrikanischem Staatsmann war dieser Freiheitskämpfer eine Persönlichkeit von Format. Er hielt Kenia auf pro-westlichem Kurs. Nach seiner Haft ist er selbst seinen Peinigern in überaus versöhnlicher Art entgegengekommen und hat die frühere Kolonialmacht und die arroganten weißen Siedler keine Fremdenfeindlichkeit spüren lassen. Große Buchautoren haben ihn mit Nelson Mandela verglichen. Die Geschichte und die bittern Plagen darf man nicht vergessen. Zurückdenken aber möchte ich auch nicht immer, und ich glaube, das geht vielen so. Heute leben und genießen wir die glücklichere Gegenwart. Es wäre nur zu wünschen, dass alle, die noch im Schatten der Zivilisation leben, auch Grund finden, sich zu freuen und nicht vom menschenwürdigen Leben ausgeschlossen bleiben." Miranda konnte sich gut erinnern und spannend erzählen. Ellen hatte sie dabei mit ihren großen topasblauen Augen dankbar angesehen.

Sie gingen auf die Terrasse. Es war schon etwas kühl geworden. Vom samtfarbenen Himmel leuchteten die Sterne. Ein Moment zum Nachdenken. Ellen war in Gedanken versunken. „Manchmal", sagte sie, „träume ich davon, dass ich so manches schon geahnt habe. Doch dann grüble ich nicht mehr darüber nach. Geht dir das auch so, Miranda?"

Sie erwiderte: „Mag sein. Aber was zählt ist die Gegenwart und das, was man liebt und nie verlieren möchte."

„Du denkst an Nick?"

„Ja, natürlich, Ellen. Ich habe mit ihm telefoniert. Er sagt, wir sollen, wenn wir zurückfliegen, in Frankfurt landen, damit du noch einige Tage bei uns verbringen kannst." Ellen freute sich von Herzen und nahm das Angebot gerne an. Sie drückte Miranda an sich und bedankte sich überschwänglich.

„Morgen früh fliegen wir wieder zurück." Der Abschied von Elisabeth und John, von Mira und all den Angestellten war tränenreich gewesen. Auf die scherzhafte Frage, ob John mitkommen wolle, lehnte er dankend ab. „Elisabeth und ich werden hier gebraucht. Nein, Miranda. Du, Nick und Ellen sollt jetzt erst mal für euch sein." Als Peony den Geländewagen für die Fahrt zum Flughafen bereitstellte, hatten sich alle zur Verabschiedung versammelt.

Ellen zog John an sich. Der ließ es sich gern gefallen. Sie fühlte seine Finger in ihren Haaren. Sie flüsterte ihm zu: „Danke, John. Ich kann dir nicht genug danken für all das, was du mir geschenkt hast." Sie hielt seine Hand fest und John merkte, dass sie weinte. „John, ich nehme unsere gemeinsamen Erinnerungen mit. Der Sonnenaufgang, die ersten Strahlen, die reine Luft und die kreisenden Vögel am Himmel – welcher Morgen war das!"

Die Fluggäste wurden schon aufgerufen. John nahm beide in den Arm und flüsterte leise: „Angenehmen Flug. Schön, dass du da warst – jetzt und immer." Er griff nach dem Seidentuch, das Ellen um den Hals geschlungen hatte. Sie tat so, als ob sie es nicht merkte, und winkte beiden zum Gruß nach.

Auf dem Flug über afrikanisches Gebiet war sie in Gedanken versunken. Die Blicke der hungernden Kinder gingen ihr nach.

„Hast du alles geschafft, was du dir vorgenommen hast? Und woher nimmst du die Kraft dazu?", fragte Ellen.

„Elisabeth hat mich zu einem freien Menschen erzogen. Für viele Eltern wäre diese Freiheit viel zu weit gegangen. Ich konnte leichtsinnige und leichtfertige Dinge tun. Sie wollten mir immer die Gewissheit geben, dass ich frei bin. Dieses Gefühl geben wir an unsere Angestellten weiter. Das ist die Grundlage einer vertrauensvollen Zusammenarbeit. Damit kann man alles Unbehagen vertreiben. – Ellen, ich bin voller Optimismus. Es zeigt sich ein Weg zu besseren Zeiten. Der Tourismus zeigt, dass sich die Besucher für unser Land interessieren. Sie wollen, dass wir ihnen von unserem Land erzählen und es ihnen zeigen. Das ist der Weg, der von Sorge zu mehr Normalität führt. Die Behauptung, dass die Schwarzen nicht wirtschaften können, ist zum Lachen. Viele Afrikaner sprechen ein gutes Englisch und sind sehr wohl in der Lage, eigenständig zu produzieren und zu planen. Sie passen sich auf den Feldern, die sie bewirtschaften, europäischen Gewohnheiten an. Nun ja", sagte Miranda, „wir haben wilde Tiere, aber unser Land kann noch mehr als nur den durchschnittlichen Touristen bedienen. Heute schon hat Nairobi, die Stadt an der Äquator-Sonne, einen für jedermann ersichtlichen festen Platz auf der Weltkarte. Ich mache mir keine Sorge – auch Wirtschaft und Handel gewinnen in meiner Phantasie immer mehr an Bedeutung."

*

Aus der Pilotenkanzel hatte man über Lautsprecher den ganzen Flug über interessante Informationen bekommen. Die Maschine befand sich in ruhigen Luftschichten und war jetzt direkt über Frankfurt im Landeanflug. Problemlos setzte sie auf und rollte aus. Erleichtert, wie nach jedem Flug, atmeten die Fluggäste auf und applaudierten.

Die Eigentumswohnung von Nick und Miranda lag auf einem Hügel am Rande von Frankfurt und hatte viel Charme. Ellen hörte mit großer Genugtuung, dass Nick sie mit Mutter ansprach. Nach ihrer Ankunft hatte sie sich ein blaues Satinkleid angezogen – mit einer schmucken Zierspange seitlich vom Ausschnitt. Nick steckte ihr eine Aster daran, die er aus der Vase gezogen hatte. „Die steht dir gut."

Ellen lächelte. „Lieb von dir. Ich hatte ja keine Ahnung, dass mein Junge so ein Romantiker ist."

„Dann sag mal, Mutter, wie hat es dir gefallen?"

Ellen geriet ins Schwärmen. „Seit Jahren habe ich keinen Urlaub mehr gemacht. Alle, die zu Mirandas Umgebung zählen, haben mich mit einer Herzlichkeit verwöhnt, wie ich sie so noch nie erlebt habe. Allen voran John. Er ist selber ein Stück Afrika. Ich war begeistert und werde die Eindrücke der Safari, die er mit mir unternommen hat, mein Leben lang nicht vergessen. Alles auf der Safari hat mich erfreut. Ich habe noch nie einen so blauen Himmel gesehen!"

„Ja, so geht es mir auch immer, wenn ich die gepflegten Touristengegenden, die Alleen und die einmalige Schönheit der Natur sehe. Die Hochhäuser mit ihren Büros und Banken. Bei all den positiven Eindrücken, die für Afrika stehen, darf man die andere Seite der Medaille nicht übersehen. Die Ausbeutung der Rohstoffe von westlichen Industrienationen, die überwiegend mit amerikanischem Kapital finanziert werden. Wenn es um Wirtschaft und Gewinn geht – nennen wir es ruhig Ausbeutung – dann haben die Mineral- und Erdölgesellschaften auch heute noch mit absoluter Macht die Hände im Spiel. Diese Fremdherrschaft hat in all den Jahren durch Krieg, Gewalt, Barbarei und Hunger viele Menschen vernichtet. Hinzu kommen die Stammesfehden, Bürgerkriege und Seuchen, die von den Regierungen mit ihren selbstherrlichen Diktatoren übersehen wurden. Ihnen ging es nur um Macht. Und dabei löste ein Diktator den anderen ab. Und solange dieser Teufelskreis von Profit und Machtbesessenheit das Land aushöhlt, wird die Zahl der Mühseligen und Beladenen nicht weniger."

Miranda nickte. „Ellen", sagte sie dann, „jetzt kennst du unseren Wohnort in Nairobi und diesen hier in Frankfurt. Wo auch immer, bei Nick und bei mir bist du immer zu Hause. Wo wir und du hingehören." Ellen lachte – eine große Freude erfüllte sie. Nick verstand die große Begeisterung seiner Mutter und hatte das Gefühl, dass es ihr durch und durch ging.

Es war das erste Mal, dass Ellen in Nicks Wohnung übernachtete. Sie hatte sich fertig gemacht fürs Bett und stand noch einen Moment im Schlafanzug am Fenster. Das Leben war doch schöner, wenn man jemanden um sich hatte!

„Nick, ich konnte dir nie etwas geben", dachte sie. „Man hat uns getrennt, wir hatten uns verloren – und diese Jahre kann uns niemand zurückgeben. Aber wir haben noch viele Jahre vor uns – so Gott will. Jetzt bin ich achtundvierzig Jahre alt. In diesem Alter reizen mich keine überraschenden Aufgaben mehr. Für die Zeit aber, die mir noch bleibt, möchte ich immer für dich und deine Familie da sein."

Die großen Bäume waren in der Dunkelheit kaum noch zu erkennen. Sie kippte das Fenster und zog die Gardinen zu. Müde und dankbar legte sie sich ins Bett und kroch unter das Federoberbett.

Miranda ließ zärtlich und liebkosend ihre Finger durch Nicks Haare gleiten. „Hast du mich vermisst?" Er nahm sie in den Arm. Miranda wurde von einer wundervollen warmen Freude erfüllt – eine Wärme, die sie auf sonderbare Weise überwältigte und fast schwerelos machte. Beinahe so wie damals, als Nick das erste Mal zu ihr ins Zimmer schlich – an Elisabeths und Johns Tür vorbei. Einmal, als er auf Zehenspitzen zurückkam, stand die Tür einen Spalt offen. Elisabeth hatte so getan, als sehe und höre sie nichts. Wichtig war ihr nur gewesen, Miranda und Nick glücklich zu sehen. Nick hatte sich im

Dunkeln die Treppe hinuntergetastet und gehofft, dass die Stufen unter seinen bloßen Füßen nicht knarren würden.

„Ich bin so glücklich", sagte Ellen, „dass ich mit euch hierher gekommen bin! Aber vergesst nicht, mich auch zu besuchen. Bei mir seid ihr auch zu Hause und jederzeit willkommen!" Miranda wusste – in Ellen war Freude und Erwartung. Sie genoss jeden Augenblick, um auf ihre Weise für Behaglichkeit und gute Stimmung zu sorgen. „Nun", sagte Miranda, „dann werden wir uns, je öfter, desto besser, verabreden."

Mira war stolz auf ihre beiden Töchter, die es in ihrem jungen Leben weit gebracht hatten – vor allem dank Elisabeth und John. Sie hatten sich aber nicht abgewendet von ihren Wurzeln, vielmehr hatten sich die Menschenschicksale, besonders die der Frauen und Mädchen, unauslöschlich in ihr Herz gebrannt.

Sie kannten noch die schmalen, langen und beschwerlichen Wege, auf denen das Wasser und das Brennholz für das tägliche Leben herangeschleppt werden mussten. Die viele Arbeit, um den Garten anzubauen. Den Pferch aus Holzgeflecht instand halten, dicht hinter der Hütte, damit die Ziegen des Nachts vor dem Angriff von Hyänen geschützt waren. Der Garten befand sich auf der anderen Seite des Dorfes – weiter entfernt von der Hütte. Hier pflanzte man hauptsächlich Mais an, aber auch mehrere Sorten Gemüse und Hirse. Dann begann das ewige Beten, Hoffen und Warten auf Regen. Wasser war das größte Gut. Wasser gleich Leben.

Die Ziegen mussten jeden Abend mit Wasser versorgt werden. Denn die Tiere, ob Hühner, Ziegen oder bei einigen Bewohnern des Dorfes auch Kühe – die Tiere und die Früchte der Gärten und Felder verkörperten Wohlstand. Bei einigen Männern, die kleine bis größere Kuhherden hielten, kaufte man, wenn die Ziegen mal nicht genug Milch gaben, zusätzlich Milch ein. Manchmal gab der Kuhhirte den Kindern auch so einen Becher Milch. Sie war noch warm und schmeckte köstlich. Zu Hause wurde die Milch aus den Kannen in eine Schale geschüttet. Da der Rahm nach einiger Zeit nach oben aufstieg, wurde die obere Schicht in einen ausgehöhlten Kürbis gegeben und das Einfüllloch mit einem Stopfen verschlossen. Durch kräftiges Schütteln, eine mühselige Anstrengung, wurde Butter hergestellt.

Nur wenn es regnete, gab es genug zu essen. Im Garten wuchs das Gemüse dann gut. Die Maiskolben waren dick und lachten in der Sonne. Von allen die anspruchloseste Frucht war die Hirse, die selbst bei Trockenheit gedieh.

Schon in jungem Alter erkannte ich, dachte Miranda, dass die Männer nicht allzu viel von der Arbeit hielten. Mich störte das nicht, denn ich hatte keinen Vater. Besser gesagt – ich hatte ihn nie kennengelernt. So musste meine Mutter immer allein für uns Kinder und für sich selbst sorgen. Meine Mutter führte mit uns Kindern ein friedliches Familienleben. Es gab nie Streit in unserer kleinen Familie. Oft wurden wir von Nachbarn zum Essen eingeladen. Aber auch meine Mutter lud gern Nachbarn ein.

In einer meiner früheren Kindheitserinnerungen hatte einer unserer Nachbarn einen großen Waldhirsch mit einem Jagdspeer erlegt. Als die Männer die Beute in unser Dorf trugen, veranstalteten sie ein Fest, und alle waren dazu eingeladen. Die Frauen kochten einen Gemüseeintopf mit Fleisch, mit viel Fleisch. Und zum Nachtisch gab es Hirsebrei mit gemahlenen Erdnüssen. Jeder konnte essen, soviel er wollte. Es gehört zu unserer Tradition, dass bei großer Jagdbeute nicht nur die Familienmitglieder, sondern auch alle Dorfbewohner teilnehmen. Selbst wenn der zufällige Besucher von einem anderen Stamm oder ein völlig Fremder war, störte das niemanden. Jeder war herzlich eingeladen und willkommen. Als Kind fühlte ich bei jedem Dorffest so etwas wie Nächstenliebe. Obwohl beim Wasserholen am Brunnen oft gestritten wurde, wer zuerst dran war, oder beim Holzsammeln jeder der Erste sein wollte. Doch ernsthaft Streit hat es ganz selten gegeben. Im Gegenteil; jeder half jedem.

Es gehört übrigens zu unserer Kultur, dass die älteren Jungen und Männer getrennt von den Frauen und Mädchen essen. Viele Männer im Dorf haben zwei Frauen. Ein Onkel von mir hat sogar drei Frauen. So sind nun mal die Traditionen in unserem Dorf. Ich war froh, dass meine Mutter keinen Mann hatte – die arbeiten ja doch nicht. Meine Mutter war immer so lieb, dass sie mindestens ein Dutzend Väter wert war. Die Arbeit auf dem Felde zusammen mit unserer Mutter machte uns Spaß. Sie lehrte uns schon im frühen Kindesalter, dass Hirse robust und wichtig ist – und durch keine andere Feldfrucht zu ersetzen ist. Ein Getreide, das auch in trockenen Jahren noch gut gedeiht. Doch die Saat wird gern von Vögeln aufgenommen. Zu ihrer Abschreckung bauten wir aus Holzstangen und Lumpen Vogelscheuchen, die wir von Zeit zu Zeit veränderten und versetzten, um die gefräßigen Gesellen fernzuhalten, bis die Saat aufgegangen war.

Mein Onkel Babo war wohl der reichste Mann in unserem Dorf. Er wohnte außerhalb unseres Dorfes in einem größeren Holzhaus und hatte mehrere Zimmer zur Verfügung. Seine Frau hieß Mende. Er war der Bruder meiner Mutter. Sie hatten keine Kinder. Mende war auch seine einzige Frau. Von meinem neunten Lebensjahr an bat er mich, ihn zu seiner Rinderherde zu begleiten. Er hatte sicherlich mehr als fünfzig Kühe und viele Kälber. Hinzu kamen drei Maultiere. Zwei Männer, einer hieß Kwesi und der andere Mokabi, waren bei meinem Onkel fest angestellt. Sie waren sehr nett und immer fröhlich. Wenn mein Onkel Babo und einer seiner Hirten jeweils auf einem Maultier ritten, durfte ich mir aussuchen, mit wem ich reiten wollte.

Schon im Morgengrauen ging es los. Kwesi zog mich zu sich auf das Maultier und ich durfte die Zügel halten. Für mich war es immer ein erhabenes Gefühl, auf dem Rücken des Maultieres mitzureiten. Das Weideland lag im Tal in einer unendlichen Ebene und war grün und saftig. Mokabi und Kwesi wechselten sich immer ab. Jedes Mal, wenn Onkel Babo mit einem von den beiden Hirten am frühen Morgen zur Herde kam, wurde der andere abgelöst. Zwei Frauen, Erin und Raha, die in der Nähe der Herde wohnten, waren als Melkerinnen und für unser leibliches Wohl zuständig. Onkel Babo war ein Feinschmecker und die Melkerinnen gute Köchinnen. Es gab immer frisches Gemüse und viel Fleisch zu essen. Es musste keiner hungrig bleiben. Nach unserer Ankunft begann der Tag mit einem üppigen Frühstück. Dann ritt Mokabi, abgelöst vom Nachtdienst, auf seinem Maultier zurück ins Dorf. Onkel Babo und ich winkten ihm zum Abschied nach. Wir gingen in den Wohnraum zurück, Raha hatte schon vor unserer Ankunft das Feuer angezündet, damit sich Onkel Babo nach dem langen Ritt ausruhen konnte. Als Erin, die später gekommen war, auch mit dem Frühstück fertig war, räumte ich mit ihnen gemeinsam den Wohnraum auf.

Dann ging ich mit ihnen in den Melkunterstand. Hier wartete viel Arbeit auf Erin und Raha. Alle Milchkühe waren zu melken. Die mit Milch gefüllten Eimer schütteten sie in einen großen glänzenden Metallbehälter.

Bei Onkel Babo ging es immer friedlich zu. Wir sind doch eine große Familie. Dieses Gefühl wollte er seinen Arbeiterinnen und Arbeitern immer vermitteln. Alle, die ihn kannten, mochten und achteten ihn sehr.

Dann rief er mich: „Komm, Miranda, wir wollen jetzt die Rinder zu ihren Weideplätzen bringen." Er stand vor dem Pferch und hatte schon das große Tor geöffnet. „Warte, Babo", rief Raha, „ich muss erst noch Mirandas Trinkflasche füllen." Sie legte die große Flasche mit warmer und noch schäumender Milch in meinen Umhängebeutel.

„In Ordnung, Raha", rief Babo ihr zu. Dann trieben Onkel Babo und ich die Tiere in die weite grüne Ebene. Die beiden Maultiere hatten sich auch in die Herde eingereiht.

Und so zählen zu meinen frühesten Kindheitserinnerungen die Erlebnisse mit Onkel Babo. Er war wie ein Vater zu mir. Wenn ich mit ihm unterwegs war, erzählte er mir von den Leuten und der schönen Landschaft. Es kam mir vor, als blätterte er im Bilderalbum der Natur. Gerne hörte ich ihm zu. Er liebte Kenia. Am frühen Nachmittag löste ihn einer seiner Hirten ab und wir machten uns mit den zwei Maultieren auf den Weg zu Erin und Raha. Hier war für uns der Tisch schon gedeckt. Während wir uns stärkten, besprachen Onkel Babo und Erin den kommenden Tag und ließen den Verlauf des heutigen Tages Revue passieren. Raha hatte inzwischen eines der Maultiere – mit großen Reisetaschen auf dem Rücken, gefüllt mit Lebensmitteln für den Heimweg – reisefertig gemacht. Diesmal hob mich Onkel Babo zu sich auf sein Maultier und wir ritten zurück ins Dorf zu Tante Mende. Das bepackte Maultier folgte uns in weitem Abstand. Als ich mich umdrehte, um zu sehen, wo es war, sagte Onkel Babo: „Das wird schon kommen, das kennt den Weg."

Immer, wenn ich bei Tante Mende und Onkel Babo zu Besuch war, bestanden sie darauf, dass ich für ein paar Tage bei ihnen bleiben sollte. Wenn ich Schulferien hatte, stand dem ja nichts im Wege. Beide verwöhnten mich – sie hatten mich eben sehr lieb. Am liebsten aber verbrachte ich den Tag mit Onkel Babo bei der Rinderherde und bei Erin und Raha.

Am nächsten Morgen wollten wir schon im Morgengrauen losreiten. Doch Mokabi fühlte sich nicht wohl. „Wenn du krank bist, Mokabi", sagte Onkel Babo, „kannst du nicht mitreiten. Du musst erst wieder gesund werden. Bleib heute mal hier zu Hause." Mokabi gab mir sein Maultier und war mir beim Aufsteigen behilflich. Ich war sehr stolz und alle winkten mir nach.

„Sei gut zu ihm", rief mir Mokabi nach. „Er ist ein guter Freund."

Unterwegs erzählte mir mein Onkel, das Mokabis Maultier schon über dreißig Jahre alt war. Er achtete sehr auf das Wohlergehen des Tieres – wollte er doch noch viele Jahre Freude an ihm haben. Diese Tiere sind sehr geduldig und ausdauernd. Sie sind stark – sie können bis zu 150 Kilogramm Lasten tragen.

„Wie alt kann so ein Tier werden, Onkel Babo?"

„Sie werden sehr alt – sechzig Jahre oder mehr, wenn sie gut behandelt werden."

Mokabi sah uns noch so lange hinterher, bis unsere Rücken auf den grünen Wiesen verschwanden. Wie immer hatten Erin und Raha unser Eintreffen vorbereitet. Die beiden hatten auf dem platt getretenen, harten Boden den Hufschlag vernommen und standen vor dem Hauseingang. Wir stiegen von unseren Reittieren ab und gingen auf sie zu. Aus der offen stehenden Tür kam uns der wohlriechendste Kaffeeduft entgegen.

Als ich zum ersten Mal hier war, begriff ich, dass Onkel Babo und Tante Mende reich waren. In der Milchküche, wo alles so sauber war, und in den Wohnräumen hatte ich die erste Begegnung mit richtigen Möbeln. Ich lernte, mit Messer und Gabel zu essen. Die meisten Bewohner in unseren Hütten tunkten die Brotfladen in ihren Topf und aßen mit den Fingern. Nur wenige hatten einen Spiegel. Die meisten hatten also keine die Möglichkeit, ihr eigenes Spiegelbild zu betrachten.

Gemeinsam trieben wir die Kühe und Kälber wieder auf die weiten Grünflächen. „Es ist schon so lange her, dass es nicht mehr geregnet hat", sagte Onkel Babo. „Das Schlimmste, was uns passieren könnte, wäre, wenn der Regen an uns vorbeiziehen würde." Er war sehr nachdenklich und in mir entstand ein beklemmendes und beunruhigendes Gefühl von etwas Unbekanntem, das ich nicht verstehen und auch nicht abwehren konnte.

„Darf ich fragen, Onkel, was das bedeutet?"

„Miranda, wir bestreiten unseren Lebensunterhalt mit der Milchwirtschaft. Eine Herde von fünfzig Rindern mit ihren Kälbern benötigt große Weideflächen. Schon jetzt müssen wir längere Wege zu den Grasflächen zurücklegen. Noch mache ich mir keine allzu großen Sorgen, aber an eine Dürre mag ich nicht denken. Die Bauern,

die mit ihren Familien vom Ackerbau leben, haben die gleichen Sorgen. Noch steht der Mais gut, aber der Boden ist sehr trocken."
„Du machst dir also doch Sorgen?"
„Miranda, das Schlimmste ist die Ungewissheit." Ich merkte, Onkel Babo gingen viele Gedanken durch den Kopf. Und je mehr ich darüber nachdachte, desto größer wurde mein Bedürfnis, ihn zu trösten, zu umklammern.

Tante Mende fühlte sich schon seit längerer Zeit unwohl. Sie war schon alt. Onkel Babo und Tante Mende waren sich treu und liebten sich bis in den Grund ihrer Seelen. Ihre Grundanständigkeit führte dazu, dass sie bei ihren Mitarbeitern dieselben Gefühle voraussetzen, die sie selbst hegten.

„Von hier aus, Miranda, kannst du die ganze Herde gut beobachten. Warte hier." Er deutete mit der Hand in Richtung der Wasserstelle. „Ich will sehen, ob die Wasserrinne ausreichend gefüllt ist."

„Aber, Onkel Babo", sagte ich plötzlich, „bleib nicht so lange."

„Ich werde versuchen, so schnell wie möglich wieder bei dir zu sein. Du weißt ja, wo ich bin. Du brauchst dich nicht zu beunruhigen. Lass uns vorher aber noch ein Glas Zitrone trinken." Onkel Babo holte aus der Kühltasche zwei Becher. Es schmeckte wundervoll. Wir lächelten uns vertraut zu.

„Beeil dich!"

Im Vorübergehen strich er mir über mein Haar. „Ja – bis gleich!"

Erin und Raha bewirtschafteten hinter dem Farmerhaus einen großen Garten. Ein Brunnen versorgte den Haushalt und die Tiere des Nachts im Pferch mit Wasser. (Hier musste ich nicht – wie meine Freundinnen – jeden Tag in den Wäldern Brennholz sammeln und jeden Tag mit den Tonkrügen auf den schmalen Pfaden zum Wasserloch wandern. Nicht immer ließen sich die Jungen dazu überreden mitzukommen, um uns zu beschützen. Die Wege sind nicht frei von

Gefahren. Besonders die Schlangen, von denen es nur so wimmelt, sind eine große Gefahr. Die Mädchen aus den Dörfern aus Lehmhütten gehen barfuß – sie haben keine Schuhe.)

Der Garten war Erins und Rahas großer Stolz. Hier wuchsen Obst, viele Sorten Gemüse und vor allem Mais. Mokabi hatte bei seinem letzten Ritt noch Saatgut mitgebracht. Die Gartenerde war so fruchtbar, dass eine Ernte auf die andere folgte. Erin und Raha verstanden sehr viel von Ackerbau und Viehzucht. Sie investierten viel Liebe und Kraft in ihren Garten und sorgten dafür, dass alles wie am Schnürchen lief. Onkel Babo legte Wert darauf, dass sie ihre Aufgabe als Herausforderung betrachteten und mit ihm zusammen das Projekt leiteten.

Erin und Raha hatte ich immer bewundert. Der Garten, so schien es, gab ihnen immer wieder unerschöpfliche Energie. Die Frauen verstanden es, den Mais auf offener Glut zu rösten; mit hausgemachter Butter und Rindfleisch war es Onkel Babos Lieblingsessen. Dazu tranken wir in der gemütlichen Küche duftenden kenianischen Kaffee und ich frische gekühlte Milch.

Doch dann sagte mir Erin: „Weißt du, Miranda, wir hatten hier auch schon schwierige Jahre." Sie ergriff meine Hände und drückte mich zärtlich. „Wenn der Regen im Oktober kommt, wächst das Gras und die Früchte werden saftig. Regen bedeutet Leben. Trockenheit das Gegenteil. Darüber aber wollen wir jetzt nicht nachdenken. Kommt, wir setzen uns zusammen. Raha hat heute Geburtstag und einen Kuchen gebacken. Schade nur, dass du in einer Stunde schon wieder mit Onkel Babo ins Dorf zurück reitest."

Mir fiel auf – Raha war befreundet mit Kwesi, Erin mit Mokabi. Ich konnte nicht verstehen, warum sie nicht heirateten. Später mal fragte ich Raha danach. Sie lachte kurz und sagte: „Ich weiß es nicht." Nach kurzem Zögern sagte sie: „Kwesi und ich sind gute Freunde. Genauso geht es Erin und Mokabi. Aber wir wollen frei sein. Stell dir zwei Menschen vor, die in einer Lehmhütte Tag und Nacht zusammenhocken, durch eine Unterschrift aneinander gebunden. Wir sind dank deiner Mutter Mira und Onkel Babos Frau Mende sexuell aufgeklärt. Ihnen haben wir es zu verdanken, dass wir und so viele Mädchen aus unserem Dorf nicht beschnitten sind. Für uns gibt es nur in der Freiheit die wahre Lust. Ich könnte es nicht ertragen, unter afrikanischen, unabänderlichen Bedingungen meine Nachkommen in Hungersnöten leiden zu sehen."

Erdrückend kamen mir die traditionellen Rituale der Beschneidungen vor. Auch wenn die Mädchen noch sehr jung sind – spätestens aber, wenn sie in jungen Jahren verheiratet werden, gibt es für sie kaum eine Möglichkeit, dieser menschenverachtenden Verstümmelung zu entgehen. Auch die Jungen müssen sich mit etwa zwölf Jahren diesem unsinnigen Stammesbrauch unterziehen. Die Tradition der Beschneidung markiert den Eintritt ins Erwachsenenalter. Da die Prozedur sehr schmerzlich und schrecklich ist, möchten die Betroffenen, wenn es nur ginge, davonlaufen. Allein, wenn das Thema zur Sprache kommt, brechen die jungen Mädchen in Tränen aus und erstarren vor Angst. Irgendwann überzeugen die Mütter und die älteren Geschwister, die schon beschnitten sind, die jungen Mädchen. Es ist gut für die Gesundheit – sagen sie. Ohne Beschneidung kannst du niemals heiraten. Hat erst die Mutter mit der Beschneiderin einen Termin vereinbart, gibt es so gut wie kein Zurück mehr. Alles Schluchzen und Wimmern, alles Flehen, alle Tränen helfen nicht. Die Worte der Mutter sollen überzeugen, vielleicht sogar trösten. „Glaub den anderen Mädchen nicht, die gesagt haben, es tut weh. Ich werde dafür sorgen, dass die Beschneiderin ganz vorsichtig vorgeht."

Wie die Prozedur vonstatten geht, hat mir Khadi, ein Mädchen, das damals erst elf Jahre alt war, erzählt: Das Mädchen musste sich auf einer Pritsche auf den Rücken legen. Ihre Mutter und einige Frauen hielten das arme Kind mit aller Kraft fest und zwängten ihre

Beine gewaltsam auseinander. Aufhören, schrie sie mit aller Kraft. Doch alles Kreischen und Stöhnen half nicht. Sie fühlte, wie das Blut an ihren Oberschenkel entlang auf die Liege tropfte. Das Wehklagen, die Schreie wurden einfach überhört. Du musst tapfer sein, sprach die Beschneiderin und säbelte mit einer Rasierklinge immer weiter. Die Schmerzen waren unerträglich. Khadi versucht sich zu befreien. Sie schrie und krümmte sich – doch es war vergebens. Selbst in den Augen der Mutter erkannte sie keine Spur von Mitleid. Doch das Schlimmste stand ihr noch bevor. Sie sah, wie die Frau mit einer dicken Nadel und Faden die Vagina zusammennähen wollte. Festhalten, befahl sie. Nein, schrie sie, nein! Doch die Beschneiderin beugte sich zwischen die Beine und nähte die Vagina so zusammen, das nur ein kleines Loch übrig blieb. Es war nicht größer als ein kleiner Finger. Entgegen aller Beteuerungen der Mutter, das tut nicht weh, alle anderen Mädchen haben diese Tortur auch über sich ergehen lassen müssen, lag sie benommen mit diesen schrecklichen Qualen ganz allein. Sie hatte nur noch einen Wunsch – sie wollte sterben. Die Beschneiderin war mit ihrer Arbeit zufrieden. Sie ließ sich ihren Lohn bezahlen und ging ihrer Wege.

Das Mädchen erzählte weiter: „Noch Tage lag ich in einer Art Wahnsinn vor Schmerzen. Aus Angst vor Schmerzen beim Pinkeln trank ich nichts – obwohl ich durstig war. Ich war verzweifelt, hatten mir doch alle vorher weisgemacht, dass ich ohne Beschneidung nicht heiraten kann und es nicht wehtun würde. Ich war verstümmelt und damit muss ich für den Rest meines Daseins leben. Es ist nicht selten, dass Beschneidungen schlimme Infektionen auslösen und Mädchen daran sterben. Andere, die ihr erstes Kind nicht zur Welt bringen können, weil ihre Vagina zu eng zusammengenäht wurde und das Kind nicht durchlassen kann. Was für Mutter und Kind den sicheren Tod bedeutet. – Ich wäre lieber auf eine Feldmine getreten, wenn ich so eines sicheren Todes gestorben wäre. Doch solange die Mütter in ihrem Traditionsbewusstsein es schaffen, ihre Töchter dieser Prozedur zu unterwerfen —weil es gut für ihre Gesundheit sei, und weil man unbeschnitten niemals heiraten kann, wird das hiermit verbundene Elend kein Ende nehmen."

Zu meinen schönen Kindheitserinnerungen zählten vor allem die Feiern im Farmerhaus bei Onkel Babo und seinen Leuten. Onkel Babo überließ Raha und Erin die Rolle der Gastgeber. Sie verstanden es gut zu kochen und für kühle Getränke zu sorgen. Ganz in seinem Interesse – denn Onkel Babo war kein Kostverächter und immer dabei, wenn es was zu feiern gab.

Es war ein schöner Abend. Mokabis Geburtstag war der Grund der heutigen Feier. Alles stand unter Erins fürsorglicher Aufmerksamkeit. Ein romantisches Lagerfeuer sorgte für abendliche Stimmung. Das weite Land erstreckte sich endlos bis zum Himmel. Alle hatten bereits am Tisch Platz genommen. Nur Erin fehlte noch. Während Onkel Babo den Whisky einschenkte, sagte er mit Blick auf die lodernden Flammen: „Prost. Wir trinken auf Mokabi. Wo bleibt eigentlich Erin? Will sie uns verhungern lassen?" Doch da kam sie schon und stellte die Vorspeise aus Eierpasteten auf den Tisch. Kurz darauf Platten mit Gemüse und Braten. Onkel Babo schnitt eine saftige Scheibe mit einer knusprigen Kruste ab und legte sie auf Mokabis Teller. „Das ist dein Ehrentag. Du kommst heute als Erster dran." Alle lobten Erins Kochkunst, besonders die in Speck gebratenen Bratkartoffeln. Nach dem Festmahl bedankte sich Babo bei Erin für das gute Essen. Er schüttete sich noch einen Whisky ein und stellte die Flasche auf den Tisch. „Ich muss mich verabschieden. Feiert noch schön weiter! Ich reite zurück ins Dorf zu Mende. Ihr geht es nicht gut und sie wartet auf mich."

„Warte, Babo, ich habe für Mende etwas eingepackt. Die Bratenscheibe habe ich extra für sie zurückgelegt. Die kann sie sich vor dem Essen anwärmen. Grüß Mende von uns und bestell Genesungswünsche." Erin und Mokabi standen vom Tisch auf.

Der Augenblick war gekommen. Erin sah sich schon mit Mokabi im Bett, wo sie sich in jugendlich wilder Leidenschaft lieben würden. – Auch Raha stand vom Tisch auf. „Ich habe genug gegessen", sagte sie und begann, den Tisch abzuräumen. Sie brachte alles in die Küche und spülte das schmutzige Geschirr ab.

Kwesi nahm seinen Stuhl mit, drehte ihn vor Raha herum, schwang ein Bein darüber und setzte sich verkehrtherum darauf. Er stützte seine Arme auf die Lehne und schaute ihr bei der Arbeit zu. „Bist du bald fertig?"

„Ja, warum fragst du?"

Er zeigte mit dem Finger auf ihren Schlafraum. „Sieh, die Tür steht schon einen Spaltbreit auf." Raha musste lachen. Er strich ihr liebevoll übers Haar.

„Geh schon mal", sagte sie. Als sie mit der Arbeit fertig war, blies sie das Licht aus und zog die Tür hinter sich zu.

Was hatte das zu bedeuten? Jack, so nannte Onkel Babo sein Maultier, kam alleine zurück! Kein Mensch war in der Nähe. Sofort nahm ich mein Maultier und ritt in Richtung Wasserstelle, um nachzusehen, ob Onkel Babo etwas zugestoßen war. Alle Reittiere trugen Sättel und Steigbügel, so das es mir gelang aufzusitzen.

Ich machte mir immer mehr Sorgen. Der Weg zur Wasserstelle dauerte etwa eine halbe Stunde. Hier hatte er nach dem Rechten sehen wollen. Als ich in Rufweite war, rief ich, so laut ich konnte. Aber eine Antwort bekam ich nicht. Dann sah ich vereinzelte Bäume mit der dazwischen stehenden langen Wassertränke – voll gefüllt. Aber keine Spur von Onkel Babo. Ich ließ mein Maultier trinken. Oben, vom Rücken des Tieres, konnte ich weit blicken. Mein Onkel war aber nicht zu sehen. Auch meine Rufe blieben unbeantwortet. Etwas musste geschehen sein. Sollte er in den Wald gegangen sein? Aber das hätte er mir doch gesagt. Er hatte ja auch keine Waffe dabei, um ein Stück Wild zu erlegen. Ich rief nochmals. Wieder vergebens.

Nachdem ich abgestiegen war und mein Maultier angebunden hatte, ging ich suchend und mit klopfendem Herzen durch das hohe Gras. Ich fing wieder an, laut zu rufen – und zu weinen. Ich war so verzweifelt, dass ich nicht wusste, wo ich noch suchen sollte.

Niemand war in der Nähe. Wie eine kleine Insel, die ich zuvor noch nie gesehen hatte, ragte ein Hügel, aus Steinen zusammengetragen, aus dem hohen Gras. In einer Mulde fand ich Onkel Babo reglos auf dem Rücken liegen. Ich war nur zehn Jahre alt, völlig kopflos und rief in meiner Not laut um Hilfe.

Wie durch ein Wunder hörte ich auf einmal die Stimmen von Kwesi, Raha und Erin. „Wir kommen, Miranda!" Kurze Zeit darauf trafen sie ein. Ich hatte Jack, Onkel Babos Maultier, ganz vergessen. Alleine war es zurückgegangen, stand auf einmal vor dem Rinderpferch und hatte damit den Alarm ausgelöst.

„Oh Gott", sagte Raha. Sie wusste gleich, was passiert war. Sie zeigte auf sein rechtes Bein. Zwischen dem hohen Schuh und dem Knie zeichnete sich eine Schlangenbisswunde ab. „Er muss gestürzt sein", sagte sie.

Obwohl Raha sich mit erster Hilfe bei Schlangenbissen auskannte, war es zu spät. Babos Gesicht war entstellt und seine Augen vollkommen zugeschwollen. Babo war tot.

Das ganze Dorf nahm an der Trauerzeremonie teil. Tante Mende, seine Frau, war ohne Kraft und musste von Raha und Erin gestützt werden. Es ist Brauch, dass die Frauen weinen und klagen. Mende fühlte sich einsam und war sehr traurig.

Nach der Beisetzung lud sie das ganze Dorf zum Leichenschmaus. Alle, die ihn kannten, beteten zu Allah, er möge Babo, den sie sehr mochten, ins Paradies aufnehmen.

Mende bat ihre Schwägerin Mira, für ein paar Tage in ihrer Nähe zu bleiben. So wohnten Mona und ich mit unserer Mutter für einige Zeit bei ihr. Mende fühlte sich gesundheitlich nicht gut und war auf Hilfe angewiesen. Mir gegenüber war sie stets sehr besorgt. „Gut, dass dir, Miranda, nichts passiert ist. Gerade auf dem alten Steinhügel – ich kenne ihn noch von früher – dort wimmelt es nur so von Schlangen." Tante Mende brachte mir immer viel Zuneigung und Liebe entgegen. Sie streichelte mir das Haar und überraschte mich oft mit Süßigkeiten. „Ich bin jetzt so alleine", sagte sie, „du musst mich oft besuchen, liebes Kind."

Kwesi und Mokabi hatten auf Mendes Wunsch hin das Fleisch eines frisch geschlachteten Ochsen ins Dorf gebracht. Der Leichenschmaus sah ein üppiges Essen vor und zog sich über drei Tage hin. Ich war sicher – und davon ist man auch im Islam überzeugt – dass ein so guter Mensch nach seinem Tod ins Paradies zu Allah einzieht. Nachts träumte ich vom großen Regen. Ich sah, wie die Menschen aus ihren Hütten kamen. Sie tanzten und sangen das Regenlied. Es war der große Regen, den sich Onkel Babo so sehr gewünscht hatte. Das ganze Dorf war auf den Beinen. Sogar die alten Frauen und Männer ließen sich nass regnen. Nur meinen Onkel Babo sah ich nicht. Ich suchte ihn, fing wieder an zu rufen. Meine Rufe hallten durch den Regen, aber seine Stimme kam nicht zurück.

Nass geschwitzt wachte ich auf. Das Beten und all die Zaubersprüche hatten nichts genützt. Es war nur ein Traum. Die Trockenheit schritt schneller voran als man ahnen konnte. Selbst da, wo das Gras vom Grundwasser gespeist wird, mussten die Rinder mit immer weniger Nahrung auskommen. Viele Tiere hatten die ausgetrocknete Savanne schon verlassen. Die Mais- und Gemüsefelder bekamen immer größere Risse in dem ausgetrockneten Boden. Das Land glich einer Mondlandschaft. Die Tiere legten weite Strecken zurück, um irgendwo ein Wasserloch zu finden, und sei es auch nur ein verschlammtes.

Ich erinnerte mich gut, wovor Onkel Babo sich fürchtete. „Eine Dürrekatastrophe wirft uns alle zurück", hatte er gesagt. „Um den Viehbestand wieder aufzubauen und davon wieder leben zu können, dauert es Jahre."

In seinem kostbaren Wasserreservoir der Viehtränke war noch etwas Wasser. Viele Vögel saßen dicht gedrängt auf dem Rand und verteidigten ihren Platz. Die Grünpflanzen, der Busch, das Waldland und die Wiesen hatten sich in eine staubige Landschaft verwandelt. Alles hatte sich völlig verändert. Viele Tiere waren sich selbst überlassen. Jeder kämpfte ums Überleben. Überall lagen tote Ziegen, Schafe und Rinder herum. Die Tragödie bot einen Schauplatz, auf dem die Geier und Schakale fette Beute machten.

Irgendwann würde der Regen kommen und dann würde dieses Land wieder das sein, was es vorher war. Bis dahin aber forderte die Dürre unter den schwachen und kranken Menschen viele Opfer. Gnadenlos schien die Sonne mit feuriger Hitze aus dem glühenden Himmel. Die Flüsse waren ausgetrocknet und die ausgetretenen Wege so hart, als habe man sie mit Steinen gepflastert. Die Frauen und Mädchen fanden nur selten Wasser. Die letzten Schlammlöcher waren übersät mit Mücken und Fliegen. Hier stritten sich die noch verbliebenen Antilopen und Zebras ums Überleben. Um an ein größeres Wasser zu kommen, müssten die Trägerinnen eine weite Strecke in Kauf nehmen. Noch hatte ein kleiner See Wasser. Und da der volle Mond klar am Himmel stand, nutzten sie die kühlen Abendstunden. Mehr als einmal sah man auf den kahlen Bäumen Großkatzen, die bewegungslos, mit gefüllten Bäuchen und ihrer Restbeute vor sich, in einer Astgabel eingeklemmt, die Karawane der Wasserträger im Auge hielten. Mit einem unguten Gefühl zogen wir in sicherem Abstand vorüber.

Einige Männer aus unserem Dorf trugen Flinten, um uns für den Ernstfall Schutz zu geben. Obwohl sie gute Jäger waren, kam es ihnen stets darauf an, die Katzen nicht zu beunruhigen.

Dicht zwischen Kwesi, der bewaffnet war, und Raha fühlte ich mich sicher. Ich sah zu dem Baum hoch, auf dem sich die Katze im abendlichen Mondlicht in einer eleganten Silhouette deutlich abzeichnete. Trotz der Strapazen beeindruckte mich dieser Anblick so sehr, dass ich für einen Augenblick meinen knurrenden Magen nicht spürte.

Als wir zu Hause ankamen, erwartete Mokabi uns schon. Er war allein im Wald gewesen und hatte eine Antilope geschossen, die zu schwach war, um mit der Herde zu ziehen. Über dem Feuer hatte er das Fleisch geröstet. Dazu in der Glut Kartoffeln gegart. „Kommt, setzt euch. Lasst es euch schmecken. Die nächsten, die im Morgengrauen aufbrechen und der aufgehenden Sonne entgegengehen, sollen ja gestärkt sein."

Als die Wasserholer sich auf den Weg machten, schlief Miranda noch. Im Traum war sie dort, wo sie Onkel Babo gefunden hatte. Sie wünschte sich, es hätte diese verwünschte Dürrekatastrophe nie gegeben. Selbst im Traum sah sie die vielen Kadaver in der staubigen und hitzeflimmernden Landschaft liegen. In der Viehtränke war das Wasser braun. Ihr Blick war auf die vielen Fliegen und Mücken geheftet. Onkel Babo stand an die Wasserrinne gelehnt. Er lachte sie an und fragte: „Was führt dich hierher?" Nach kurzer Pause fuhr er fort und meinte: „Ich gehe in ein anderes Land – ins Paradies. Du kannst noch nicht mitkommen."

Miranda erinnert sich später: Meine Mutter hatte meinen unruhigen Schlaf bemerkt. Als ich wach wurde, saß sie neben meinem spartanischen Bett. „Was ist denn los?", erkundigte sie sich. „Komm, steh auf." Sie nahm mich in den Arm und streichelte mir das Haar. Ich erzählte ihr von meinem Traum. Und da beschlossen wir, unser Leben selbst in die Hand zu nehmen.

Obwohl Mona einen verletzten und entzündeten Fuß hatte, machten wir uns auf den Weg in die nahe gelegene Stadt. Hier war alles ganz anders. Alles so gepflegt! Geschmackvolle Anlagen, grüne Rasenflächen, künstlich beregnet. In den Parks der Hotelanlagen Swimmingpools, randvoll gefüllt mit klarem Wasser. Darin planschten reiche Touristen ...

Wir waren schon lange gelaufen und es war sehr heiß. Beim Anblick des Wassers bekamen wir großen Durst. Wir hatten nicht bemerkt, dass der große Vorbau des riesigen Haupthauses der Empfangseingang eines Restaurants war. Plötzlich kam eine gut aussehende, freundliche Frau auf uns zu und fragte: „Kann ich etwas für euch tun?"

Schüchtern sahen wir sie an. „Wir haben Durst. Könnten wir einen Schluck Wasser bekommen?"

„Aber sicher", antwortete sie. Freundlich legte sie ihre Hände auf unsere Schultern. „Kommt mit herein." Wir wussten nicht, wie uns geschah. Mit einer Mischung aus Erstaunen und Trauer sahen wir ein Haus mit vielen Räumen, Glastüren, Möbeln und Teppichen, wie wir es vorher noch nie gesehen hatten.

Ich sah mich um. Mein Blick fiel durch ein offen stehendes Fenster auf den Swimmingpool. Wasser, dachte ich, richtig klares Wasser, ohne Mückenlarven und ohne Fliegen. Ist hier das andere Land? Das Paradies, von dem Onkel Babo sprach? Gleich darauf machte Elisabeth sich mit unserer Mutter bekannt – und diese bekam von nun an Arbeit in ihrem Restaurant. Mira schloss sich einer Hilfsorganisation an, die von Elisabeth unterstützt wurde. Sie hatte somit Gelegenheit, den Menschen in ihrem Dorf zu helfen. Mutter sagte einmal zu mir: „Als ich Elisabeth zum ersten Mal gegenüberstand, dachte ich: Was für eine Kraft, was für eine Wärme kommt dir aus diesen Augen entgegen!"

*

Alex saß alleine am Tisch, als das Telefon klingelte. „Ach, Miranda, wie schön!"

„Alex, hast du Lust und Zeit, mich morgen Nachmittag zu besuchen? Ich lade dich ein. Unsere Wohnung hier in Frankfurt hast du ja noch nicht gesehen. Und ich brauche mal wieder deinen Rat."

Alex war auf seiner Fahrt in mehrere Staus geraten. Und so wurde es später Nachmittag, bis er bei Miranda eintraf. Abzusagen wäre für ihn niemals in Frage gekommen.

Bei ihrem Anblick sagte er: „Du hast dich ja besonders schick gemacht. Du allein bist schon Anlass genug, hierherzukommen. Und alles, was ich hier sehe, passt bestens zu dir."

Sie lachte. „Setz dich, Alex. Ich wollte dich überraschen." Sie stellte eine Flasche Wein, Rhein-Wein, auf den Tisch und dazu zwei Gläser. „Ein Stück Loreley, wenn du so willst. Inzwischen ist, wie man hier sagt, viel Wasser den Rhein hinuntergeflossen. Es sind schon einige Monate vergangen, seit ich in Frankfurt wohne, und ich finde es ganz gut hier."

Wenn man erzählt, rinnt die Zeit dahin. Die Vorhänge waren noch nicht zugezogen. Der Mond und die glitzernden Sterne schienen vom Himmel. „Fast eine afrikanische Stimmung, so wie du sie liebst", scherzte Miranda. „Ich habe immer gespannt zugehört, wenn du von deiner Heimat und vom Rhein erzählst. Du kannst das am besten. So wie Afrika deine zweite Heimat ist, so wird dieses Land mir zu meiner zweiten Heimat. Ich bin ja schon einmal ausgezogen; aus dem Dorf – da, wo es nur Lehmhütten gibt. Spöttisch nannte man diese Hütten umgestülpte Körbe. Sie bestanden ja auch nur aus

Erde, geflochtenen Zweigen und Dächern aus Stroh. So leben Menschen weltweit."

Seltsam, in ihren Gedanken waren beide, wie könnte es auch anders sein, wieder in Afrika. „Alex, ich muss oft an Onkel Babo denken. Er war mir wie ein Vater. Sein plötzlicher Tod durch den Schlangenbiss war schrecklich und die Trockenzeit danach ist die grauenvollste Zeit, die ich erlebt habe. Es muss unbedingt regnen, sagte er. Als hätte er die Dürrekatastrophe, vor der er sich so fürchtete, vorausgeahnt. Mutter sagte damals: Die Welt war vor der Katastrophe nicht in Ordnung – und sie wird es auch danach in den Armenvierteln nicht sein. Zu Elisabeth habe ich in diesem Zusammenhang gesagt: Es fällt mir schwer, an Gott zu glauben."

„Und was hat sie dir geantwortet?"

„Der Tod ist die uns zugewandte Seite jenes Ganzen, dessen andere Seite Auferstehung heißt."

Ein Klopfen ertönte an der Tür. „Komm herein, Lieber!", rief Miranda. Strahlend trat Nick ein. „Deine Stimme habe ich schon gehört. Willkommen in unseren Haus, Alex!"

Beide fühlten sich gleich in Hochstimmung. Es herrschte eine große Wiedersehensfreude. Nick nahm Mirandas Gesicht in beide Hände und küsste sie auf die Lippen. „Hallo Schatz!"

Miranda stellte ein drittes Glas auf den Tisch, schenkte ein und sagte: „Lasst uns die Gegenwart genießen." Wie immer erkundigte sich Miranda nach dem kleinen Flori.

„Flori ist unsere kleine Sonne, an der wir uns alle erwärmen", sagte Alex. „Er ist mein Ein und Alles. Ich finde es wundervoll, wenn er auf seinen kleinen kräftigen Beinchen in der Wohnung oder auch im Garten auf und ab tippelt."

„Es sind noch genau zwei Monate, Alex, dann ist unser Kind auch dabei", sagte sie mit hoffnungsvollem Blick. „Aber vorher, das gehört zu der Überraschung, heiraten wir. Und worauf wir uns alle besonders freuen: Als Hochzeitsgast ist unser lieber John dabei, unser aller Freund aus Nairobi. Er hat zugesagt!

„Ich bin von Herzen dabei, wir werden alle zusammen feiern. Grüß mir Nick, Alex und besonders Nicks Mutter Ellen." – Das hat er mir so gefaxt."

„Wie wundervoll! Hast du ihm auch gesagt, dass er bei mir wohnen wird?"

„Das habe ich."

„Wunderbar."

„Die Einladungskarten sind alle geschrieben, morgen gehen sie mit der Post raus. Ich freue mich auf jeden, der kommt. Eigentlich wollte ich ja, dass Eva und Florian mit uns zusammen heiraten! Aber Ihr beide, Alex und Florian, seid der Meinung, man soll aus zwei Hochzeiten auch zwei Feiern machen." Miranda füllte die Gläser nach. „Wo ihr recht habt, da will ich nicht dagegen stimmen. Zum Wohl auf Eva und Florian! – Alex? Ich würde mir sehr wünschen, dass du mir bei den Vorbereitungen hilfst ..."

Alex nickte zustimmend. „Habe ich dir jemals einen Wunsch abgeschlagen? Wir werden gemeinsam überlegen, was sich da am besten machen lässt."

Nick fiel ein Stein vom Herzen. Er wusste, auf Alex war Verlass. „Ich halte mich da raus so gut es geht und lasse mich überraschen. Das ist ein Fall für euch zwei."

Alex und Miranda nahmen sich viel Zeit für die Planung.

„Wir freuen uns auf unsere Gäste und alle sollen sich in unserer Region rundum wohlfühlen."

„Miranda, ich schlage Königswinter vor. Dort kenne ich mich gut aus. Da kann ich dir wirklich helfen. Ich kenne ein historisches Hotel mit modernem Komfort. Da können eure Gäste einen besonderen Charme, das elegante Ambiente und die herrliche Lage direkt am Rheinufer genießen."

„Super!", rief Miranda. Schwungvoll legte sie ihrem Arm um seinen Hals. „Manchmal frage ich mich, Alex, was wäre, wenn ich dich nicht hätte."

Alle Gäste waren eingetroffen. Die Kirchentür stand offen. Der liebevoll mit Blumen geschmückte Altar und die leise Musik des Organisten gaben dem großen Tag einen feierlichen Rahmen.
Und da kam Nick, elegant und gutaussehend. Am Arm seine Braut Miranda. Von ihrem cremefarbenen Hochzeitskleid und der zauberhaften Braut waren alle hingerissen. Mirandas dunkles, mit einer Blume geschmücktes Haar gab ihr noch einen besonderen Reiz. „Ist das nicht romantisch?", flüsterte John Ellen zu. Stolz ergriff sie seine Hand, um ihre Gefühle mit ihm zu teilen.

Nach der Trauung, als Ellen und John auf das Brautpaar zugingen, um sie zu beglückwünschen, umarmten sie sich. Es war ein Augenblick vollkommener Seligkeit.
Alex und Miranda hatten alle Hochzeitsgäste mit ihrer Wahl eines First-Class-Hotels, dessen Charme und herrlicher Lage direkt am Rheinufer überzeugt. Das schöne Wetter, der glitzernde Fluss und das Landschaftsbild luden dazu ein, vor dem Festessen im Garten des Hotels ein Glas von Alex' viel gepriesenen rheinischen Weinen zu genießen. Er verstand sich gut darauf, den Gästen Interessantes über den kleinen Ort Königswinter zu erzählen – der nicht nur wegen seiner Lage berühmt ist, sondern auch durch zahlreiche touristenfreundliche Veranstaltungen.
„Eine besondere Attraktion ist die Drachenfelsbahn, bei der es sich um die älteste Zahnradbahn Deutschlands handelt. Sie hat seit ihrer Eröffnung Millionen Fahrgäste zum Drachenfels hinaufgebracht. Ein Ort zum Nachdenken. – Wir haben dieses Hotel ausgesucht, weil Miranda und Nick euch allen etwas bieten wollten."

John war nicht überrascht. „Auf dich, Alex, habe ich mich immer verlassen. Erinnerst du dich noch daran? Und diesen Tag habe ich mir immer sehnlichst gewünscht!"

Ellen hörte Johns Worte, sie hielt den Atem an, Tränen standen in ihren Augen. „Wir müssen jetzt die Sonnenterrasse verlassen. Kommt mit", forderten Nick und Miranda ihre Gäste auf. „Wir werden da drüben schon erwartet."

Sie gingen auf den Eingang zu, der zum Saal führte. Die feierliche Atmosphäre lud dazu ein, sich so richtig verwöhnen zu lassen. Mit Blick auf den Rhein – für sie eine völlig andere Welt – sagte Miranda: „Es lohnt sich, einige Minuten aus dem Fenster zu sehen und die Bilder für sich sprechen zu lassen." John, inmitten der Hochzeitsgesellschaft, führte Ellen immer an seiner Seite. Sie trug ein elegantes pfirsichfarbenes Abendkleid. Beide waren ergriffen und stolz. Sie als Mutter von Nick, und John fühlte sich als Vater von Miranda.

Typisch Alex. Die Tische quollen über. Das üppige Mahl mit zartem Rehrücken, feinsten Beilagen, den köstlichsten Nachspeisen und den besten Rheinweinen gaben dem Abend einen besonderen Zauber. Mit der untergehenden Sonne verabschiedete sich der Tag. Die letzten Strahlen erleuchteten den Himmel und spiegelten sich im Wasser des Rheins.

Alex hatte als rheinischer Weinkenner die Aufgabe, einen besonderen Wein zu empfehlen. „Da ich weiß, dass Ellen gerne Rotwein trinkt, würde ich ihr den Rotwein Drachenblut empfehlen. Für uns beide, John, bin ich sicher, wäre ein Grauburgunder genau das Richtige."

Als alle vom Rhein und Rheinwein gut gestimmt waren, sah John den Moment gekommen, seine Hochzeitsrede vorzutragen. Gut aussehend in seinem schwarzen Anzug stand der alte Mann mitten in der Hochzeitsgesellschaft und hielt den Blick auf Nick und Miranda gerichtet. Alle waren gespannt. Vom Hörensagen war bekannt, dass

John der Ziehvater von Miranda und guter Freund von Nick und Alex war.

John begann seine Ansprache. „Liebe Hochzeitsgäste, liebe Verwandte und Freunde, mein liebes Brautpaar! Heute ist ein großer Tag für euch. Ihr beginnt einen langen Weg in eine gemeinsame Zeit, eine gemeinsame Zukunft. Jedem Anfang wohnt ein Zauber inne, wie das Dichterwort sagt. Und am Anfang eures Weges wünschen wir euch von ganzem Herzen Glück und alles Gute. Unsere fröhliche Runde möchte diesen Tag mit euch so feiern, wie es der Zauber eurer großen Liebe verdient. Als Miranda noch sehr jung war, ließ sie sich mit Vorliebe von Elisabeth und mir erzählen, wie wir uns kennengelernt haben. Sie konnte diese Geschichte nicht oft genug hören, denn die Frage, wie man es anstellt, einen Mann zu bekommen, beschäftigte sie doch ernsthaft. Wir konnten sie beruhigen und trösten. Das würde sich schon irgendwie ergeben. Unsere Frage war nicht, wie sie jemanden kennenlernt, sondern wen sie kennenlernt. Wir sind mit ihrer Wahl sehr zufrieden, was uns um so mehr freut, als das ja nicht selbstverständlich ist." John drückte Ellens Hand und fuhr fort: „Liebe Hochzeitsgäste, lasst uns das Glas auf viele glückliche Jahre unseres Brautpaares erheben und uns allen einen unvergesslichen Tag wünschen."

Eva und ihre beste Freundin Carolin Roger hatten Miranda fest in ihr Herz geschlossen. Heute, an diesem Festtag, kamen sie sich wie Geschwister vor. Eine wünschte der anderen Glück, Gesundheit und eine zufriedene Zukunft.

„Besonders wünsche ich mir, dass mein Kind gesund auf die Welt kommt und fröhlich wird wie der kleine Flori. In meinen Träumen sehe ich ihn manchmal, wie er mit verschmiertem Gesicht mit seinem Vater umhertollt."

„Ich komme gleich wieder zurück", sagte Carolin, „ich muss mich um Marion kümmern. Die fühlt sich noch so fremd."

„Oh, da gehe ich mit", sagte Ellen, „sie ist ja schließlich meine Arbeitskollegin."

Von hier aus trafen sich Ellens Blicke mit einem ihr irgendwie bekannten Gesicht. Marion verfolgte Ellens Unruhe. Auch Frau Kleinfeld, die neben Ellen saß, fiel auf, dass in Ellen etwas Seltsames vorging. Sie blickte Marion an und beide zuckten die Achseln. Jetzt hielt Florian für einen Moment den Blick auf Ellen gerichtet. Für einen kurzen Moment schienen beide verwirrt. Dann lächelte er sie strahlend an, hob sein Glas und prostete Ellen mit erhobenem Glas zu. Ellen lächelte ebenfalls mit erhobenem Glas und einem „zum Wohle" zurück. Doch dann wandten sich beide wieder den anderen Gästen zu. Als sie durchs Fenster sah, schienen die Sterne auf den Wellen des Rheins zu tanzen. Dabei kam ihr der Gedanke an den kleinen hilflosen Jungen, den sie vor Jahren aus dem Wasser gezogen hatte. „Das ist er!" Davon war sie jetzt fest überzeugt. „Ach, wie viel Zeit ist seitdem vergangen!" Entschlossen ging sie auf ihn zu.

John hatte seinen Platz verlassen – so war der Stuhl neben Florian frei. Ellen berührte seine Schulter. „Darf ich mich zu Ihnen setzten?", frage sie.

„Gern. Obwohl ich Sie nicht habe kommen sehen, ahnte ich Ihre Gegenwart in meinem Rücken. Ich kenne Sie nur vom Hörensagen und von John, der Sie sehr verehrt. Was ich jetzt gut verstehe. John wollte mich Ihnen ohnehin gleich vorstellen. Er ist nur eben weg, um irgendetwas zu holen."

„Ach, da kommt er ja."

„Ellen", sagte John, „ich möchte dir deinen orangefarbenen Schal zurückgeben, den ich mir in Nairobi am Flughafen ausgeliehen habe, um dir beim Abschied winken zu können. Komm, ich leg ihn dir um die Schulter. Er passt so gut zu deinem Kleid."

„Jetzt kennt ihr euch ja schon, und das ist eine Sache mehr, der mich glücklich macht."

„Mein lieber John, danke für den Schal. Du bist lieb."

„Aber unseren Florian kannte ich schon, da war er noch ein kleiner Junge."

Überwältigt und ahnungsvoll fragte Florian: „Ellen, können Sie gut schwimmen?"

Hubertus Kleinfeld, der dem Gespräch aufmerksam zuhörte, hatte sich an die Seite von John gestellt. John fragte Ellen: „Kannst du mich aufklären? Ich verstehe den Zusammenhang nicht."

„Vor ungefähr 15 Jahren kam ich an einem Weiher vorbei und sah, wie ein kleiner Junge sich zu weit auf die dünne Eisschicht wagte. Der kleine See war voller Schlittschuhläufer. Plötzlich brach der Junge ein. Es gelang mir, ihn an Land zu ziehen. In einem Krankenwagen wurde er noch vor Ort versorgt. Dann brachten sie ihn in die Klinik, wo er gerettet wurde. – Ich blieb anonym, weil ich es so wollte. Der Unfall geschah vor vierzehn Jahren. Ich war sportlich und konnte gut schwimmen. Das war sein Glück. Es ist schon eine Zeit lang her, da hat er es geschafft, als Organspender ebenfalls anonym zu bleiben. Er rettete einem verzweifelten jungen Mädchen, einer Mitschülerin, deren gesellschaftliche Herkunft er nicht einmal ahnte, vor dem sicheren Tod. Das Mädchen lag als Privatpatientin bei uns in der Klinik. Er hat mir mit seinem Einsatz sehr imponiert. Als ich ihn sah – kurz nach der Organentnahme – war er noch nicht ansprechbar. Dann hatte ich einige Tage Urlaub. Als ich wiederkam, war er verschwunden. Gerne hätte ich ihn kennengelernt. Sein Gesicht habe ich mir eingeprägt. Ich bin mir hundertprozentig sicher."

„Ellen", sagte Hubertus Kleinfeld, „was Florian für Eva getan hat, haben wir erst erfahren, als die zwei schon ein Paar waren. Hätte ich das damals erfahren, ich hätte ihm ein Vermögen gegeben. Doch heute gehört ihm viel mehr." Beide blickten auf Eva.

Miranda nahm den Schal von Ellens Schulter, schwenkte ihn mit hoch erhobenen Armen und tanzte nach der Musik, die aus der offen stehenden Tür drang, in den Schatten des Lichts. John ließ sein Glas an Alex' Glas klingen. Er lächelte. „Ellen hat mit ihrem Licht auch unser Leben erhellt."

*

Von Elisabeth kam traurige Nachricht aus Narobi: Auch Tante Mende, Onkel Babos Frau, hatten sie auf dem kleinen Eingeborenenfriedhof zu Grabe getragen, nicht weit von dem Dorf, in dem sie gelebt hatten und wo Onkel Babo herstammte. Ein schlichter kleiner Steinhaufen; beide hatten es so gewollt. Vielleicht war es gut, das Onkel Babo die Dürre mit all den Folgen – den Verlust seiner Milchkühe und der vielen Jungtiere – nicht mehr erlebt hat.

Miranda machte diese Nachricht sehr traurig. Es war wie ein frühes Zuhause, das nun ganz wegbrach. Alles, was sie hinterlassen hatten, ging nun an Mira, die Schwägerin von Mende. Doch das Wertvollste, die große Liebe zu Miranda, haben beide mit ins Grab genommen.

Es ist nun mal Elisabeths Art und ihr Mitteilungsdrang, der Miranda immer auf dem Laufenden hält. „Peony, unser Koch, hat einen guten jungen Vertreter, auf den er sich verlassen kann. So nimmt er sich die Zeit, sich um die Außenanlagen zu kümmern, und der Garten ist sein ganzer Stolz. Er nutzte jede freie Stunde. Es ist ihm geglückt, mit deutschen blühenden und duftenden Blumen unserem afrikanischen Garten eine Mischung verschiedener Kulturen und damit eine prächtige Note zu geben. Neu eingestellt haben wir einen Afrikaner. Peony mag ihn. Er sagte: „Wir brauchen ihn für die Außenanlagen." Der Name des neuen Angestellten ist Mokabi – Du kennst ihn, Du hast ihn das letzte Mal gesehen, als Onkel Babo zu Tode kam und er dir geholfen hat. Übrigens, sein Maultier hat überlebt und es geht ihm gut. Heute noch nimmt er es manchmal und reitet zu Erin, Raha und

Kwesi, die mit Mira alles daran setzen, aus dem kleinen Rest an Kühen wieder eine große Herde aufzubauen. Jetzt ist der beste Zeitpunkt. Wir müssen die Chance nutzen. Futter gibt es wieder in Hülle und Fülle."

Mira kannte die durch die Dürre entstandenen Probleme. Sie trauerte nicht um die finanziellen Einbußen, die gehören wohl zum Auf und Ab eines afrikanischen Farmers – wohl aber um die verlorenen Tiere.

„Seitdem sind viele Jahre vergangen und alles ist fast wieder so, wie es einmal war. Nur Mokabi wohnt jetzt bei uns. Doch er und sein Maultier kennen noch den alten Trampelpfad."

Miranda war überglücklich, als sie von Mokabi erfuhr. „Mein lieber Peony, da hast du einen guten Freund gefunden."

Miranda legte Elisabeths Brief beiseite. Es war ein Brief voller Liebe, voller Herzlichkeit. Ein Brief, wie ihn nur Elisabeth schreiben konnte.

Gedankenverloren glaubte Miranda, wieder Kind in Afrika zu sein. Sie dachte an Onkel Babos Farm, sah Mokabis handwerkliche Fähigkeiten und war beeindruckt, wie ihn die täglichen Arbeiten auf der Farm und mit den Tieren Freude machten ... Mokabi umsorgte mich und las mir jeden Wunsch von den Lippen ab ... Er lehrte mich das improvisierte Leben draußen in der Savanne auf dem Rücken seines Maultieres. Er liebte seine Freiheit draußen in der Wildnis. Viel Gutes habe ich ihm zu verdanken ... Er ritt mit mir zu den Gemüsefeldern, um die er so besorgt war. Auf dem Weg nach Hause wählten wir oft einen Umweg, um auf dem Rücken der Maultiere die Wildnis zu betrachten. „Siehst du, neben dem Hügel am Horizont, diesen mächtigen Baum? Als hätte die Sonne ihn verdorrt, er ist seit vielen Jahren blattlos und dient den Vögeln als Rastplatz. Es ist eine Schirmakazie. Doch ihr lebloses Aussehen trügt. Plötzlich entfaltet sie sich, blüht in unendlich vielen schönen Farben, ohne einen Tropfen Wasser in aller Trockenheit. Es gibt dafür bis heute keine Erklärung. Seitlich davon, in einigen hundert Metern Entfernung, ein Riese unter den Bäumen. Der Baobab, vielleicht tausend Jahre alt, von einem Dutzend Männern kaum zu umfassen. Er ist seit vielen Generationen ein Orientierungspunkt zwischen Busch und Savanne. Irgendwo zwischen den kleinen Hügeln haben die Löwen ihr Lager."

Die untergehende Sonne malte den Himmel in prächtiges Abendrot und gab der Wildnis eine geheimnisvolle Note. Das dumpfe Grollen der Löwen, eine schaurige Abendmusik, drang in voller Stärke zu uns herüber. Fast eine viertel Stunde lang ertönt mit kurzen Unterbrechungen das imposante Gebrüll. Es war Zeit für sie, jagen zu gehen.

Miranda strich dem unruhig schnaubenden Maultier über die Mähne, um es zu beruhigen. Doch Mokabi meinte: „Jack kennt das Gebrüll. Er weiß, dass ich bewaffnet bin. Zum Schutz der Rinder ist die gezielte Raubtierjagd einfach unumgänglich."

Bei diesen Erinnerungen bekam Miranda Heimweh. Ach Afrika, du Land weit draußen in der Savanne, wo Zeit keine Rolle spielt ...

*

Mirandas Tochter Asha war nun schon fast ein Jahr alt. Immer mehr Dinge gab es, für die sich ihre Kinderaugen von einem auf den nächsten Tag interessierten. Sachen, die auf dem Tisch in Reichweite vor ihr standen, lockten sie unwiderstehlich an. Der Plüschteddy bekam eine besondere Bedeutung: Er war ein Geschenk von Elisabeth.

Nick verbrachte seine Freizeit mit großem Vergnügen mit Asha. Er las ihr Geschichten vor, die sie noch gar nicht verstehen konnte. Aber trotzdem hörte sie aufmerksam zu. Sie fühlte sich offensichtlich wohl, und langsam fielen ihr die Augen zu und sie schlief ein.

Draußen hatte sich eine Winterlandschaft über die unbelaubten Bäume, Sträucher und ihr Haus gelegt. Eine neue Welt für Miranda! Über Nacht waren zehn Zentimeter Neuschnee gefallen und es war sehr kalt. Umgeben von einer tiefen Stille schneite es weiterhin leicht und die kalte Luft roch nach mehr Schnee.

„Wenn ich an die Savannen und Wälder Afrikas denke, scheint es, als gäbe es eine Mauer zwischen diesen Klimazonen. Trotzdem lasse ich mich von diesem schönen Landschaftsbild berauschen. Durch mein Zuhause in Frankfurt hat sich mein Bekanntenkreis inzwischen beträchtlich erweitert und eine Reihe von sympathischen Menschen geben mir das Gefühl von Miteinander. Ich fühle mich mittendrin.

Am liebsten fahre ich Asha mit dem Kinderwagen spazieren. Mir scheint, sie wartet nur darauf. Wenn wir dann wieder zu Hause sind, betrachte ich manchmal unsere schöne Wohnung. Einfach so, aus Achtung und Dankbarkeit. Doch am reizvollsten ist für mich immer noch meine berufliche Aufgabe im Restaurant und Hotel in Nairobi, meiner Heimat Afrika. Auch Nick kann sich für meine Ideen begeistern. Und so setzt sich bei uns der Gedanke fest, dass wir für Asha alle Möglichkeiten offen halten. Sie soll sich in beiden Kontinenten und in beiden Umgebungen zu Hause zu fühlen. So wenig es eine Garantie dafür gibt, dass man alles im Leben in die richtige Richtung lenkt, so deutlich spüre ich in meinem Herzen: Man muss den Mut haben, es zu wagen.

Doch zieht man Vergleiche von hier zu meiner Heimat, so spiegeln sich die alten Schattenseiten wider. Alle paar Jahre das gleiche Drama. Dürre und Hungersnot. Über das verheerende Ausmaß wird hierzulande kaum berichtet und ebenso wenig nachgedacht. Helfen wir zu wenig? Tragen die Industrieländer mit ihrem Klimafrevel nicht wenigstens Mitverantwortung? Man bedenke auch die klugen Gedanken aus der entwicklungspolitischen Szene, die herkömmliche Entwicklungshilfe füge den armen Ländern nur noch mehr Schaden zu. Noch aber werden die Afrikaner vorwiegend daran gehindert, sich der industrialisierten Welt anzuschließen. Man muss es nüchtern betrachten. Es wäre ein Segen für alle, Kenia auf seinen eigenen Weg, der zum Weltmarkt führt, durch Zusammenarbeit an der Globalisierung anzukoppeln. Eigenständiges Wachstum würde dann für alle afrikanischen Länder Entwicklungshilfe überflüssig machen. Noch ist es umgekehrt und erst recht Hilfe bei Dürre und der darauffolgenden Hungerkatastrophen überlebensnotwendig.

*

„Ich liebe Überraschungen", sagte Miranda zu Nick so genüsslich, dass für Nick auf der Stelle klar war, wer hier wen überraschen wollte. „Morgen vor Sonnenuntergang stehe ich in der Ankunftshalle des Jomo-Kenyatta-Flughafens von Nairobi. Nur Peony weiß davon; er wird mich dort abholen. Für Mira, Elisabeth, John und für mich bringen meine Besuche, die demnächst gegenseitig stattfinden sollen, immer einen zarten Anflug von Heimweh. Uns trennen endlose Weiten, doch die Zeit, in der wir leben, macht es uns möglich, den Weg immer wieder zurück in die tröstliche Wärme unserer ursprünglichen Heimat zu finden."

„Du siehst gut aus, Poeny!"
Gleich nahm er die kleine Asha auf den Arm und drückte sie herzlich. „Du bist jetzt das zweite Mal mit deiner Mutter zu uns gekommen. Und jedes Mal ein Stück größer geworden."
Er trugt Asha liebevoll, und mit umgehängter Reisetasche ging Miranda zum Parkplatz, wo Peony den Wagen stehen hatte.
„Vielen Dank, Peony, dass du hergekommen bist, um uns abzuholen."

„Das gehört zu den Spielregeln. Du wirst vom Flughafen abgeholt."

„Dann kann ich nur Danke sagen." Sie lächelten sich an. Während Peony auf die Hauptstraße einbog, fragte er: „Hattest du einen guten Flug?"

„Ja, danke. Es ist alles prima gelaufen." Sie sah aus dem Fenster in den abendlichen Himmel. Einen Augenblick saß sie wortlos da, ließ die Natur auf sich wirken und atmete die angenehme Luft ein.

Peony verließ die Hauptstraße und fuhr die ihm bekannten einsamen Wege. Vor ihnen breitete sich eine große, grün bewachsene Fläche aus. Das war es, der weite Raum, die grasenden Tiere, die bunten Blumen, die Vögel, die Erde, die ihre Reichtümer im Lichte des Abends wie ein geheimes Wesen unter dem endlosen Himmel freigab. Nicht weit von ihnen eine Herde Zebras, die in aller Ruhe auf sie zukam. Der erste heimatliche Eindruck von Afrika.

Sie waren angekommen. Asha hatte die ganze Wegstrecke im Auto geschlafen. Drinnen im Haus trafen sie auch gleich auf Elisabeth. „Es sollte eine Überraschung sein", sagte Miranda und drückte ihr die noch halb schlafende Asha in den Arm. „Du möchtest sie doch halten?"

„Oh! Ja, natürlich! Mein kleiner süßer Schatz! Die Überraschung ist dir aber gelungen. Ach, wie freue ich mich!" Sie tätschelte sanft die Bäckchen und küsste die kleinen Händchen.

„Lass uns reingehen. Ich muss Nick sagen, dass ich gut angekommen bin. Darum hat er mich beim Abschied gebeten."

Elisabeth hatte inzwischen die Tassen mit dampfendem Kaffee gefüllt. „Miranda, wir haben das Haus voller Gäste. Es sind Engländer und auch Deutsche unter ihnen. Einige unter ihnen geben zu erkennen, dass sie gut betucht sind. Sie protzen mit Designerbrillen und auffallend moderner Kleidung. Die Frauen tragen große, auffallende

Hüte, teure Armbanduhren und schicke Kleider. Ihre Haare sind gut frisiert und wasserstoffblond gefärbt – aus Angst, sonst alt zu erscheinen. Die Männer an ihrer Seite sind leicht bis stark ergraut und ihre Körperfülle wächst proportional zum Älterwerden. Um alles mitzunehmen, was der Rest ihres Lebens noch zu bieten hat, bedienen sie sich ihres Geldes. Um ihre Damen, meist sind es ihre Geliebten, zu beeindrucken, verbringen sie hier gigantisch teure Ferien. – Na ja, für uns ist es ein ausgezeichnetes Geschäft."

Es war lustig anzusehen, wie die Augen der meist jüngeren Damen an ihren Männern – rein zufällig, so sollte es scheinen – vorbeisahen und Peony in den Blick nahmen. Es lag ihm; er konnte den weißen Gästen Kenia vermitteln. Es musste natürlich wirken – und dazu fiel ihm immer das Richtige ein. Die Zuhörer sind fasziniert, diesem Afrikaner scheint diese Kompetenz angeboren. Und so wird er mit Fragen aller Art überschüttet. Peony liefert einen zusätzlichen Bonus zu einem afrikanisch-exotischen Abenteuer. So wie er es versteht, den Weißen die Pflanzen und Heilkräuter zu erklären, die sein Stamm benutzt. Peony weiß auch alles über die Regeln der ehemaligen weißen Kolonien. Auf ihren Dinnerpartys waren die Tische reich gedeckt.

Immer noch leben die einen im Luxus, während die anderen keine Arbeit haben und weder fließendes Wasser noch Strom kennen. Sie leben mit ihren vielen Kindern ohne ausreichende Nahrung in Lehmhütten. Nicht alle dieser Leidtragenden reagieren darauf mit Engelsgeduld – manche mit zügelloser Wut und Hass. Wie können die Menschen in einem Land in Frieden leben, wo so viel Ungleichheit herrscht?

„Kommt her zu mir, meine Liebsten", sagte John zu Miranda und Asha. „Wir haben uns ja so lange nicht gesehen. Ach , wie hab ich euch vermisst!"

Beim Rundgang deutete John auf den Park. Mokabi hatte die Außenanlage vergrößert. Alles war zu einem botanischen Garten umgestaltet worden. John merkte, dass Miranda nicht darauf vorbereitet war. Ihr war, als wäre ein völlig anderes Bild darüber gelegt. Der exotisch eingerahmte Swimmingpool, in dem die ausländischen Gäste unbekümmert herumplanschten und sich auf dem Rasen liegend bräunten. Miranda wurde die Erinnerung nicht los – an die vielen in den Dörfern lebenden Menschen, die sich beinahe gegenseitig schlugen, um ihre Kanister an einer Wasserstelle zu füllen.

Mokabi traute seinen Augen nicht, ließ alle Arbeit fallen, um Miranda zu begrüßen. „Ich freue mich so sehr, dass du gekommen bist!" Einen Augenblick umarmten sie sich. Eine Sekunde noch hielt sie seine Hand.

„Du hast mir gefehlt." Mokabi lächelte. „Du bist doch eine Afrikanerin." Er deutete auf den Park. „Es ist schön, dich hier zu erleben."

„Ja, Mokabi, egal womit ich mich auch beschäftige, nach einer Weile packt mich das Heimweh. Ich sag dir, Mokabi, was es mit diesem Land auf sich hat. Es verurteilt einen zur Freiheit. Du hast dem Garten deine persönliche Note gegeben. Es passt alles harmonisch zusammen."

„Danke, Miranda. Ich wollte wirklich etwas schaffen, worin ich meine eigene Ideen einbringen kann. Dabei spielt es keine Rolle, was es ist. Es sollte aber etwas sein, was ich aus eigenem Willen und meiner Kraft erschaffen habe. Und darauf bin ich unsagbar stolz."

„Das ist dir prächtig gelungen."

„Wann fliegst zu zurück, Miranda?"

„Bald. Ich bleibe nur ein paar Tage. Der eigentliche Grund meines Kommens ist Asha. Für Mutter Mira und Elisabeth sollte es eine Überraschung sein – deshalb bin ich unangekündigt gekommen."

Als hätte Mira eine Ahnung gehabt, stand sie plötzlich vor ihnen. Regungslos blickte sie auf ihre Enkelin. Miranda sah, wie sich ihre Augen mit Tränen füllten. „Meine allerliebste Asha. Ich liebe dich, mein Schatz. Ich werde dich immer lieben. Gott segne dich."

Das Gästezimmer war leer. Peony bereitete wie immer kleine Leckereien vor. Köstliche Düfte von Braten und exotischen Spezialitäten drangen ins Zimmer.

Beim Erzählen verging die Zeit. Elisabeth hatte sich mit Asha längst zurückgezogen. „Verzeiht mir", sagte Miranda, „ich bin auch müde und werde ins Bett gehen. Morgen fahre ich zusammen mit Mokabi zu unseren gemeinsamen Freunden – den Maultieren. Er will mir das Grab von Onkel Babo und Tante Mende zeigen. Er pflegt es immer noch. Ich freue mich auf den gemeinsamen Ritt. Mokabi ist sicher, dass die beiden Maultiere mich und den Weg noch kennen."

Kwesi und Raha hatten, ausgehend von den wenigen Kühen, die bei der Dürre ihr Leben nicht verloren hatten, wieder eine stattliche Herde aufgebaut. Sie ritten auf dem Rücken der Maultiere denselben Weg wie in Kindertagen. Für Miranda war es ein Ritt in die Vergangenheit.

Es hatte geregnet und noch immer war das Gras nass. Durch die Feuchtigkeit begann auf einmal alles wieder zu atmen und erwachte zum Leben. Sie roch die Luft und die nasse Erde, welche sie immer an ihre Kindheit erinnern würde. Als sie am Grabhügel von Onkel Babo und Tante Mende standen, überfiel die schreckliche Erinnerung sie – wie Onkel Babo einem Schlangenbiss zum Opfer fiel.

„Wir, die wir in Afrika leben", sagte Mokabi, „haben gelernt, uns an den Tod zu gewöhnen, sei es durch Schlangenbiss, Dürre, Malaria und anderes."

„Trotzdem", sagte Miranda, „es macht mich fassungslos, wenn die lauernde Gefahr zuschlägt. Diese lauernde Gefahr ist wohl der Grund, weshalb sich die Menschen hier untereinander verbunden fühlen."

Auf Kwesis kleiner Farm war alles noch so wie zu Onkel Babos Zeiten. Der Kuhstall stand gepflegt in einer schönen kleinen Bucht. Ein verzauberter Ort, der aus irgendeinem geheimnisvollen Grund unberührt geblieben war, während der Massentourismus andernorts die landwirtschaftlichen genutzten Flächen nicht unbedingt verschonte.

Miranda fühlte sich vollkommen zu Hause. Sie sah all die geheimen Plätze, wo sie als Kind gespielt hatte. Wo sie mit in den Wald gehen durfte, wenn frühmorgens die niedrigen Strahlen der Sonne durch das Laub drangen, wo die Vögel nisteten und die Luft mit ihrem schönen Gesang erfüllten.

Plötzlich bog Mokabi vom Weg ab. „Wo fährst du hin?", fragte Miranda.

„Ich will dir was zeigen. Gleich sind wir da."

Als der Wagen stoppte, meinte Mokabi: „Genau hier habe ich Land gekauft. Hier wollen Erin und ich demnächst ein Haus bauen. Die Pläne habe ich schon fertig." Als Miranda das hörte, sagte sie spontan: „Was immer du tust – lass es mich wissen, damit ich dir helfen kann, wenn du Hilfe brauchst. Ich freue mich für euch!"

Eine Weile fuhren sie stumm im weichen Abendlicht. Alle Erinnerungen kehrten zurück. Die niedrig stehende Sonne malte ein zart orangefarbenes Abendlicht auf die Savanne. Man hörte den Gesang der Vögel und sah das Ziehen der Wolken. Es war wie ein Wunder – immer wieder neu. Die grasenden Gazellen und Zebras waren auf dem Weg zu den Wasserstellen. Die Herde bot ihnen Schutz. Darum konnten sie sich, in Grenzen, sicher fühlen. Aber an den Wasserstellen, die sie aufsuchen mussten, lauerten ihre Feinde. Dort versuchten sie, schwach gewordene Tiere zu isolieren. Auf diese Weise, so grausam es sich anhörte, hielten sie die Herde gesund und kräftig. Großtierherden waren auf die Auslese durch die natürlichen Feinde angewiesen.

Die restlichen Renovierungsarbeiten – ein weiterer Grund für Mirandas Besuch – waren inzwischen abgeschlossen. Elisabeth hatte mich immer auf dem Laufenden gehalten. Jetzt konnte ich mich selbst davon überzeugen. „Wir haben nur mit Firmen zusammengearbeitet, die über einen guten Leumund verfügen und schon seit Jahren für uns arbeiten. Es kommt bei solchen Arbeiten darauf an, größtmögliche Sorgfalt walten zu lassen. Alle diese Arbeiter waren vom Fach und haben ihre Arbeit tipptopp erledigt."

Diesmal brachte Mokabi Asha und Miranda zum Kenyatta-Flughafen. Ihm war eine gewisse Beklommenheit anzusehen, als er sie beim Einchecken beobachtete.

Auf der Startbahn stand die Maschine der British Airways bereit. Nur vage konnte er sich vorstellen, wie es in Frankfurt aussieht. Als er Miranda dann mit Touristen, die ihren Urlaub hier beendet hatten, auf Deutsch plaudern hörte, schockierte ihn ihre plötzliche Fremdheit. „Bleib nicht zu lange weg!", sagte er, als Miranda ihn zum Abschied umarmte und auf die Wange küsste.

Mokabi war nachdenklich, als er zum Auto zurückging. „Ich weiß ja nicht", dachte er, „vielleicht ist es nicht gut, dass Miranda an mehr als an einem Ort wohnt. Ist doch der Afrikaner für die Sesshaftigkeit geschaffen. – Ja und nein, bei Nick ist sie genauso zu Hause wie bei uns. Letztendlich ist sie doch eine Afrikanerin. – Hauptsache, nach einer Weile packt sie das Heimweh und sie kommt von Zeit zu Zeit."

Als die Maschine vom Boden abhob, hielt er so lange seinen Blick darauf gerichtet, bis sie ins goldene Abendlicht eintauchte und nicht mehr zu sehen war.

Als Elisabeth und John sich am nächsten Morgen beim Frühstück gegenübersaßen, sagte sie: „Jetzt sind wir wieder allein. Miranda lebt mit Asha und ihrem Nick im fernen Europa. – Aber die Erinnerungen sind mein Paradies, aus dem mich niemand vertreiben kann. Das Wichtigste im Leben sind die Spuren von Liebe, die wir hinterlassen, wenn wir gehen."